往回走

萧雨晴 著

北方文艺出版社

图书在版编目（CIP）数据

往回走 / 萧雨晴著 . -- 哈尔滨：北方文艺出版社，
2025.1. -- ISBN 978-7-5317-6494-6

Ⅰ . I247.5

中国国家版本馆 CIP 数据核字第 20244X895M 号

往 回 走
WANG HUI ZOU

作　者 / 萧雨晴	
责任编辑 / 邢　也	

出版发行 / 北方文艺出版社	邮　编 / 150008
发行电话 / (0451) 86825533	经　销 / 新华书店
地　址 / 哈尔滨市南岗区宣庆小区 1 号楼	网　址 / www.bfwy.com
印　刷 / 三河市金兆印刷装订有限公司	开　本 / 880mm×1230mm　1/32
字　数 / 210 千	印　张 / 10.75
版　次 / 2025 年 1 月第 1 版	印　次 / 2025 年 1 月第 1 次印刷
书　号 / ISBN 978-7-5317-6494-6	定　价 / 58.00 元

目 录

1　第一章　黑咖啡不加糖

21　第二章　结婚十年，出轨十年

38　第三章　你老公今晚会死

58　第四章　我有杀人动机

75　第五章　你老公第三次死了

92　第六章　谁也不认识她

108　第七章　模仿作案

125　第八章　名医有秘密

145　第九章　八个亲朋，一个旧友

165　第十章　合影里的陌生男人

183	第十一章	我想救爸爸
198	第十二章	团伙密会
215	第十三章	自杀无疑吗
232	第十四章	我是唯一的凶手
251	第十五章	两个凶手
269	第十六章	聋哑女孩的男朋友
288	第十七章	消失的疑凶
309	第十八章	梦的原点

第一章
黑咖啡不加糖

驶过长长的跨海大桥,就到了时光路。晴朗的天空下,梧桐树幽暗的影子落在挡风玻璃上,斑驳破碎,呼啸而逝。半小时后,车子在路边停下来。

吕迁看见知返路的路牌了。是这里了。朋友说咖啡馆在时光路靠近知返路的位置。吕迁关了音乐,一路上他都在循环听那首古老的英文歌《昨日重现》。这是妻子生前最喜欢的歌,三个月前她去世了。

吕迁走了几步。暴雨从天而降,劈头盖脸,泼了他一身的水。吕迁抬头看天,不紧不慢地返回车里拿了一把伞。伞是妻子生前买的。这辈子他还有机会和她同撑一把伞吗?

吕迁盯着门牌号往前走。时光路101号,时光路100号,时光路99号。他站住了,一座小院出现在眼前。镂空的铁门上挂着一块小黑板,孤零零地在风雨中乱晃。黑板上用白粉笔写了四个字。字迹被雨水冲刷得模糊不清,像极了记忆中妻子的脸,当时她和他妈吵架,哭得妆都花了。吕迁仔细辨认,这四个字应该是时光知返。

走进小院,郁郁葱葱,万紫千红。深绿的枇杷树,浅翠的灌木丛,大大小小的盆栽花卉。植物在雨水的浇灌下生机勃勃。吕迁猜测,这小院的主人不仅喜欢花草,擅长打理花草,还有很多空闲时间。

咖啡馆的玻璃门上挂着一块小黑板,用白粉笔写着漂亮的楷体字,营业时间早十点至晚十点。

吕迁抬腕看表,现在是上午九点钟。他轻轻敲了几下门,没有回应。咖啡馆朝南是整面的落地玻璃窗。透过白纱帘,吕迁分明看见店内有人影。

吕迁轻轻拍了拍玻璃窗,人影向他走来,拉开了白纱帘。一个中年女人拿着拖把,望着吕迁。

这女人三十多岁的年纪,衬衫西裤,齐耳短发,知性干练。女人指了指玻璃门,伸手就要拉上白纱帘。吕迁明白她的意思,现在不是营业时间。吕迁慌忙说:"我找钟老师,我找钟老师。"

女人的脸上显露出疑惑的神情,吕迁知道她听不清楚自己说什么。他赶紧掏出手机,打字给女人看,"我找钟老师。"吕迁举起手机,将手机紧紧贴在玻璃窗上。女人点头,指了指玻璃门,示意吕迁进来。

这是一家营业面积不算太大的咖啡馆,装修得色彩缤纷。三面墙刷成了墨绿色,六套桌椅是深棕色。最引人注目的是墙角那张酒红色的皮质沙发,宽大且长,简直可以当床使用。沙发上有一条叠得整整齐齐的白色毛毯。

"你好,请问钟老师在吗?我找钟老师。"吕迁听自己的声音,有些胆怯。

"你找她有事?"女人瞥了吕迁一眼,淡淡地问。

"我妻子三个月前去世了。"吕迁听自己的声音,更胆怯了,他心跳加速,但他坚持把他的话说完,"我想回到她死的那一天,救她。"

"先生,这里是咖啡馆,不是医院也不是科技馆。即使是医院,也没有办法让您妻子起死回生啊!请您节哀顺变。"女人笑了。她拒绝了他。但是,她没有对他的匪夷所思的话表示惊讶,也没有把他当成神经病。

"我叫吕迁,朋友介绍我来的。他说,时光知返咖啡馆的钟念熙老师,有办法让我回到三个月前救我妻子。我只需要喝一杯她的黑咖啡。"

女人花了几秒钟时间打量吕迁,似乎在辨别他的话是真是假。吕迁屏息凝神,他感觉自己在接受女人的面试。这面试事关生死。

女人转身走向吧台,吕迁跟着过去了。女人翻开一本学生作业本,问:"你朋友叫什么名字?手机号码?"吕迁依次回答。他盯着女人,不敢眨眼,他害怕自己错过她的任何表情。

女人点头,在作业本上画了记号。她指了指那张酒红色的沙发。吕迁愣了一下,明白了。他赶紧走过去,坐下来,坐得端端正正,双手放在膝盖上,昂首挺胸,目光注视着前方。他感觉自己像等待老师发考卷的小学生,脸上平静,内心却是忐忑不安。

女人走过来,将一份文件递给吕迁。

"吕先生,你朋友和你说过后果吗?你回到过去,如果你改变了别人的命运,我指的是你改变了别人的生死,那么所有认识你的人都会失去对你的记忆,包括你救的人。我的意思是,在这个世界上,所有你存在过的痕迹都会消失。你将不是你。你将成为一个不存在

3

的人。"

"我不明白。"

"你回到过去,改变了别人的命运。等你再回到这个时空,你会被所有人遗忘,他们会变得不认识你。你存在过的痕迹也会消失。"

这么奇怪?朋友没和他说过。"可是我怎么认识我朋友呢?他上个月也回到过去救人了。"吕迁很疑惑。

"吕先生,你认为自己能承受这个后果,你就在合同上签名。不能承受,随时欢迎你光临我的咖啡馆。我这里除了黑咖啡,还有许多其他口味的咖啡。"

原来这个女人就是钟念熙。她拒绝解答吕迁的疑惑。

妻子认不认识他,不重要。妻子活着,最重要。吕迁在合同上签名。

钟念熙收起合同,走向吧台。吕迁看见她磨咖啡豆,冲咖啡。她端着托盘走向他,托盘上有一个黑色的杯子。她将杯子放在沙发旁边的小圆桌上。杯子里的黑咖啡,醇香浓厚。

"吕先生,旅途愉快,一路平安。"

"谢谢!"吕迁拿起杯子,盯着咖啡。怎么有种深不见底的感觉?他仰头,一饮而尽。

钟念熙微笑着说:"吕先生,你应该慢慢品尝,我冲咖啡的手艺挺好的。"

吕迁笑了笑,他想说句俏皮话来掩饰自己的紧张、恐惧和焦虑,困意却如潮水袭来。头一歪,他睡着了。迷迷糊糊中,他似乎看见钟念熙给他盖上了那条白色毛毯。

一阵眩晕，一觉醒来。吕迁发现自己躺在家里的床上。抬腕看表……他没戴手表？吕迁一骨碌坐起来，抓过床头柜上的手机看时间。今天是6月13日。时间从9月10日变成了6月13日？他真的回到了6月13日？他的妻子史芙笙将在今天死亡？吕迁使劲掐自己的大腿。好痛！他不是在做梦！谢天谢地！他真的不是在做梦！

卧室的门突然大开，史芙笙站在门口，双手叉腰，像活着的时候一样大声嚷嚷："吕迁，你个懒货！你还不起床？你什么时候起床？你妈的车十点就到瀛海了。你妈的脾气你不是不知道！你是不是要你妈等你？你是不是要你妈骂我！"

吕迁从床上跳下来，三步并作两步跑到史芙笙面前，狠狠地抱住了她。史芙笙脸红了，娇羞地说："老夫老妻，大清早，要死了哟。"

"我不准你说死！"吕迁几乎要哭出来了，"儿子呢？我们的晓初呢？"

"早晨上学去了啊。"史芙笙疑惑地瞪着吕迁，"你怎么啦？"

"在哪个学校上学？"吕迁的表情认真且固执。

"鸿鹄小学。你怎么啦？"史芙笙伸出右手，掌心贴在吕迁的额头。吕迁抓住史芙笙的手，亲了又亲，泪流满面。

"你怎么哭啦？吕迁！大清早你发什么疯！"

原本6月13日这天，吕迁的母亲孙大芝从老家来瀛海。吕迁开车去长途汽车站接她。出发的时候，妻子非要跟着去。她说如果她不去接婆婆，婆婆会骂她不孝顺。

吕迁笑着说："不孝顺就不孝顺，有什么大不了的。"嘴上这么说，吕迁还是让妻子去了。和很多男人一样，吕迁也很烦恼婆媳关系。幸好这两个他生命中最重要的女人不住在一起。

吕迁顺利接到了母亲。回家的路上，经过跨海大桥，车子的刹车突然失灵，撞坏了大桥的栏杆，车子冲进海里。坐副驾驶的妻子，她的安全带怎么解也解不开。吕迁只能暂时放弃救妻子，转身先去救后座的母亲。吕迁拼尽力气救了母亲，却再也没有力气救妻子。他的妻子淹死了。

儿子吵着闹着要妈妈。母亲哭天抢地，捶胸顿足。她说她半截身子埋在黄土里了，该死的人是她。

三个月后，有位朋友听闻史芙笙的死讯，专程登门探望吕迁。朋友告诉吕迁，去时光知返咖啡馆找钟念熙老师，她有办法。上个月，朋友的妻子出车祸死了。在钟老师的帮助下，朋友回到了妻子出车祸的那一天。

母亲的电话来了，提醒吕迁准时去长途汽车站接她。这么热的天气，她一分钟也不愿意等。老太太今年七十三岁，骂儿子，中气十足。

"我跟你一起去。如果我不去，婆婆会骂我不孝顺。"

"不孝顺就不孝顺，有什么大不了的。"

"不行啊！我不想她一来我就和她吵架。吕迁，你是不是想和我吵架？"

史芙笙坚持要去，吕迁说不过她。出了楼栋，吕迁径直走向小区大门。

史芙笙问:"你不开车?"

吕迁说:"今天不开车,昨天送去修了。"

两人在路边拦了一辆出租车。吕迁上车就问:"师傅,你的刹车灵不灵?"

司机说:"当然灵,不灵我敢开出来吗?你是交警吗?你想钓鱼吗?我可没违规。你钓不到我。"

史芙笙冲吕迁使了个眼色,示意他别问司机这种莫名其妙的问题。司机会以为他有毛病。

又一次顺利接到了母亲。回家的路上,三个人坐在后座,吕迁坐在中间。妻子和母亲,一左一右,隔着吕迁闲聊。吕迁左看看右看看,欣慰地笑了。此时此刻,他就是全天下最幸福的男人。

车子经过跨海大桥,吕迁欣赏着窗外的风景,突然就听见司机一声尖叫。几乎是同时,伴随着妻子和母亲惨烈的尖叫,跨海大桥生生在吕迁眼前裂开了。吕迁拼命尖叫,拼命尖叫,车子不受控制地跌进海里。跨海大桥上的车子像煮饺子似的,一辆一辆,跌进海里。

顶多十秒钟的时间,瀛海市最长的跨海大桥,横跨东西的翼湾大桥,断成两截,东一节西一节。海面溅起冲天的水花。

吕迁打开车门。水中的吕迁灵活得仿佛一条鱼,他抓住身边的妻子,奋力游向岸边。岸边聚集了很多人。这些人尚未从大桥垮塌的震惊中恢复过来,已经纷纷下水救人了。几个练习皮划艇的人,把自己的皮划艇当成火箭往前冲。吕迁将妻子放在地上,使劲拍她的脸,妻子虚弱地睁开双眼。吕迁转身扎进水中。

一个信念支撑着吕迁,他这次无论如何要救活两个人。

有落水之人使劲扑腾,想抓住吕迁,吕迁避开。有钢筋水泥几乎砸到吕迁,吕迁闪躲。吕迁游到出租车落水的地方。他找呀找,找呀找,他怎么也找不到出租车,他找不到他的母亲。

吕迁一次又一次潜入水中。渐渐地,他体力不支了。最后他被海警救上岸。

吕迁拒绝去医院,他在岸边等到半夜。母亲和司机被海警打捞上来了,母亲和司机都死了。吕迁抱着母亲。他身边满是号啕痛哭的人,他自己却欲哭无泪,他一滴眼泪也没有。

一阵眩晕,一觉醒来。吕迁发现自己身处时光知返咖啡馆。他躺在那张酒红色的沙发上,身上盖着那条白色毛毯。

"吕先生,醒啦?顺利吗?"钟念熙正在拖地。

吕迁抬腕看表,现在是9月10日上午9点35分47秒。"钟老师,我睡了多久?"

"十分钟。"

十分钟!十分钟?怎么可能?他和妻子坐出租车,去长途汽车站接母亲。三个人一起回家。经过翼湾跨海大桥,大桥垮塌,他们落水。他救了妻子,没能救母亲。他一直等到半夜,母亲和司机被海警打捞上岸,他们都死了。他看见淹死了好多人,现场一片混乱。他经历了这么多事情,时间怎么可能才过了十分钟?

他九点钟走进咖啡馆,排除他和钟念熙说话的时间,排除他签合同的时间,排除钟念熙磨咖啡豆和冲咖啡的时间,排除他喝咖啡的时间。他好像真的差不多睡了十分钟。但是,怎么可能?他仅仅睡了十分钟?他不相信。他是做了一场梦吗?

吕迁离开咖啡馆。雨停了。蓝天蓝,白云白,枇杷树的叶子在阳光的照耀下绿得刺眼。如果不是路面潮湿,他真不敢相信刚刚下过一场雨。一切太像一场梦。

吕迁看着手里的伞,他撑开伞走了几步又收起伞。天气变了,他的伞好像也变得不合适了。

吕迁飞奔回家,敲门,家里没人。他打妻子的电话,关机。他想了想,去了自己工作的游泳俱乐部。

大厅里,一个相熟的同事和吕迁擦肩而过。吕迁张嘴,想和他打招呼。对方仿佛不认识他,走了。吕迁站在原地,失落地望着同事的背影,转身去了更衣室。他有些私人物品放在更衣室的储物柜里。在俱乐部,每个游泳教练都有属于自己的储物柜。

一个每天中午和吕迁一起吃外卖的同事,从更衣室出来,指着门上的门牌,客气地说:"先生,您好!三楼是教练更衣室,闲人免进。您要换衣服,去二楼的更衣室。那里是专门给学员换衣服的地方。"吕迁呆了。他勉强笑着对同事说了声抱歉,转身离开了更衣室。

几个孩子经过吕迁身边,对他熟视无睹。他教他们游泳有一年时间了。平时在街上遇到他,他们都会主动和他打招呼。

这些人现在真的不认识他了吗?

吕迁不甘心。等同事走远了,他返回更衣室,他在更衣室里找了个遍,也没找到他的储物柜。他的储物柜消失了。吕迁背靠着墙,缓缓地蹲下来,坐在地上。他掏出手机,搜索6月13日瀛海市的本地新闻。"……市政府出动了警用直升机,包括武警、消防、公安和民间救援队伍在内的七百多人次参与了本次翼湾大桥垮塌救援行动……"

吕迁开车回家,心情沉重。今天是周日,妻子上夜班,白天她应该在家休息。上午她可能有事出门了,现在他必须回家找她。如果她仍然不在家,他就等她回家。他有好些话想和她说,他要和她分享他今天的经历。

吕迁顺道去菜市场买了牛腩和胡萝卜。胡萝卜炖牛腩,是妻子最爱吃的菜。到家了,吕迁敲门,家里没声音。吕迁按密码锁。密码锁嘀嘀嘀响,提示他密码错误。

"你干什么?"一个声音在背后响起。

吕迁看见了妻子,她手里拎着牛腩和胡萝卜。妻子瞪着他。"你找谁?我这里有视频监控!"

"对不起!我……我找孙大芝。"吕迁忐忑不安地说。

"你找我婆婆?你认识我婆婆?"妻子疑惑地打量着吕迁。

"我是从老家来的……"

"死了,三个月前淹死了。"

"那……我找吕迁。"

"吕迁?我不认识。麻烦你让一下。"

"老……史芙笙……"

"不好意思,我知道你是从老家来的。但是我生活也很困难,我没钱借给你。"

妻子挡住吕迁的视线，按密码锁。砰的一声，门被她使劲关上了。

钟念熙的话应验了。他改变了妻子的生死，于是所有认识他的人都失去了对他的记忆，包括他的妻子。他们变得不认识他了。他存在过的痕迹也都消失了。他不是他了。

妻子死而复生，母亲生而复死，所有人都将他遗忘。大桥垮塌，淹死很多人。这就是他想要的结果吗？相比第一次的结果，这次的结果变好了吗？

吕迁决定再去时光知返咖啡馆，求钟念熙帮忙。

午饭时间，附近的白领来咖啡馆吃午饭。清冷的咖啡馆热闹了很多。钟念熙一个人收银，一个人冲咖啡，一个人加热三明治，一个人手忙脚乱，同时她还要催促厨师。厨师很不耐烦，他前几天向钟念熙表达过辞职的意思。

吕迁径直走向吧台，急切且诚恳地说："钟老师，我救了妻子，没能救我妈。我想再回去一次。"

"抱歉！每个人只有一次机会。"

"有些人肯定有两次机会。"

"吕先生，我给你黑咖啡，我收获的是那些人对你的记忆。既然他们对你已经没有记忆了，他们就不可能第二次失去对你的记忆。我不做赔本的买卖。吕先生，请你别打扰我工作。"

"钟老师，虽然我听不懂你在说什么，但是我明白，钱买不来你的黑咖啡。"

11

一对情侣进来,看见手忙脚乱的钟念熙,扭头就走。吕迁冲过去,拦住两人,请他们入座。在钟念熙惊讶的目光中,吕迁冲进厨房。三分钟后,一碗热气腾腾的罗宋汤被吕迁端出来了。

"钟老师,请允许我留下来给你打工。中餐、西餐、三明治、甜品,我全部精通。我爸爸活着的时候是酒店的厨师。洗碗、擦桌子、拖地,这些我也都擅长。我家的家务一向是我做。"

午后,顾客陆续离开,只剩下那对情侣在喝罗宋汤。吕迁手脚利索,把一切都收拾得干干净净。钟念熙不动声色。这个可怜的男人,命运逼迫他在妻子和母亲之间二选一。命运太残忍了。

所谓命运,究竟是注定的还是偶然的?如果命运可以按照人的意志进行改变,那么,改变之后的命运,真的会好于改变之前的命运吗?以为自己改变了命运,其实改变之后的命运还是命运。所谓命运,或许仅仅是人的选择。任何选择都会产生蝴蝶效应,牵一发而动全身。

这个可怜的男人,他再回到过去,他的人生又会产生怎样的蝴蝶效应?无论什么样的蝴蝶效应,他都必须承受。因为这是他自己的选择。

钟念熙瞥了一眼沙发。吕迁赶紧走过去,端端正正坐好。钟念熙磨咖啡豆,冲咖啡,走向吕迁,将杯子放在小圆桌上。杯子里的黑咖啡,醇香浓厚。

黑咖啡,一杯简简单单的黑咖啡,和大街上任何咖啡馆售卖的黑咖啡没什么区别。至少他没发现有什么区别。吕迁仰头,一饮而尽。

黑咖啡流入腹中，温暖和希望也流入腹中。

吕迁抓过毛毯，盖在身上。困意如潮水袭来，他强撑着看了一眼手表。头一歪，他睡着了。

一阵眩晕，一觉醒来。吕迁发现自己躺在家里的床上。他慌忙摸过床头柜上的手机看时间，时间又从9月10日变成了6月13日。

卧室的门突然大开，史芙笙站在门口，双手叉腰，大声嚷嚷："吕迁，你还不起床？你妈的车十点就到瀛海了。你妈的脾气你不是不知道！你是不是要你妈等你？你是不是要你妈骂我！"

吕迁从床上跳下来，冲进儿子的房间，将游泳圈套在身上，去卫生间刷牙洗脸。

"你干什么？大清早！"史芙笙跟在吕迁身后唠唠叨叨，"你今天不上班！你拿游泳圈干什么？你有毛病！"

"我现在去汽车站接咱妈过来，你在家里等我。我知道，如果你不去，咱妈会骂你不孝顺。不孝顺就不孝顺，她骂随她骂。我站在你这边。但是你记住，今天你不要出门，哪里都不要去，乖乖待在家里！中午我回家，我买菜！我会通过家里的视频监控盯着你。如果你今天敢出门，史芙笙，我就和你离婚！"

史芙笙莫名其妙，目瞪口呆。吕迁出门了。

吕迁来到地铁站，腋下夹着游泳圈。工作人员耐心地向他解释，乘坐地铁不得携带充气游泳圈，必须把游泳圈里的气给放了才能进站。

吕迁拒绝了工作人员的要求。他离开地铁站,走向公交站。坐公交车去长途汽车站,中途需要步行换乘,很麻烦。好处是不用经过跨海大桥。

第三次顺利接到了母亲,两人坐公交车回家。老太太反复追问:"我儿,你的车呢?你为什么不开车来接我?你抱着游泳圈干什么?"

看见儿媳妇,孙大芝的脸拉得比电线杆子还长,她气冲冲地对史芙笙说:"你为什么不去接我?你太不孝顺了!"

史芙笙说:"是你儿子不让我去的,不孝顺也是你儿子不孝顺。"

孙大芝说:"你敢骂我儿子!"

史芙笙说:"有什么不敢?我每天都骂他!你管得着吗?"

吕迁看着她们吵架,眉开眼笑。此时此刻,他就是全天下最幸福的男人。有些东西,拥有的时候不知道珍惜,失去后才痛彻心扉。

"吕迁,你笑什么?我和你媳妇吵架,你不帮我,你笑我!你是不是我儿子!"孙大芝将矛头对准了儿子。

"吕迁,你笑我!我和你妈吵架,你没有一次帮我!你是不是我老公!"史芙笙将矛头对准了丈夫。

母亲和妻子一起骂自己。吕迁看着她们,高兴得嘿嘿傻笑。

孙大芝这次来瀛海,是为了从瀛海坐高铁去北京。吕迁的弟弟生了个女儿,孙大芝要去照顾孙女。史芙笙负责送孙大芝去北京,她和便利店的店长请了三天假。吕迁想送她们去北京。可是暑假快到了,这些天好多学生报名学游泳。即使他请假,也不会被批准。

吕迁送妻子和母亲去了高铁站。一个戴黑框眼镜的中年男人坐在史芙笙和孙大芝旁边。

黑框眼镜问："我能和你们换座位吗？"

史芙笙说："不好意思，我要和我婆婆坐一起。"

黑框眼镜说："我老婆和女儿在后面的车厢，也是坐三个人的座位。我想和旁边的人换，她不肯。我看你们面善，就冒昧请你们帮个忙。我老婆和女儿很少出门，她们连高铁的厕所都不会用。"

孙大芝说："你挺疼你老婆和女儿啊！我们和你换！正巧我们也是两个人。"

黑框眼镜千恩万谢，提着史芙笙和孙大芝的行李去了后面的车厢。黑框眼镜的老婆对史芙笙和孙大芝也是千恩万谢，送了一堆零食给她们。史芙笙原本不愿意换座位，但是这对夫妻太客气了，又送了这么多零食，她也就不埋怨孙大芝了。

史芙笙和孙大芝将零食摆在小桌板上，吃得津津有味。旁边穿花裙子的姑娘鄙视地瞅了她们好几眼。

黄昏来临，夜色渐浓。史芙笙和孙大芝收拾了没吃完的零食，望着窗外。一道闪电照亮夜空，瓢泼大雨遮住了车窗，窗外的风景一团模糊。

开车回家的路上，吕迁特意绕道前往翼湾大桥。看见大桥横跨在大海之上，雄伟壮丽，车来车往。吕迁高兴得直吹口哨。

回到家里，吕迁躺在沙发上玩手机。他知道，过了今夜十二点，他就不能继续待在这个家里了。如果可以，他宁愿自己永远留在梦里，永远不要醒,永远,永远,永远。

吕迁悠闲地嗑着瓜子,浏览新闻。突然!吕迁像被锥子刺了屁股似的,一下子跳起来。他睁大眼睛看新闻,他的心猛地往下沉,像垮塌的跨海大桥。

各平台、各自媒体都在播放同一条新闻。因为雷击导致设备故障,瀛海开往北京的高铁,被后方班次高铁撞击,发生追尾事故。开往北京的高铁从高架桥上坠落。

吕迁惊呆了。他冲出家门。他手脚发抖,不能开车。他打车去机场,买了最快的飞机票赶往事故发生的小城。

事故现场,官方和民间的救援队伍以及当地群众,正在救援受困乘客。吕迁不停地打电话,妻子和母亲的电话都打不通。吕迁焦急地四处张望。只要有人被挖出来,抬上救护车,他就冲过去看看。

他看见一个穿花裙子的姑娘被挖出来了,没气了。一个中年女人和一个小女孩被挖出来了,没气了。一个戴黑框眼镜的中年男人,自己浑身血肉模糊,扑在女人和小女孩的担架上号啕痛哭,嘴里叫着"老婆呀老婆呀我的老婆呀,梦呀梦呀我的梦呀"。

一直等到深夜,吕迁也没看见自己的妻子和母亲被挖出来。他决定去医院。快十二点了,他没时间了。

小城的中心医院,重伤的要么在做手术,要么在加护病房。吕迁进不去。轻伤的人在大厅里输液。吕迁一眼就看见了自己的妻子和母亲。

孙大芝说:"幸亏我们和别人换了座位。"

史芙笙说:"不知道那一家三口怎么样了。"

孙大芝说:"希望他们也没事。穿花裙子的那个姑娘真惨!太可怜了!"

吕迁走向妻子和母亲,他站在她们面前。妻子和母亲看着他,满脸都是劫后余生的喜悦。三个人紧紧地抱在一起。万语千言涌到吕迁的喉咙,困意却如潮水袭来,他赶紧掐自己的大腿,努力让自己保持清醒。"妈,老婆,儿子,我永远爱你们!你们一定要记住,我永远爱你们!永远!我不想和你们分开……"

一阵眩晕,一觉醒来。微笑的表情依旧挂在吕迁的脸上。他四处张望,他发现自己身处时光知返咖啡馆,他躺在沙发上。抬腕看表,现在是9月10日下午1点43分39秒。所以他又睡了十分钟?那对情侣还在喝罗宋汤,热气氤氲。

吕迁飞奔回家。他用密码开门,不行。他用指纹开门,也不行。他敲门,门开了。

"你找谁?"母亲打量着他。

史芙笙一边嗑瓜子,一边走到门前,将瓜子塞给孙大芝。"妈!别给陌生人开门!你找谁呀!走错门了吧?"

"哦,哦。我,对不起,我走错门了。"

史芙笙冷漠且警惕地看了吕迁一眼,使劲把门关了。砰的一声,吕迁的头发都被震得竖起来了。吕迁高兴地转身离开。她们平安就好,他别无所求。

吕迁掏出手机搜索新闻,高铁事故发生于6月13日,伤亡上百人。

17

他的妻子和母亲幸免于难。她们太幸运了！不！是他太幸运了！

吕迁检查手机里购票平台的记录，没有他给妻子和母亲购买高铁票的记录了。他已经不是原来的吕迁了。

驶过长长的跨海大桥，就到了时光路。晴朗的天空下，梧桐树幽暗的影子落在挡风玻璃上，斑驳破碎，呼啸而逝。半小时后，车子在路边停下来。吕迁脚步轻快，来到时光知返咖啡馆。

钟念熙说："你可以休息一天，我店里不忙。"

吕迁说："我想尽快投入工作。我已经没有生活了，我不想再失去工作。"

钟念熙说："嗯，任何时候都别耽误工作。"

吕迁犹豫了一下，问："钟老师，你说我改变了别人的命运，我就会被所有认识的人遗忘。可是为什么你会记得我？"

钟念熙笑了笑说："我有我的办法。我是例外。"

咖啡馆没有顾客。钟念熙叫吕迁打烊，早些回家休息。吕迁说："我没有家了。"

钟念熙沉默了，她不知道如何安慰吕迁。她不擅长安慰人。吕迁又说："钟老师，我今晚可以在咖啡馆住一夜吗？我明天找中介租房。"

小小的请求，语气里却充满了卑微。钟念熙有些难过。吕迁现在是一个无家可归的人了。但是，这是他自己的选择。

钟念熙调试着投影仪。最近这三个月，她一直失眠。失眠的夜晚，她喜欢看一部悬疑电影。投影仪好像有问题，幕布不动。吕迁按了几下遥控器，幕布动了。

"钟老师，有一个问题我不明白。为什么我每次回到过去救人，我遇到的情况好像都比上一次更糟糕呢？"

"你回到过去，改变了她们的命运，产生了蝴蝶效应。"

"蝴蝶效应会让情况变得更糟吗？"

"也可能会让情况变得更好。个中缘由我也不是很清楚。我想，大自然能量守恒。任何事情都要付出代价。有得必有失，有失必有得。"

"确实是能量守恒。我用自己的命换了我妻子的命。"

"也不能这么说。毕竟你还活着。"

"我觉得，一个人死亡并不意味着他消失了，一个人被遗忘才是他真正地从这个世界消失了。"

吕迁渐渐熟悉了这份新工作，熟悉了也就习惯了。他尽量让自己忙碌起来，这样他就没有时间去思考其他事情。钟念熙作为老板，对他不错，预支给他两个月的薪水，一日三餐免费。

黄昏，电闪雷鸣。钟念熙让吕迁打烊之后赶紧走。吕迁走到地铁站，发现自己的皮夹落在咖啡馆了。皮夹里有他的全家福照片。他必须回咖啡馆拿他的皮夹。

铁门已经上锁，吕迁用钥匙开了铁门，往小院里走。白纱帘拉得严严实实，一丝缝隙也没有。吕迁冒起个心眼。他走到玻璃门旁边，伸头悄悄往里偷看。

一个中年男人站在沙发前，无聊地摆弄着小圆桌上的台历。男人衣着随便，邋里邋遢，但是，宽肩窄腰长腿，身材精瘦壮实，双

19

目炯炯有神。

钟念熙端着托盘走向男人,托盘上有两个黑色的杯子。吕迁知道,杯子里一定是黑咖啡。

钟念熙和男人坐在沙发上交谈,两人的声音时大时小。吕迁侧耳细听。男人似乎在说什么"谋杀""前往未来",钟念熙似乎在说什么"该死""回到过去"。

两人吵起来,男人输了。钟念熙冷笑,对男人露出不屑一顾的神情。她往两杯咖啡里分别放了一块方糖。两人各自用小匙搅拌,将咖啡喝完。钟念熙躺在沙发上,给自己盖了毛毯。男人摇摇晃晃地走到距离他最近的餐桌前,他一坐下来就睡着了。

吕迁抬腕看表。十分钟,十分钟他们就会醒来。他决定站在这里等他们醒来,听听他们醒来后说什么。他们也要救人吗?他们也会遇到蝴蝶效应吗?

一道闪电,一声雷鸣,大雨滂沱。吕迁抬头看天。钟念熙为什么不给他的黑咖啡加一块方糖呢?黑咖啡太苦太苦了,苦到他心里去了,苦到他泪流满面了。

第二章
结婚十年，出轨十年

无论时间过去多久，钟念熙永远也不会忘记那个深夜。今年6月19日深夜11点58分56秒，她接到警察的电话。

"钟念熙女士，我是警察，你丈夫在医院。"

"骗子没有职业道德吗？深更半夜打电话！你耽误我睡觉了！"

"钟女士，我不是骗子，我是警察，请你相信我。请你立即到市六医院来。你丈夫戚渔翮受伤了。请你赶紧过来！"电话那头是一个急促的年轻的女人声音。

到了医院，钟念熙才知道女警察怕她受刺激，说得很委婉。戚渔翮身中数刀，失血过多，送医途中生命体征消失，不治身亡。和他在一起的女人，颈动脉被割断，警察赶到案发现场的时候，已经死亡。

女死者名叫元致秋。从女警察口中听到这个名字，钟念熙愣住了。这是一个既熟悉又陌生的名字。十年前她进入光华大学当老师，元致秋同学选修过她的公共物理课。

"元致秋曾经是我的学生，但是我不知道她为什么和我丈夫在一起。我和她失去联系有十年了。"

"案发现场在安平村13号农舍。我们赶到的时候,元致秋赤身裸体。你认为你丈夫和元致秋是什么关系?"

"我不知道。我认为他们没有关系,我甚至认为他们没有联系。我和元致秋十年没有联系了。"钟念熙强调了一遍自己刚刚说过的话。

询问钟念熙的是一男一女两个警察。女的年轻漂亮,估计刚刚大学毕业,问题一个接一个。男的衣着随便,邋里邋遢,约莫四十岁。他没有发问。他盯着钟念熙,双目炯炯有神。他似乎不太相信钟念熙的话,他在怀疑她。

次日下午,男警察去光华大学找钟念熙。钟念熙的同事方叶琳挤眉弄眼地说:"外面有个男人找你哦,长得挺精神,自称是你朋友。你有这么帅的男性朋友,我居然不认识?"

钟念熙这天正常上班,她没有将戚渔翩死亡的消息告诉学校的同事。她觉得她难以启齿。

男警察自我介绍,他叫元致澄,是瀛海市公安局崇汇分局刑侦支队二大队的队长,也是女死者元致秋的哥哥。他说他今天以朋友的身份来找钟念熙,想问她关于她丈夫戚渔翩和他妹妹元致秋之间的事情。

"钟老师,你真的不知道他们在一起十年了吗?"

"你知道?你知道你怎么能纵容你妹妹做第三者,破坏别人的家庭!"

"他们有个儿子,你知道吗?十岁了。"

"我不知道,我什么都不知道。请你滚!我要上课了!"

自己的丈夫和自己的学生偷情，已经足够让她震惊。不仅偷情，他们还偷情十年，养育了一个儿子。钟念熙无法形容自己震惊到了什么程度。这种感觉仿佛是，阳光灿烂的早晨，她正在实验室开开心心地做实验，仪器突然爆炸。她被炸得粉身碎骨，当场气绝身亡。

一阵眩晕，一觉醒来。钟念熙发现自己趴在办公桌上。这是她第五次回到6月19日。每次醒来的地方都不一样，具体时间也不一样。这神奇的黑咖啡，又不是什么高科技产品，当然做不到精确无误了。

枸杞红枣茶飘着热气，钟念熙喝了一口。她拿过坚果罐，摇了摇，放下。坚果吃完了。

"钟老师，上午有课吗？"系主任程庸敲门进来。

"公共物理。"

"现在大家都忙着写论文，不愿意上这门公共课。只有你还愿意为学生服务。中午一起吃饭吧？"

"不了，下午没课，我想早点儿回家。"

"好啊！明天见。"

方叶琳一直装模作样地在书柜里翻资料，见程庸走了，她才笑嘻嘻地说："如果你未婚，我会觉得他要追求你。告诉你一个惊天大秘密，程主任最近离婚了。"

"我最讨厌第三者！请你尊重我，也请你尊重你自己。"

"瞧你，我开玩笑嘛。光华大学物理系钟念熙，谁不知道她老公对她最好了，把她捧在手心里。唉，姓钟的，我道歉啦！下午一起逛街啊！"

"出去记得帮我锁门，东西丢了找你麻烦。"钟念熙拎着课本，走向阶梯教室。

元致澄这时候在忙什么？一定在苦劝自己的妹妹元致秋，今晚不要去农舍。哼！狗男女，奸夫淫妇，十恶不赦，罪该万死。

一阵眩晕，一觉醒来，元致澄发现自己躺在家里的床上。他摸过床头柜上的手机看时间，今天是6月19日。他狠狠抽了自己两个耳光。他妈的！好疼！太疼了！他真的从9月19日回到了6月19日！那个女人没骗他。

当钟念熙告诉他，她可以时光旅行，也可以帮助他时光旅行，回到过去或者前往未来。他觉得这个老公出轨且被谋杀的不幸女人一定患了神经病。没想到！他没想到！他真的没想到！她说的话居然是真的！

元致澄跳下床，走出卧室，来到餐厅。母亲将早饭摆在了餐桌上，父亲在翻报纸。

母亲瞅了一眼墙上的日历，小声说："今天是秋秋的阳历生日。"

父亲瞪了母亲一眼说："你提她干什么？我们家的人从来不过阳历生日。"

十年，整整十年，父亲依旧没有原谅妹妹。如果父亲知道妹妹今晚的命运，他现在会不会原谅妹妹？

十年前，妹妹读大四。有一天她挺着大肚子回家。父母问她那个男人是谁，她只是哭，什么也不说。父母问得急了，她就说那个男人快要结婚了。在小学做校长的父亲，平时自诩书香门第。怎么受得了这种奇耻大辱？再加上妹妹不愿意把孩子打掉。父亲就和妹妹断绝了父女关系，同时父亲也不准母亲联系妹妹。

那段时间元致澄在外地查案。等他回家，妹妹元致秋已经失踪多日。

大学辅导员说元致秋退学了。辅导员苦劝她再坚持几个月，拿到毕业证，她不听。元致澄问辅导员，妹妹退学的原因。辅导员说，元致秋自称厌学，可是她成绩很好，还保研了。元致澄猜测，妹妹应该是不想被人发现她怀孕了。

元致澄利用人际关系，联系到了妹妹。元致秋冷笑说："元致澄，请你别骚扰我，我和你们断绝关系了。元家不需要我这样败坏门风的人！"

元致澄答应元致秋，只要她好好活着，他绝对不会骚扰她。这十年元致澄信守承诺，一直没联系过元致秋。

今年6月19日深夜，元致澄在局里值班。110电话通知，辖区内发生命案。元致澄和同事们立即赶赴案发现场，安平村13号农舍。元致澄发现女死者是自己十年没联系过的妹妹元致秋。男死者，他不认识，后来才知道是市重点高中物理老师戚渔翩。

元致秋和戚渔翩没有法律上的婚姻关系，却有一个十岁的儿子。当年就是这个男人毁了妹妹的人生。

戚渔翩的妻子，那个傻兮兮的女人，大学老师钟念熙，她似乎真的什么都不知道。整整十年，她被自己的丈夫蒙在鼓里。元致秋很惨。她，也很惨。

25

吃完早饭，元致澄胡乱抹了抹嘴，上班去了。妹妹今晚将被谋杀，他现在需要做的就是找到她，告诉她今晚千万不要去那座农舍。

案发后他对钟念熙例行询问。钟念熙说过，她喜欢种菜。那座农舍是戚渔翩为她租的房子，戚渔翩经常陪她去安平村种菜。

戚渔翩为什么要把第三者元致秋带去农舍？听钟念熙的意思，那座农舍应该是戚渔翩为她打造的爱巢。有些男人，唉，一旦出轨，毫无底线。连最基本的做人的底线也没有了。出轨就出轨，为什么要在自己妻子的心上扎几个窟窿呢？

至于钟念熙这个女人，她说的话不可不信，也不可全信。她告诉元致澄，她已经回到6月19日有四次了。第一次，系主任派她去外地开会，她没时间处理这件事。第二次，戚渔翩的电话关机。第三次，戚渔翩深更半夜开车去农舍，她阻止未遂。第四次，连续回去三次，她累了，她病倒了，她在家昏睡，她什么都不知道。

他信她的鬼话才怪。自己的丈夫出轨自己的学生，她会主动救丈夫吗？她巴不得丈夫死吧。如果不是她有不在场证明，元致澄真的怀疑她就是凶手。

这次元致澄原本希望两个人一起前往未来，搞清楚凶手是谁。但是钟念熙说，她没兴趣知道凶手是谁，她只想回到过去，质问丈夫为什么出轨，为什么背叛当初的誓言。

女人哪女人，太天真！男人出轨了就是出轨了。她还想着当初的誓言，还想着要搞清楚他为什么出轨。幼稚！

分局偌大的办公室里只有花若诗。她是元致澄的徒弟，一年前从警校毕业的新人。有热情，没经验。

"元队，你今天好早啊！你今天没迟到。"

"你不是更早吗？我没迟到有什么好奇怪的。"

"你没迟到当然奇怪啊！你每天都迟到。"

"我每天都迟到？是吗？"

元致澄坐下来，想看看戚渔翩和元致秋一案的卷宗，忽然又意识到今天不是9月19日，今天是6月19日，谋杀案要到深夜才会发生。分局现在没有谋杀案的资料。谋杀案的资料在他脑子里。

受害者之一，他的妹妹元致秋，在鸿鹄小学当了十年代课老师，薪资微薄。鸿鹄小学是一所位于郊区的民工子弟学校，教学环境差，教学质量也差。如果妹妹有大学文凭，她的人生不会沦落至此。

选择决定命运。命运可能因为一个选择而产生翻天覆地的变化。但是，当初那些站在十字路口的人，却以为自己只是做了一个普通的选择。

元致澄叹了口气，伸了个懒腰，打开电脑搜索钟念熙和戚渔翩的信息。案发后的这三个月里，他询问过钟念熙，调查过戚渔翩，其实他已经很了解这两个人的情况了。

钟念熙，女，三十八岁，光华大学物理系教授。光华大学本科毕业，国外名校硕博毕业，网球国家二级运动员。父亲是全国知名的物理学家，母亲是药剂师。

戚渔翩，男，三十八岁，光华大学附属第三中学物理教师，全市十佳中学教师。光华大学本科毕业。父亲是外资银行高管，母亲是瀛海戏剧学院钢琴教师。戚渔翩会弹钢琴，小时候经常出国表演。

元致澄默默感叹，这两个人都是别人家的孩子。他们太合适了，天造一对，地设一双。

元致澄搜索元致秋的信息，网上查无此人。与钟念熙和戚渔翩相比，他妹妹元致秋好像一粒灰尘。

"开会啦！"花若诗一声吆喝，同事们纷纷去会议室了，元致澄也去会议室了。他上午来局里就是为了开会，否则乔局又要批评他无组织无纪律，无故缺席例会。

等所有人都走了，副队长穆权起身，手握鼠标，点了几下元致澄的电脑屏幕。网页上显示的是钟念熙和戚渔翩的信息。

九点半，例会结束，元致澄赶往鸿鹄小学。门卫拦住了他。上课时间，家长不能进入学校。如果需要送作业本，等孩子下课，叫孩子到校门口来。元致澄懒得和门卫啰唆，直接亮出了他的警察证。

案发后元致澄来过鸿鹄小学好几次，调查元致秋的情况，门卫应该认识他。可是他今天回到过去了，这意味着今天他是第一次来到这里。按照钟念熙的提醒，这里的人不认识他，对他没印象。

元致澄进了学校。鸿鹄小学是一所面积很小的学校。东边有一栋三层的教学楼，西边有一个黄土篮球场。篮筐下方停着几辆私家车。这些车主，不知道怎么想的，将自己的车停在这里。学生怎么打篮球呢？不过，这所学校实在太小了，根本没有地方停车。

元致澄进了教学楼。一位老师模样的女人从楼里出来，元致澄不小心撞到了她。女老师拿着花圈和几张满是字的打印纸，打印纸掉在地上。元致澄捡起打印纸，瞄了一眼，递给女老师。打印纸是一份讲稿，文章标题写着悼念高铁事故身亡的一年级同学之类的话。鸿鹄小学有学生死于6月13日的高铁事故。

女老师接过讲稿，拦住了元致澄。"您好！是家长吗？上课时间，家长不能进入学校。"

元致澄没见过这位女老师。他微笑着说："我找元致秋老师。"

女老师瞥了元致澄一眼，反问："你找她什么事？"

"我是她以前的同学。我找她打听孩子入学的事。我孩子想读鸿鹄小学。"

"三楼，最南边的办公室。"

元致澄道谢，跑上三楼。他觉得他不用给元致秋打电话，万一元致秋挂他电话呢？万一元致秋知道他来，不愿意见他呢？

元致澄站在三楼办公室门口。办公室里，五六位老师，有的在聊天，有的在打盹儿。他的妹妹元致秋在埋头批改作业。

"秋秋！元致秋！"元致澄叫了两声。元致秋抬起头，看见了元致澄。她有些发怔，似乎不太相信她看见的人是自己的哥哥。合上作业本，她走到门口，问："你怎么来了？"她语气平静，眼神淡定，仿佛她和元致澄仅仅十个小时或者十天没见面，而不是十年没见面。

"我有非常紧急的事情，必须现在告诉你！"元致澄严肃地说。

元致秋回头看了看自己的同事。她沉默地走向楼梯，元致澄跟在她身后。下楼的时候，两人遇到了给元致澄指路的那位女老师，元致秋称呼她何主任。何主任扫了一眼元致澄。元致澄从她的眼神判断，她怀疑他刚刚和她说过的话——他孩子想读鸿鹄小学。

这位何主任的眼神够毒辣，毒辣得有些异乎寻常。她站在讲台上，

29

学生搞什么小动作，都逃不过她的法眼吧。

兄妹俩来到教学楼后面的一棵大树下。现在是上课时间，不会有人来这里。

"即使他们死了，我也不会去参加他们的葬礼。说吧，你有什么事？"元致秋的开场白很犀利。

"你今晚是不是要和他一起去安平村的农舍？你千万不要去！千万千万不要去！你今晚待在家里，哪儿也不要去。听我的，我是你哥！我不会害你！"

元致秋打量着元致澄。此时此刻，她的眼神才是和元致澄十年没见面的眼神。"我和谁一起去安平村？"良久，元致秋问了一句。她似乎在估摸元致澄知道她多少事。

"戚渔翩。"元致澄毫不迟疑。

元致秋冷笑，云淡风轻地问："他老婆要去捉奸吗？"

元致澄认真地说："钟念熙什么都不知道。至少她现在应该什么都不知道。"

"你怎么知道她叫钟念熙？她不知道，你为什么知道？你调查我？你调查戚渔翩？"元致秋的语气很不高兴。

"我没有！妹妹，这十年我什么都没有做！你相信哥哥，今晚你一定不要去农舍，否则你会非常危险，性命攸关！"

"元致澄，我听不懂你在说什么。她还能杀了我？我不怕死！戚老师爱的人是我！"

元致澄惊讶地瞪着元致秋。他的妹妹什么时候变得如此嚣张！

明明是她做了第三者，破坏了钟念熙的家庭。她居然恨钟念熙？她有什么理由恨钟念熙？

不过，仔细想想，也不奇怪。元致秋和戚渔翮一起生活了十年，还有个儿子。在她心里，恐怕早就将戚渔翮据为己有了。站在她的角度，也许钟念熙才是第三者。

寻求内心的逻辑自洽是贪婪者的本能。因为只有这样，贪婪者才可以理直气壮地霸占不属于自己的东西。

元致澄读小学的时候，母亲每天早晨都让他带一个煮鸡蛋去学校。下课吃，充饥，补充营养。元致澄不喜欢吃煮鸡蛋，他每次都把煮鸡蛋送给自己的同桌。有一次，同桌去厕所了，元致澄顺手把煮鸡蛋送给了后桌。同桌从厕所回来，看见后桌在吃煮鸡蛋，他愤怒地说："元致澄，你怎么能把我的煮鸡蛋送给别人呢！"

同桌吃了太久的煮鸡蛋，他默认煮鸡蛋是自己的，这样他就可以心安理得地享用煮鸡蛋。当煮鸡蛋被元致澄送给别人，他也可以怒斥元致澄。他忘记了，元致澄才是煮鸡蛋的主人。元致澄有权决定把煮鸡蛋送给谁。

"秋秋！"远处传来一个男人的声音。这声音比普通人的声音清脆、响亮、圆润。元致澄看着男人。男人向大树这边走来。即使隔着几十米的距离，元致澄也能感受到他的不俗。气宇轩昂，风度绝佳。走路昂首挺胸，西装剪裁合体。如果将他扔在早晚高峰人挤人的地铁站里，他绝对是一眼就能被发现的类型。

男人走近了，他温和地冲元致澄微笑。这微笑散发着家境优渥，教养良好的味道。

今天是元致澄第一次见到这个活的男人。今天之前，元致澄只见过他的尸体。他就是戚渔翩。

戚渔翩不是好人。一个背叛妻子的男人，一个和情人一起被谋杀的男人，会是好人吗？元致澄是警察，他不想在法院定罪之前先给别人定罪，但是戚渔翩真的很像那种金玉其外败絮其中的人。元致澄做了十五年警察，没什么大本事，除了阅人无数，练就了一双敏锐的眼睛。

"你胆子好肥啊！竟敢跑来学校找我妹妹！"

戚渔翩愣了一下。半秒，他顶多愣了半秒，甚至不到半秒，他的脸上便恢复了微笑，他向元致澄伸出右手。"原来你是秋秋的哥哥，我是戚渔翩。"

元致澄不伸手，他冷笑说："秋秋是你能叫的吗？你也配！"

戚渔翩放下右手，他对元致澄的态度不以为意。他微笑着说："元先生，吃过午饭了吗？一起吃午饭吧！"

上午十点半吃午饭。这创意很新鲜嘛。

"你怎么来了？"元致秋看着戚渔翩，笑盈盈地问。

"上午没课，来找你吃午饭。何主任说你在这儿。"元致秋个子不高，勉强到戚渔翩的肩膀。戚渔翩低头看着元致秋，眼神充满柔情蜜意。

元致澄不明白了。钟念熙那么漂亮，戚渔翩怎么会喜欢相貌平平的元致秋？除了相貌，钟念熙的家世和学历，哪一样不比元致秋高出一大截。年龄呢？年龄确实是钟念熙大，可是钟念熙保养得好啊，看着比元致秋显年轻。

元致澄不是瞧不起自己的妹妹,他只是就人论人。二选一,男人都会选择钟念熙吧?谁会选择元致秋呢?既然戚渔翮选择了元致秋,他为什么不和钟念熙离婚?听钟念熙说,戚渔翮一直向她隐瞒自己出轨的事。

"戚渔翮,今天好好吃一顿,过了今天你就没饭吃了。"元致澄故意阴阳怪气地说话。

戚渔翮的目光从元致秋身上收回来,微笑地看着元致澄。他当然明白这句话里暗含的诅咒,他礼貌地沉默着。

元致秋愤怒了。"元致澄,请你不要在这里胡说八道。马上给我滚!"

戚渔翮保持微笑。"发生了什么事?我错过了什么?"

元致澄冷笑。"如果我是你,今晚我就不会去安平村13号农舍,更不会带秋秋一起去。"

元致澄提到农舍,他以为戚渔翮会惊讶他怎么知道农舍,但是戚渔翮没有显露出一点儿惊讶的表情,也没有问元致澄他这句话什么意思。

戚渔翮微笑着说:"元先生,谢谢你的提醒。我没打算今晚去农舍,更不会带秋秋一起去。现在过了播种的季节。拔草和浇水有村民帮忙。"

元致澄发现无论自己怎么激怒戚渔翮,他都能做到不生气,也算厉害了。这可能是因为戚渔翮教养好,也可能是因为他城府深。

"很好!戚渔翮,我问你一个问题,你最近有没有得罪过什么

33

人?"如果可以提前知道凶手是谁,那么就可以阻止凶杀案的发生。

"没有!"元致澄话音未落,戚渔翮已经回答他了。

"你仔细想一想,再回答我。"

通常元致澄问受害者或受害者家属这个问题,他们都会想一想再回答。戚渔翮回答得这么干脆,要么他最近真的没有得罪过什么人,要么他对这个问题早有准备。

"元先生,能不能告诉我,为什么你会问我这么奇怪的问题?"戚渔翮说得委婉,其实是在质疑元致澄。

元致澄冷笑说:"戚渔翮!你自己做过什么事你自己最清楚。总之你今晚不要去农舍。我是警察,我今晚在单位值班,我不想加班。"

元致秋冷笑说:"元致澄,你什么意思?我今晚偏要去农舍,我看她能把我怎么样?"

戚渔翮的眉头皱了一下,心平气和地说:"元先生,既然你是警察,那你不妨告诉我,今晚会发生什么事。我也好有个心理准备。"

元致澄向四周看了看,正义凛然地说:"我收到消息,今晚有人会在农舍对你不利。我劝你今晚不要去农舍,小心性命不保!"

"谢谢元警官的提醒!我向你保证,我今晚不会去农舍!你也不会加班。"戚渔翮嘴角的弧度加深了,脸上的微笑也变得明显了。他的微笑让元致澄不舒服。

读初中的时候,元致澄身材矮小,经常被同学欺负。有一次他被班里的小霸王揍了一顿,哭哭啼啼地回家。母亲带他去找小霸王的父母。他记得那个父亲微笑地替小霸王道歉,还主动提出送元致澄去医院做检查,医药费让小霸王用压岁钱支付。母亲很满意小霸王父亲的态度，没要医药费就走了。可是元致澄总觉得哪里不对劲，让他不舒服。

多年以后，元致澄长大了，他才明白小霸王父亲的微笑饱含着鄙视。他自上而下地鄙视元致澄母子。他越是微笑，越是表示他对元致澄母子不屑一顾。反正他有钱，他不在乎钱。他认为元致澄母子是来敲诈他的，他微笑地欣赏元致澄母子怎么敲诈他，他当自己在看戏。

只要他脸上挂着那种鄙视的微笑，无论他说什么，都不是真心的。

"戚渔翩，我警告你！以后也不要带秋秋去农舍。那是你和你老婆去的地方。还有，别他妈的老冲我笑。你吃了笑米饭啊！笑什么笑！"多年以前的不舒服，今天终于有了发泄的出口。

"你有毛病！元致澄，人的容忍是有限度的！"元致秋大声说。

"什么限度！对他这种人，我没有限度！他害了你一辈子，你明不明白！妹妹，你沦落到今天这个地步，都怪他！你被他坑死了！妹妹！"元致澄怒吼。

元致秋扬手甩了元致澄一个耳光。元致澄瞪大了双眼。他活了三十七年，没被人打过耳光，爸妈也没打过他耳光。妹妹真是烈性子。

元致澄扬手，狠狠甩了戚渔翩一个耳光。

"你打人！"元致秋怒吼。

"三个月后我就很想打他！可惜没机会！"元致澄暴躁地又甩了戚渔翩一个耳光，"我妹妹原本有大好前途！她聪明，勤奋，读名校！是你让她见不得光！人不人，鬼不鬼！是你这个人渣把她给毁了！"

"爱情是相互的，没有谁强迫谁！"

戚渔翩擦了一下嘴角，脱掉西装，挽起衬衫的袖子，冲元致澄招手。他是文质彬彬，文质彬彬不表示他活该受欺负。元致澄看戚渔翩的架势，知道自己今天遇到狠角色了。他挽起风衣的袖子，也冲戚渔翩招手。

　　"你们干什么？你们疯啦！"元致秋大声喊。

　　戚渔翩和元致澄都不理睬元致秋。他们同时冲向对方，像两股麻绳扭打在一起。元致秋很想分开他们俩，但她没那个实力。

　　下课铃响，人如蚂蚁一般，全涌出来了。孩子们来到大树下，叽叽喳喳，好奇地望着自己的元老师。两个女老师经过这里，也望着打架的两个人。

　　"那个男的是谁啊？"

　　"怎么和元老师的老公打起来了！"

　　戚渔翩是妹妹的老公？他们俩居然和别人说，他们俩是夫妻？元致澄没想到人能厚颜无耻到这个程度。他火冒三丈，他快被元致秋气死了。心里这样想着，元致澄下手更重了。元致澄不停手，戚渔翩也不停手。尽管戚渔翩不想在这种场合打架，他要脸。

　　"你们别打了！我求求你们别打了！戚渔翩，你住手！我生气了！我真的生气了！哥，我今晚不会去农舍！我从来没去过那座农舍，他不让我去！"元致秋的哭腔在两个打红了眼的男人面前，软弱无力。

　　"快！快！快！"何主任带着四个男老师赶过来了。两个男老师抓住戚渔翩，两个男老师抓住元致澄，硬生生把他们俩扯开了。

"我警告你！戚渔翩！以后别纠缠我妹妹！你有老婆！你不是他老公！"

元致澄说出这句话，惊呆了围观的老师们。大家一片哗然，窃窃私语，用陌生的眼神望着元致秋。元致秋羞愤交加，跑了。

这么多人围观，元致澄知道自己不该揭妹妹的底，影响妹妹的名誉，但是他没有更好的办法让妹妹和戚渔翩分手。他希望妹妹不要做第三者，不要插足别人的婚姻。这样做既不道德，还有生命危险。

他今天可以阻止戚渔翩带妹妹去农舍。明天呢？后天呢？如果有人蓄意谋杀戚渔翩，妹妹又经常和戚渔翩在一起，他能救妹妹几次？只要妹妹继续和戚渔翩纠缠，妹妹就处于危险中。倒不如趁今天这个机会，逼他们分手，也可以把钟念熙的老公还给钟念熙。

第三章
你老公今晚会死

元致澄开车去光华大学，熟门熟路到了物理楼，又熟门熟路到了钟念熙的办公室。钟念熙不在办公室。方叶琳说她在阶梯教室上课。

元致澄认识方叶琳。他生活的那个时空，为了调查戚渔翩和元致秋的案子，他来过光华大学，找过钟念熙。他见过方叶琳，记得方叶琳。现在这个时空，很明显，方叶琳不认识他。

元致澄去了阶梯教室，坐在最后一排，听钟念熙讲课。她站在讲台上，和平时不太一样。平时的她，冷漠刻薄。现在的她，和颜悦色，和蔼可亲。

"如果你能运动得比光还快，根据相对论，意味着你能向时间的过去运动。超光速可能吗？已有的实验数据显示不可能。别急，还有办法。我们也许可以把时空卷曲起来，使得时空上的A点和B点之间出现一条近路，在A点和B点之间创造一个虫洞。虫洞就是一个时空细管，它能把两个几乎平坦的相隔遥远的区域连接起来。因此，虫洞和其他可能的超光速旅行方式一样，允许你回到过去。喜欢时空旅行的同学不妨试试，记得带上四季的衣服。因为你不知道另一个时空是夏日炎炎还是冰天雪地。"

阶梯教室里充满欢声笑语。这有什么好笑的？元致澄完全听不懂钟念熙在说什么。他举手，钟念熙瞥了他一眼，继续讲课。

"科学家谈论虫洞有一个世纪了。如果虫洞真实存在，它将会是空间中解决速度极限问题的办法。虫洞又被称作爱因斯坦-罗森桥。1935年阿尔伯特·爱因斯坦和纳珍·罗森合写了一篇论文。在这篇论文中……"

"钟老师，我想穿越时空。请问哪家虫洞有折扣？"不让他发言，他偏要发言。元致澄笑嘻嘻，学生们哄堂大笑。这有什么好笑的？少见多怪。

"这个问题问得好。"钟念熙一本正经地解答，"爱因斯坦本人并不相信虫洞真实存在，虫洞时空旅行是他假设的理论。迄今为止，人类也没有实验证据表明宇宙中有虫洞。不过，科学研究最重要的是大胆假设，小心求证。霍金说，虫洞无处不在，虫洞就在我们身边。这位同学，你好好学习，天天向上。说不定未来你会成为世界上发现或者制造虫洞的第一人，在我们的物理课本上留下你的名字。"

学生们又哄堂大笑，元致澄低下头，他不想让这群学生看见他的脸。长这么大，他没试过被这么多人一起笑。

下课铃响。钟念熙一秒钟也不耽搁，她走了。

"钟老师，钟老师，等等我！"元致澄追上钟念熙，"钟老师，你讲课讲得不错，就是下课跑得太快了。"

"你有事？"

"我想和你谈谈戚渔翩。"

"我不想谈。"

"你不想知道是谁杀了他吗？"

这句话有效果。此时的钟念熙与元致澄一样，都是从三个月后回来的，她当然知道他在说什么。钟念熙停住脚步，她盯着元致澄。元致澄有些得意。可是钟念熙却阴阳怪气地说："元警官，你们调查了三个月，终于抓住凶手了？恭喜呀！"

元致澄不理睬钟念熙的阴阳怪气。"现场财物没有损失，我们推测是情杀或者仇杀。你老公有没有别的……女性好友？"

"你去问他！"

"你老公三个月前，哦不，最近有没有得罪过什么人？"

"你去问他！"

"你老公……"

"你怎么总是我老公我老公？你有没有想过，戚渔翩是无辜的。凶手想杀的人可能是元致秋。"

"这……不可能。"

"凭什么不可能？凭她是你妹妹吗？"

"凭我的直觉。当然，凶手也可能是两个人都想杀。"

"那你还站在这里和我闲聊？快去抓凶手啊！你妹妹等你救她呢！"

"如果是情杀或者仇杀，即使我们今天救了他们，他们也是躲得过初一，躲不过十五。"

"谁说我要救戚渔翩？"

"你老公今晚会死，你……还有心情来学校上课，你一点儿也不慌吗？"

"上课是我的工作。无论发生什么事，都不能耽误我给学生上课。况且我回来五次，戚渔翮死了四次。我有什么好慌的！我习惯了！今晚我会等你们的报丧电话。记得要准时啊！"

钟念熙走了。戚渔翮站在原地，目瞪口呆。天哪！这女人什么人哪！

钟念熙去教育超市买了一罐坚果，回家了。戚渔翮不在家，家里静悄悄的。

她和戚渔翮的生活特别简单，没有孩子没有猫狗没有养鱼。她不喜欢动物，她喜欢植物。她在阳台上种了许多花草。她很少打理，一向是戚渔翮打理。在她知道戚渔翮出轨之前，她从来没有怀疑过戚渔翮对她的爱。

钟念熙把坚果放进客厅的柜子，想了想，又拿出来，放进厨房的柜子。

在客厅的沙发上呆坐了一会儿，钟念熙起身，去书房检查戚渔翮的抽屉，去卧室检查戚渔翮的床头柜，去衣帽间检查戚渔翮的每件衣服。一无所获。每次时光旅行回来，她都要做一些检查。她期待发现什么。她期待发现什么呢？她能发现什么呢？她发现了什么又怎样呢？

戚渔翮和元致秋有个十岁的儿子，这表示至少十年前他们就开始了。十年前？她和元致秋两个人，到底谁才是第三者。

十年前她博士毕业回国，进入母校光华大学做老师。元致秋是数学系大四的学生，选修了她的公共物理课。公共物理课主要面向全校理工类大一和大二的学生，有学分。大四的学生，即使来上课，也没有学分。她觉得元致秋是真心喜欢她的课。那时候她年少轻狂，志得意满。有学生喜欢她的课，她骄傲。

元致秋和另外两个数学系的女生，下课后经常把她围住，问她问题。有时候问题太多，她们四个人就一起去食堂吃午饭。戚渔翩每周一三五到光华大学陪她吃午饭。元致秋和戚渔翩就是这么认识的。

元致秋渐渐和她熟了，有时候会去教师宿舍找她。如果恰巧戚渔翩也在宿舍，三个人就煮火锅吃。戚渔翩带来了肥牛卷、肥羊卷、五花肉、鱼片、萝卜、山药、蘑菇和绿叶菜，元致秋带来了方便面和火腿肠，钟念熙提供鸡蛋和黄豆酱。三个人边吃边聊。天南海北，古今中外，无所不聊。

教师宿舍条件简陋，戚渔翩却总有办法把食物弄得美味，再加上他天生幽默风趣，元致秋经常被戚渔翩逗得哈哈大笑。

十年后，钟念熙才明白元致秋为什么会来她的宿舍，那两个数学系的女生为什么不来她的宿舍。

元致秋快毕业的那段时间，钟念熙忙着指导本科生的学年论文。等她意识到元致秋很久没来教师宿舍找她了，元致秋已经退学了。钟念熙问过元致秋的辅导员，辅导员也不知道元致秋退学的真正原因。厌学显然是一个借口。钟念熙从此联系不到元致秋。天大地大，一个人有心躲避另一个人，不是什么难事。

十年，说长不长，说短不短。一直到今年6月19日，戚渔翩和元致秋在农舍被谋杀,钟念熙才从元致澄口中得知,他们有个十岁的儿子。她才明白元致秋十年前退学的真正原因,她怀了戚渔翩的孩子。

或许怀孕根本就不是退学的真正原因。元致秋决定和戚渔翩在一起,戚渔翩也决定和元致秋在一起,他们俩又都想要这个孩子。于是退学才成为最佳选择。他们不是冲动,他们是认真商量过,慎重做出了这个选择。

戚渔翩死后这三个月,钟念熙反复回忆,她怎么也想不起来当初有任何蛛丝马迹可以证明他们在一起。是他们的保密工作做得太好了?还是她太傻了?

元致秋退学前后,她除了忙着指导本科生的学年论文,她也忙着筹备自己和戚渔翩的婚礼。现在想想,多么讽刺啊!她好像一个笑话。

听见钥匙开门的声音,钟念熙迅速从衣帽间出来。走到阳台,拿起喷壶给花草浇水。

"我回来啦!"戚渔翩像往常一样,高兴地喊了一声。钟念熙转身,戚渔翩来到阳台。他抱住钟念熙,亲了一下她的脸。"老婆,想我吗?我想你。"

"我们早晨还一起吃饭,几个小时没见而已。"

戚渔翩松开钟念熙,接过她手上的喷壶。"即使十分钟没见,我也想你。君子兰不能浇太多水。"

"你上午去哪儿了?我记得你今天上午没课。"

"我去学校开教研会。老肖最喜欢趁我们没课的时候,组织我们开会。"

戚渔翱放下喷壶，脱了西装，走进厨房，系上围裙。钟念熙将西装拿进衣帽间。她翻西装的口袋。除了手机、车钥匙和半包纸巾，什么都没有。戚渔翱进进出出，从来不用公文包，零碎东西都放在口袋里。

他有一股潇洒不羁、风流倜傥的气质。从小到大，这股气质使他很受女生欢迎。读书的时候，尽管他有钟念熙这位正牌女友，尽管他对其他女生目不斜视，他收到的情书也能装满几个书包。

钟念熙在戚渔翱的手机锁屏界面输入自己的生日，检查戚渔翱的微信和通话记录，还是什么都没有。钟念熙叹了口气，一瞬间她有些绝望。她什么时候变成不信任老公的女人了？她觉得好累，好累。

从洗菜到把饭菜端出来，戚渔翱花了半小时。他无论做什么事，效率都很高。

清蒸鲫鱼、番茄牛腩、香菇菜心和丝瓜蛋花汤。钟念熙不会做饭，一向是戚渔翱做饭。他们也请过家政阿姨，但阿姨做饭不如戚渔翱做得好吃，钟念熙不喜欢。戚渔翱就辞退了阿姨，自己做饭。

戚渔翱舀了两碗蛋花汤，一碗给钟念熙，一碗给自己。这么多年形成的习惯，两人吃饭之前喜欢先喝开胃汤。

戚渔翱将鱼肚子夹给钟念熙。"小心有刺，鲫鱼多刺。"

钟念熙对戚渔翱的亲热举动深感不适。"我自己来，你也吃。"

戚渔翱没听钟念熙的，他又将一块鱼脸肉夹给她。然后他将鱼翻了个身，给自己夹了另一块鱼脸肉，吃得津津有味。

钟念熙吃完鱼肚子和鱼脸肉,看见另一边的鱼肚子还躺在盘子里。她给自己舀了一勺番茄牛腩。戚渔翮今天好像特别喜欢吃香菇菜心,连着夹了三次。

"你把鱼肚子吃了吧。你怎么不吃鱼?"钟念熙问。

戚渔翮笑着说:"我吃鱼只吃鱼脸肉,你忘啦?"

钟念熙皱眉,她好像真的忘了。他和她说过吗?在那个时空曾经说过吗?

戚渔翮笑着说:"我就知道你是个小迷糊,从我们认识到现在,这个问题你一共问过我四次。一次在小学,一次在高中,一次在你出国前,一次在今天。"

钟念熙愣住了。她真的没有一点儿这方面的记忆。

戚渔翮又笑着说:"小时候爸妈把我宠坏了。每次吃鱼,爸爸夹一块鱼脸肉给我,妈妈夹一块鱼脸肉给我,两块鱼脸肉都归我。久而久之,我吃鱼就只吃鱼脸肉了。"

钟念熙勉强笑了一下说:"三十多年了,我们认识三十多年了。同一件事情你和我说过四次,我居然不记得。"

戚渔翮将另一边的鱼肚子夹给钟念熙,说:"这有什么呀!我又不是不吃鱼。你放心,我们家的餐桌以前每周有鱼,以后每周也有鱼。因为你爱吃鱼嘛!"

吃完饭,钟念熙抢着洗碗。戚渔翮没和她争,他跟着她进了厨房,和她并排站立。她洗碗,他负责过清水,把碗放在架子上沥干。如果戚渔翮不出轨,他真的是一个好丈夫。钟念熙承认她曾经深深地

45

爱过他，她也相信他深深地爱过她，在元致秋出现之前。

钟念熙说:"你刚才吃得很少。"

戚渔翮笑着说:"我不饿，上午我们几个偷吃了老肖的面包。"

钟念熙问:"小鱼，结婚这么多年，你会不会觉得我对你关心不够?"

戚渔翮笑着说:"你今天怎么啦?老夫老妻，难道要每天嘘寒问暖吗?我觉得你很关心我啊!你看我今天穿的这件衬衫，你买的。领带很漂亮，你昨晚为我搭配的。"

钟念熙低着头，沉默地洗碗。事实上，戚渔翮每天对她嘘寒问暖。如果中午两人各自在学校吃饭，他必然会打一个电话给她，问她上午做了什么，中午吃了什么，晚上想吃什么。叮嘱她下午抽时间睡一会儿。

每次她接他的电话，方叶琳就会感叹，天地玄黄，宇宙洪荒，古往今来全宇宙硕果独存戚渔翮这么一个好男人爱老婆。

他是真的爱她?还是在演戏?如果是演戏，他演了十年没露破绽。是他的演技太好了?还是她太傻了?演了十年，他不累吗?

钟念熙抬起头，看着戚渔翮。"你记得元致秋吗?"

戚渔翮皱了皱眉，似乎他不记得了。"那个数学系大四的学生?临近毕业，主动退学的那个?"

钟念熙点头问:"你还记得她吗?"

戚渔翮摇头说:"不太记得了。那时候好像她偶尔去你宿舍找你?"

她不是去找我，她是去找你。钟念熙看着戚渔翮，他的表情没有任何异样。"前几天我在一本小学教研杂志上看到元致秋这个名字，上面有作者的工作单位，鸿鹄小学。我打电话去问，果然是她。"

"哦。你找她有事？"戚渔翩似乎对她的话没什么兴趣，他专注地将那些盘子摆放整齐。

"我不知道为什么十年前她要退学。多可惜呀！她在数学和物理上都很有天赋。我以为她至少会像我这样成为大学教授。你帮我打个电话给她，约她晚上来家里吃饭。像从前那样，我们三个人吃火锅。"

戚渔翩笑着说："干吗让我打？"

钟念熙笑着说："尴尬的事情由你做。"

戚渔翩笑着说："你也知道尴尬啊！你和她十年没有联系了，你突然叫自己的老公打电话给她，你还要叫她来家里吃饭。老婆，你别想一出是一出了。她可能都不记得我们是谁。老师记得学生，学生未必记得老师。明天你自己打电话给她，约她逛街，喝咖啡。过段时间你再请她来家里吃火锅。这样比较合适。"

确实是戚渔翩的安排比较合适，他的情商和智商都高于钟念熙。不过他有句话说错了。通常情况下，学生肯定记得老师，老师却未必记得学生。戚渔翩自己就是老师，他明白这个道理。可能他太急了，不小心说错话了。也可能他是为了劝服钟念熙，故意说了这么一句错话。

钟念熙不能等，她没有时间了。不！戚渔翩和元致秋没有时间了。

"择日不如撞日。你打不打？"

"我打，我打。老公要听老婆的话。"戚渔翩摸了摸自己裤子的口袋，笑着问："我的手机呢？"

47

钟念熙笑着说:"客厅沙发。"

戚渔翾当着钟念熙的面打电话给元致秋,他开了免提键。

"请问是元致秋吗?我是戚渔翾。元同学,你还记得我吗?你大学有一个物理老师叫钟念熙,你大四的时候选修过她的公共物理课。你还记得她吗?记得啊!对对对!我当时是她男朋友,现在是她老公。那时候我们三个人经常一起在她宿舍吃火锅……"

钟念熙的双眼像钉子一样盯着戚渔翾。恕她无能,她在他脸上看不出任何不自然的表情。

她在厨房突然叫戚渔翾打电话,就是为了让他没有准备。他们俩一起从厨房走到客厅,中途戚渔翾没有一丝一毫的机会向元致秋通风报信。他拿过沙发上的手机,她报号码,他打电话。电话没接通,他已经开了免提键。

钟念熙听元致秋的声音,也没有任何不自然,甚至饱含着和老朋友久别重逢的喜悦。

这说明什么?这说明要么两个人真的十年没有联系,要么两个人配合默契。他们约好了。他们的事情早晚会被钟念熙发现,钟念熙早晚会故意叫他联系她。如果某年某月某日他打电话给她,假装这么多年他第一次联系她,那么她就假装退学后和他一直没有联系。

他们肯定商量过!他们什么时候商量过?是十年前?还是每天互相提醒?他们根本不知道,何年何月何日自己的丑事会被钟念熙发现。他们付出了多少努力,多少小心,他们反复练习过多少次,他们才有今天的从容不迫。

太可怕了！钟念熙不寒而栗。

戚渔翾是否有别的手机？他平时不可能不联系元致秋。如果他每次都用现在这部手机打电话给元致秋，那么元致秋每次接电话都会提心吊胆。因为她不知道这次钟念熙是否在戚渔翾身边，她不知道这次她是否要假装久别重逢。

钟念熙去戚渔翾的学校收拾他的遗物时，没有发现别的手机。家里她找过好多次了，也没有。钟念熙找手机，不仅是为了找手机，她也是想找他们在一起的证据。即使戚渔翾死了，她也想弄清楚他和元致秋之间的关系。他究竟把手机藏哪儿了？

出轨的男人是间谍。发现丈夫出轨的女人是警察。

元致澄在钟念熙那里讨了没趣，气得跑到食堂吃午饭。光华大学的食堂不对外营业，元致澄向学生借饭卡。吃饱喝足之后，气消了。元致澄不放心元致秋。他打电话给她，元致秋不接，把电话挂了。

元致澄又开车去了鸿鹄小学。何主任说元致秋下午没课，应该回家了。元致澄知道元致秋的住址，枫林小区。案发后他以警察的身份去过几次。

那个家里全是戚渔翾和元致秋生活的痕迹。如果钟念熙看见了，他不知道她会作何感想。根据他掌握的情况，案发后钟念熙一次也没去过那个家。这个女人没有人类天生的好奇心吗？

元致澄看见元致秋在阳台收衣服，他放心了。他坐在车里，一边吃臭豆腐一边紧盯着楼栋门。他发誓，从现在开始到深夜，只要元致秋敢出来，他就敢把她塞进家里。那个时空，元致秋的死亡时间，据法医检验，是6月19日深夜11点左右。熬过这个时间点，妹妹就获救了。

黄昏，元致秋出来了。她穿得很漂亮，和今天上午在学校不一样。元致澄没把她塞进家里，好奇心促使他悄悄跟踪她。反正不管发生什么事，他相信他都有能力保护妹妹。案子至今没破，他跟踪妹妹，也许会有线索。案发当晚，安平村的视频监控坏了，村口进进出出的车辆和人，都没有记录。

想起案子，元致澄就头疼。如果这次他不是回到过去，而是前往未来，可能他已经知道凶手是谁了。那么，他再回到过去，在凶手行凶之前先抓住凶手，他就可以阻止凶杀案的发生了。他用得着现在跟踪自己的妹妹吗？

钟念熙不愿意前往未来，元致澄一个人没胆量前往未来，他不知道黑咖啡的功效怎么样，他没试过。万一出现纰漏，导致他不能回到他生活的时空，他怎么办？所以这次他选择和钟念熙一起回到过去，救自己的妹妹，顺带看看有没有线索。

元致秋开车来到光华大学附近的一个高档小区，云顶豪庭，钟念熙和戚渔翾住在这里。案发后元致澄来过钟念熙的家，向钟念熙了解戚渔翾的情况。元致澄疑惑了。妹妹跑这里来干什么？她要和钟念熙摊牌？示威？两个女人不会打起来吧？

元致澄跟踪元致秋来到楼栋。元致秋拨门禁的视频电话，钟念熙开门让她进去了。元致澄干瞪眼，他总不能也拨视频电话吧。

等了一会儿，有业主来了，元致澄尾随业主进了电梯。业主用看贼的眼神看元致澄,最终什么都没问。这栋楼里住的都是高知。高知的特点是能不管别人的闲事就不管别人的闲事。

元致澄趴在钟念熙的大门上听动静,听了好久也没听见什么动静。高档小区就是高档,隔音真好。

屋子里,元致秋坐在沙发上,一边吃水果一边和钟念熙叙旧。两人之间洋溢着久别重逢的喜悦。钟念熙没问元致秋为什么十年前她突然退学,元致秋也没主动提这件事,仿佛造成两人失去联系的这件事根本不存在。

戚渔翩在厨房准备晚饭。今天的晚饭吃火锅,他下午去超市买了食材。他伸头看了一眼客厅,恍惚回到了十年前。十年前的钟念熙的宿舍,他在准备火锅,钟念熙和元致秋坐在床上谈笑。唯一的区别是,今天的食材比十年前丰盛了很多。

十年,时间过得真快。快到他没有心理准备,他已经人到中年。早晨起床洗漱,对着镜子,他发现自己的两鬓有了几根白发,夹杂在黑发中,闪耀着凄厉诡异的光,触目惊心。白发不会变黑,人生不会重来。他走的每一步路,都是他自己的选择。他走的每一步路,铸成了今天的他。他怨得了谁?

"吃火锅啦!"戚渔翩欢快地吆喝了一声,将火锅炉摆上餐桌,"两位女士速速去洗手。"他像十年前那样催促她们。

钟念熙去了卫生间,关了门。元致秋去了厨房,帮戚渔翩端菜。两人对视一眼,平静地说着客套话,仿佛钟念熙就在他们身边。

钟念熙从卫生间来到厨房,笑着说:"好丰盛啊!不过这个牌子的橙汁不好喝，还是喝我的鲜榨番茄汁！"

戚渔翩笑着向元致秋解释说："她在郊区租了块地，有空就去种菜。番茄啊，黄瓜啊，丝瓜啊，西葫芦啊，我们吃不完就榨汁喝。"

钟念熙笑着说："戚老师，好像是你去种菜的次数比较多。"

戚渔翩笑着说："你管租不管种，我不去怎么办。菜都被虫子吃了。"

钟念熙笑着说："致秋，你看他是不是一点儿没变，有事就赖我头上。明明是他自己想吃蔬菜，乐呵呵地跑去种，却说我不管那些蔬菜。其实我经常给它们拔草和浇水。"

元致秋笑着说："两位老师的感情和从前一样好。不！比从前更好。"

钟念熙笑着说："今天就请你品尝戚老师亲手种的番茄。我保证你喝了番茄汁，终生难忘。"

戚渔翩和元致秋去了餐厅。钟念熙留在厨房，她从冰箱里拿出番茄、黄瓜和雪梨，将它们切块，放进榨汁机。又从储物柜里拿出今天买的那罐坚果，倒在盘子里，细心地挑选出一些核桃仁，将核桃仁放进榨汁机。这么新鲜有营养的番茄汁，她保证所有喝过的人终生难忘。

"来啦,来啦,戚渔翩牌番茄汁,好喝不要钱。"钟念熙从厨房出来，热情地给三个玻璃杯倒满了番茄汁，"我们先喝一大口再吃火锅，开胃。这里面我放了番茄、黄瓜和雪梨。"

"钟老师亲手榨的番茄汁就是好喝。"戚渔翩笑着，一口喝了半杯。钟念熙又给他的杯子倒得满满的。

三个人像十年前那样,天南海北地胡乱聊天,没有主题,没有结论,想到什么就说什么。钟念熙看着眼前背叛自己的两个人,她想不通,她真的想不通。他们怎么就能做到若无其事呢?

"戚老师,你想要一个孩子吗?"钟念熙冷不防发问。

"不想,二人世界挺好。"戚渔翮夹了一块豆腐,豆腐掉在餐桌上,碎了。

"我知道你想要一个孩子。这些年因为我不能生育,拖累你了。"钟念熙给戚渔翮夹了一块豆腐,放到他的碗里。

"熙熙,医生说你怀孕困难,没说你不能生育。这是体质原因。我们慢慢调理。"戚渔翮语气温柔,充满安慰。他给钟念熙夹了一块鱼肉。

"调理到什么时候呢?我们结婚十年了。"

"熙熙!"戚渔翮低声说,"有外人在这里,我们不讨论孩子的问题。"

"致秋不是外人。"钟念熙高声说,"你们俩的儿子今年都十岁了。我才是外人。"

元致秋脸色煞白,瞪着钟念熙。戚渔翮惊呆了,但是他反应快。"熙熙,这种玩笑不好笑。你从哪儿听来的闲言闲语!"

钟念熙拍了一下桌子,站起来,冷笑说:"戚渔翮,元致秋!你们这对狗男女,你们瞒了我十年!当我是傻子吗?我钟念熙天生是被你们欺负的吗?"

戚渔翮和元致秋对视一眼。他们哪儿露馅了?元致秋和钟念熙

53

没有共同的朋友。也就是说，世界上没有一个人，既认识元致秋和戚渔翿，又认识钟念熙和戚渔翿。所以世界上不可能有人知道戚渔翿出轨元致秋。

这十年，他们的保密工作做得非常好。戚渔翿有时候会去鸿鹄小学接元致秋下课。除此之外，他们几乎不会一起出现在公共场合。他们在鸿鹄小学以夫妻面目示人，这是元致秋要求的，否则元致秋无法解释为什么自己有一个儿子。她不想在同事面前扮演单亲妈妈。

"熙熙，我发誓，没有这种事。你十年没见过元致秋，我也十年没见过她。你想想，我怎么可能和她……而且她是你的学生……我不会这么做……"语言的节奏跟不上思维的节奏，戚渔翿结结巴巴地为自己辩解。

"钟老师，你想象力太丰富了。这怎么可能呢？"短暂的惊讶之后，元致秋恢复了平静。

钟念熙看着元致秋，冷笑说："戚元嘉，男，十岁，汇霖小学四年级学生，家住枫林小区6栋303室。需要我提供更多的信息吗？比如，他在我和戚渔翿结婚之前出生。"

戚渔翿脸色煞白，问："你，你，你怎么知道？"

钟念熙冷笑说："戚渔翿，世上没有不透风的墙。"

"那又怎样？钟念熙！"丑事被揭穿，元致秋反而无所顾忌了，她冷笑说，"你喜欢种菜，你租了地，你不种，你叫戚老师帮你种。你喜欢花草，你在阳台上摆满花草，你不打理，你叫戚老师帮你打理。你喜欢看悬疑片，戚老师喜欢看青春片，每次看电影你们都看悬疑片。你喜欢吃鱼，戚老师不喜欢吃鱼，你们家每周吃鱼。你讨厌猫狗掉毛，戚老师就不能养宠物。钟念熙，戚老师是你的丈夫，不是你的奴隶，你凭什么叫他照顾你！你凭什么叫他事事迁就你！你从来不考虑戚老师的感受。你永远高高在上，命令他这个，命令他那个。你知道他和你在一起，承受了多大的压力吗？他喘不过来气，你知道吗？你什么都不知道！因为你只关心你自己。你和戚老师恋爱十年，结婚十年，你为他做过一顿饭吗？洗过一次衣服吗？你没有！钟念熙，你自私自利！这十年，你对他的付出远远不如我这个所谓的第三者！"

钟念熙抓过玻璃杯，狠狠摔在地上。玻璃杯碎了，番茄汁流了满地。戚渔翩吓了一跳，他从来没见过钟念熙发这么大的脾气。

钟念熙冷笑说："元致秋，我和我老公之间怎么相处，这是我们的家事。你什么身份！你一个外人！你插嘴！你有资格插嘴吗？"

元致秋眨了眨眼睛，微笑着说："我没有资格谁有资格？我至少比你有资格。戚老师人在你这里，心却在我这里。你和他有结婚证，他不离开你，这很正常。我和他之间没有法律保障，他却留在我身边十年。你觉得这是为什么呢？因为他爱我，他非常爱我，他真的非常爱我……"

啪！钟念熙一个耳光扇过去，成功让元致秋闭嘴。啪！元致秋也不是省油的灯，她也干净利索地给了钟念熙一个耳光。两个女人互相瞪着对方，似乎都不敢相信对方刚刚打了自己。

钟念熙打元致秋，是因为元致秋破坏了她的家庭，她有底气打元致秋。元致秋打钟念熙，是因为戚渔翩爱她，她嚣张，她有恃无恐。恨！恨！恨！钟念熙恨元致秋！但是她更恨戚渔翩！

55

啪！戚渔翩甩了元致秋一个耳光。元致秋呆呆地看着戚渔翩，她想不到戚渔翩会打她。钟念熙也看着戚渔翩，她也想不到戚渔翩会打元致秋。

"你疯啦！你打我干什么？"

"你疯啦！你打她干什么？"

"你们这对狗男女！别演戏了！我恶心！"

钟念熙转身走进卧室，拿出一份《离婚协议书》。下午她叫戚渔翩去超市买食材，她自己在家里准备了这份《离婚协议书》。

"戚渔翩，签字吧！我成全你们！"

戚渔翩看了一眼，发现是《离婚协议书》，一把抢过来，撕得粉碎。钟念熙冷笑。元致秋怒吼："戚渔翩，你他妈的不是人！"

元致秋话音未落，戚渔翩倒下了。他趴在沙发上，痛苦得脸部扭曲。"怎么啦？你怎么啦？"元致秋见势不妙，慌了。戚渔翩捂着胸口，呼吸急促。元致秋六神无主，她拿过餐桌上的番茄汁，给戚渔翩灌了两口。"好些了吗？"

戚渔翩说不出话，他伸手抓自己的胳膊。元致秋看见戚渔翩的胳膊上浮现出一块块红斑。"你这是怎么啦？我送你去医院。"元致秋架起戚渔翩，努力把他往门外拖。

钟念熙悠闲地坐在沙发上，翘着二郎腿喝番茄汁。她冷笑说："我以为你多了解戚渔翩呢！他对核桃过敏，他没告诉你吗？"

"我当然知道他对核桃过敏，他今天没吃核桃。"

"他喝了核桃汁，你刚刚喂他喝的。"

元致秋明白怎么回事了。她咆哮:"钟念熙,你变态,你他妈的不是人!"

钟念熙冷笑说:"我还没杀他呢!出轨的男人!我对他很克制了。送他去医院吧!滚啊!快滚啊!狗男女!"

钟念熙起身打开大门,趴在大门上听动静的元致澄差点儿摔了一跤。钟念熙满脸怒容,瞪着元致澄,元致澄有些尴尬。"嘿嘿,我担心我妹妹出事。"

元致澄开车送戚渔翩去医院。戚渔翩半躺着,他全身红肿,胸闷气短,呼吸困难。元致秋搂着戚渔翩。元致澄从后视镜里瞥了戚渔翩一眼。这个男人今晚死是死不了,不过要扒一层皮。

"戚渔翩有没有别的情人?除了你!"

"你胡扯什么!他没有!他对我一心一意。"

"你有没有别的情人?"

"元致澄!你疯啦!现在问我这种问题。我没有!你开快些行吗?他要死了!"

来到医院,急诊医生替戚渔翩做了初步的诊断,建议他今晚留院输液。

元致澄坐在长椅上,他看见医院的挂钟显示快十二点了。一瞬间,困意如潮水袭来。他感觉昏昏沉沉,迷迷糊糊。他垂下头,他控制不住自己,他睡着了。

第四章

我有杀人动机

一阵眩晕,一觉醒来。元致澄发现自己身处时光知返咖啡馆,他坐在餐桌前。躺在沙发上的钟念熙刚刚醒来,睡眼惺忪。

元致澄抬腕看表,他记得他喝咖啡时也看过表,当时是6点17分,现在是6点27分。时间仅仅过去了十分钟?

"我们真的回到了6月19日。我们没有做梦?"

"你有没有做梦,我不知道。反正我没有做梦。"

钟念熙起身,走向吧台,给自己泡了一杯枸杞红枣茶。戚渔翩被杀后,父母担心她抑郁。他们知道她喜欢喝咖啡,于是盘下时光知返咖啡馆,供她消遣,以免她胡思乱想。父母不知道,她喜欢喝咖啡,是因为戚渔翩喜欢喝咖啡。自从她知道戚渔翩出轨,她就不喜欢喝咖啡了。

元致澄来到吧台,拿着小匙敲杯子。"6月19日,他们整晚待在医院。也就是说,我们成功救了他们?"

"是你送他们去医院的吧?你比我清楚。"

"我以为你比我清楚。如果不是你给他喝什么核桃汁,他不会逃过这一劫。我妹妹沾光,她在医院照顾他,她也没去农舍。嘿嘿,钟老师，你嘴硬心软哦。"

钟念熙这个女人，阴险狡诈。为了阻止戚渔翮去农舍，不惜下狠手，差点儿要了戚渔翮的命。

钟念熙抢过元致澄手里的小匙，扔进水池。元致澄不想惹钟念熙不高兴，毕竟他有求于她。"我的意思是，凶手想杀的人可能是我妹妹。我妹妹沾了戚老师的光，她不用死了。"

"两个狗男女死在一起，凶手究竟想杀谁，很难说。出轨的男人比做第三者的女人更可恨。他背弃了对婚姻忠诚的承诺，他应该受到惩罚。我只想在他死之前，让他多吃点儿苦头。如果杀人不犯法，我会多放些核桃，毒死他。"钟念熙目露凶光。

元致澄连连点头，"毒死他，毒死他。"

钟念熙问："喝什么？"

元致澄说："除了黑咖啡和核桃汁，其他都可以。"

钟念熙淡淡地哼了一声。元致澄伸了个懒腰，掏出手机，漫不经心地搜索本地新闻。6月19日这天，瀛海市最轰动的新闻是两对情侣在地铁站打架。扔了一地的红玫瑰，四个人全部进了派出所。

元致澄笑了笑，又搜索崇汇分局的新闻。一瞬间，他双眼发直。他看见崇汇分局6月21日发布的《警情通报》。"6月20日22时17分，崇汇分局接市局110指令，辖区内安平村发生刑事案件，致两人死亡。接警后，崇汇分局立即组织警力，迅速赶赴现场进行处置。目前案件侦办工作正在依法有序推进中。请广大群众不造谣，不信谣，不传谣。"

吕迁站在门口,他看见男人的脸色变得惨白。他猜测,一定是他们回到过去,改变了别人的命运,产生了可怕的蝴蝶效应。他犹豫着要不要走进这扇门,问问他们情况。他迫切想了解关于时光旅行的秘密。

钟念熙突然向门口走来。吕迁有些慌乱。不知道为什么,他不想被钟念熙发现他在这里偷看。他顾不得大雨滂沱,躲到了枇杷树下。钟念熙打开玻璃门,在门口站了一会儿,又把门关了。吕迁赶紧溜走了。皮夹等明天上班再来拿吧。

《警情通报》没有提戚渔翮和元致秋的名字,直觉告诉元致澄,受害人就是他们俩。6月19日,原本是戚渔翮和元致秋被谋杀的日子,他和钟念熙回到过去,在这一天救了戚渔翮和元致秋。为什么戚渔翮和元致秋6月20日又被谋杀于安平村?为什么?为什么?为什么?难道他们俩命中注定该死!躲得过初一,躲不过十五!呸!不要封建迷信!

一夜辗转反侧,天快亮的时候,元致澄才睡着。等他醒来,太阳当空照,父母不在家。他胡乱吃了碗泡饭,匆匆赶往崇汇分局。

今天分局的人似乎有些不对劲,他们看他的眼神古里古怪。难道他们知道他回到过去的事情了?不可能!他和钟念熙约定了守口如瓶。难道他今天比较帅?不可能!他每天都很帅。难道他今天比较邋遢,忘记刮胡子?元致澄摸了摸下巴。没有啊!

元致澄不理睬这些人,径直进了办公室,坐在办公桌前。他的办公桌好脏,满是灰尘。他起身,四下张望,拿了花若诗的纸巾擦自己的办公桌。他打开电脑,想进内网搜索戚渔翩和元致秋的案子,系统显示他没有权限。他反复试了几次,系统都显示他没有权限。他没有权限?他是二大队的队长,他没有权限?这是哪个浑蛋设置的系统!

"元队,你怎么来啦?"花若诗问。

"戚渔翩和元致秋的案子,我怎么没有查询的权限?"元致澄指着自己的电脑,示意花若诗过来帮他。可是花若诗的双腿像被钉子钉住了,一动不动。她用古里古怪的眼神打量着元致澄。这种眼神刚刚在走廊上元致澄已经受够了。

"我今天有什么不同吗?你们一个个,这样瞪着我。"元致澄嬉皮笑脸。

花若诗将自己的咖啡递给元致澄。元致澄接过纸杯,发现是黑咖啡,放下了。

"元队,你想通啦?你来上班啦?"

花若诗这么说,元致澄更加丈二和尚摸不着头脑了。"到底发生了什么事?花若诗,我请你务必现在立刻马上赶紧告诉我。"

花若诗凝视元致澄,足足有十秒钟,才闪烁其词地解释了原因。

6月20日深夜,崇汇分局接到市局110指令,穆权率队赶赴案发现场,安平村13号农舍。现场有两名死者,高中老师戚渔翩和小学老师元致秋。

同事们正在做现场勘查时,元致澄开车来了。有两个村民认出元致澄。他们称,大约深夜10点在农舍附近看见元致澄和女死者吵架。

61

法医确认两名死者的死亡时间是6月20日深夜10点左右。经检验，插在男死者腹部的凶刀刺进肝脏和脾脏，男死者失血过多而死，凶刀上面有元致澄的指纹。女死者的致死原因是颈动脉被割断，她的指甲里有元致澄的皮屑。现场无财物损失。

据元致澄6月21日上午的口供，女死者元致秋是他的亲妹妹。元致秋十年前和家人断绝关系，元致澄最近才有她的消息。元致秋和男死者戚渔翩是情人关系。

6月20日晚上，元致澄跟踪元致秋来到安平村。他劝元致秋回家探望父母，被元致秋拒绝。两人发生争执。当时元致秋拿着水果刀企图自杀，元致澄抢下水果刀，阻止她自杀。元致秋抓伤了元致澄的胳膊。所以凶刀上面留下了元致澄的指纹，元致秋的指甲里留下了元致澄的皮屑。

元致澄觉得元致秋太任性。大约9点55分，他气愤地离开。车子驶出安平村后，他冷静下来，他掉转车头又去农舍，他想继续劝元致秋回家探望父母。结果他看见同事们正在做现场勘查，以及他看见元致秋和戚渔翩的尸体。

听完花若诗的叙述，元致澄沉默了。按照钟念熙的理论，改变别人的命运会产生蝴蝶效应。那么，一定是6月19日这天，他和钟念熙救了戚渔翩和元致秋，改变了他们的命运，导致戚渔翩和元致秋再次死于6月20日。

据他的口供和两个目击者的证词，6月20日晚上他去安平村找元致秋，他在农舍附近出现过。

他怎么知道妹妹在安平村？他们十年没有联系了。难道是9月19日喝了黑咖啡，时光旅行回到6月19日的元致澄，将记忆传递给了6月20日的元致澄？

6月20日晚上，元致澄为什么跑去安平村找元致秋？他应该是担心元致秋有危险。他当然不能和同事说他未卜先知，他去安平村是为了救妹妹。他只能说他想劝妹妹回家探望父母。

另一个时空，他和妹妹发生争执，他怎么能气愤地离开呢？他明明知道妹妹有危险，他居然气愤地离开？元致澄不能原谅另一个时空的自己。

戚渔翩和元致秋原本死于6月19日深夜11点左右。另一个时空，6月20日，元致澄可能以为他们仍然会死于11点左右，也可能元致澄以为他们不会再死了。9点55分，元致澄离开农舍。很快他去而复返。他应该是不放心妹妹。他没想到，蝴蝶效应导致妹妹被害的时间提前了一小时。他走后，凶手就杀了妹妹。

是这样了，没有其他合理的解释。另一个时空的元致澄，肯定知道发生了什么事。这个时空的元致澄，想知道自己身上发生了什么事，全靠猜测。

坏就坏在黑咖啡的功效最多只能坚持到当天结束。6月19日深夜12点，元致澄身处医院，他睡着了。一觉醒来，他身处时光知返咖啡馆。如果黑咖啡的功效可以使他在另一个时空待到6月20日深夜，不就什么问题都解决了吗？幸运的话，凶手都被他抓住了。

这个钟念熙，她怎么没有比黑咖啡更厉害的超级黑咖啡？喝了超级黑咖啡，他想在过去停留多久，就在过去停留多久。

"凭指纹和皮屑就可以判定我杀人吗？"元致澄真的很质疑自己同事的工作能力。

"6月19日上午，穆权亲眼看见你在电脑上搜索死者戚渔翩和他妻子钟念熙的信息。第二天戚渔翩和元致秋就死了。你怎么解释？还有……"花若诗四下张望，确定办公室里没有其他人，她小声说："元队，你怎么啦？你别假装失忆。穆权不让你碰这桩案子，你和穆权在食堂打了一架，影响太坏。乔局停了你的职……"

"太过分了！姓乔的停我三个月的职！就因为我在食堂打架？"元致澄大怒。

"什么跟什么呀！乔局停了你一个星期的职，也停了穆权一个星期的职。毕竟有些证据指向你……但是也有村民看见案发前你离开农舍，男死者送你到门口……你自己闹别扭，你坚持，在没有彻底洗清自己的嫌疑之前，你不来上班。这三个月，大家为了证明你的清白，没日没夜地找证据。你倒轻松，休假三个月。元队，你胖了……"

元致澄又沉默了。蝴蝶效应这么厉害，居然在另一个时空改变了他的性格。他究竟是怎么做到三个月不来上班的？他很想知道，这三个月，另一个时空的他在干什么。躺着睡觉还是私下秘密调查这桩案子？另一个时空的他，倔什么倔。如果这三个月他乖乖来上班，说不定他已经抓住凶手了。

"你们找到证据了吗？"

花若诗满脸歉意地摇了摇头。是啊！如果他们找到证据了，他今天来上班，走廊上的那些人就不会用古里古怪的眼神看他了。

"我有杀人动机，对吧？妹妹做第三者，我恨铁不成钢，杀了她和她的情夫。案发前我和妹妹发生争执。我既可以蓄意杀人，也可以冲动杀人。"

"元队，我相信你没有杀你妹妹。"

"为什么？"

"元致秋是死后被脱光了衣服。"

"谢谢你的信任！另一个死者什么情况？"

"死者戚渔翩，男，三十八岁，光华大学附属高中物理老师。妻子钟念熙，光华大学物理系教授……"

"讲重点。"这些资料，元致澄烂熟于心。

"6月21日上午，钟念熙来局里协助调查……"

据钟念熙的口供，6月20日傍晚，她和老公戚渔翩吵架。戚渔翩连夜去安平村农舍，想拿一本影集，哄她开心。影集里是她和戚渔翩从小到大的合影。没错！钟念熙和戚渔翩是邻居，青梅竹马。

女死者元致秋十年前是钟念熙的学生。钟念熙不知道戚渔翩出轨，也不知道他和元致秋生了个儿子。至于谁杀死了戚渔翩，钟念熙更加不知道。她老公是好好先生，不会和任何人结仇。

钟念熙看起来既伤心又震惊。花若诗安慰了她很久。案发当晚，钟念熙在家，没出门。她家和楼栋的视频监控都可以证明。

"我在案发现场找到一本影集，里面的照片和钟念熙描述的一致。"花若诗认真地说，"我觉得钟念熙的嫌疑，可以排除。"

同事们陆续来上班了，元致澄觉得此地不宜久留。他正要走，穆权来了。

穆权和元致澄在警察学院是同班同学兼室友。元致澄是班长，穆权是学习委员。两人之间有竞争关系。大三评优的时候，穆权丢了两千元生活费，种种迹象显示，元致澄有重大作案嫌疑，于是穆权被评优了。事发后元致澄不甘心，他独自调查，终于发现盗窃的人是隔壁宿舍的同学。

学校开除了这位同学。不久就有风言风语在学校流传，说是穆权授意这位同学偷钱，目的是陷害元致澄，不让元致澄评上优秀学生标兵的称号。这位同学被开除却没吭声，也是因为穆权给了他丰厚的封口费。全校谁不知道穆权家有钱。

大四毕业，元致澄进了崇汇分局，穆权进了安平镇派出所。三年后穆权被调到崇汇分局。两人之间再次出现竞争关系。

穆权曾经酒后和老同学抱怨，他去派出所，都是拜学校那些风言风语所赐。元致澄的嘴巴就是说那些风言风语的第一张嘴巴。他根本没叫人偷自己的钱。元致澄陷害他。

元致澄不知道穆权为什么要这样说。事实上，大学毕业后，他们两人是各自通过招考进入公安系统的。

"你是620凶杀案的嫌疑人。你来局里干什么？想毁掉相关证据吗？"穆权拦住元致澄，不让他出门。

"你别含血喷人。有村民看见案发前我离开农舍，男死者送我到门口。"

"那又怎样？你一分钟后就回去把他们俩都杀了，不行吗？凶刀上面有你的指纹，女死者的指甲里有你的皮屑。6月19日上午你搜索男死者的信息，你在为杀人做准备。你有充足的杀人动机。如果我是你，我也会杀人。亲妹妹做第三者，大四退学给男人生孩子，和自己的父母断绝关系。你们全家人都没有婚姻家庭观念！你们全家人都不尊重婚姻家庭！男死者的老婆是你妹妹的老师，对你妹妹那么好。你妹妹对她多大仇多大恨，丧尽天良，抢她老公……"

元致澄一拳打在穆权的脸上，穆权鼻血喷涌而出。

"你又打我！"穆权冲上去，要打元致澄。花若诗慌忙拉开元致澄，另有两个男警察拉开穆权。穆权大骂元致澄。元致澄理了理衣服，沉默地走了。

他现在去哪里呢？他还可以去哪里呢？

元致澄开车在街上转了两圈，他去了时光知返咖啡馆。

天气晴朗，阳光明媚。院子里，钟念熙正在枇杷树下锄草。阳光从树叶的缝隙落下来，洒在她身上，显得她美丽优雅。

元致澄其实挺讨厌这个女人。但是，仔细想想，她做错了什么，他要讨厌她？除了性格强势冷漠之外，基本上她只是一个受害者，一个无辜的受害者。

钟念熙直起腰，伸手擦了一下额头。她看见元致澄了。她没说话，她好像没看见他似的，弯腰继续锄草。元致澄若无其事地走过去，没话找话。

"现在天气太热了，等到了秋天，在枇杷树下放一张桌子，两把椅子，没事就坐下来喝茶闲聊。那真是人间极致的享受啊！"

"下雨怎么办？"

"呃！那再弄一把巨大的伞。"

钟念熙淡淡地哼了一声，放下锄头，走进咖啡馆。元致澄捡起锄头，锄了几丛野草，觉得没意思，他也进去了。

上午十点钟，咖啡馆刚刚开门营业，没有顾客，冷冷清清。不，它不是现在冷冷清清，它是一直冷冷清清，没有生意。

一个系着围裙的男人从厨房出来，端给钟念熙一块蛋糕。他瞄了元致澄一眼。

钟念熙说："这是我新聘请的同事，吕迁。吕迁，这是我朋友元致澄，警察。你给他一杯咖啡。"

元致澄和吕迁互相打招呼。元致澄觉得吕迁有些奇怪。既然他在这里做服务员，那么，元致澄进来了，他至少应该说一声欢迎光临，问一声他要喝什么咖啡，而不是对他熟视无睹。他好像知道元致澄不是顾客，他在等钟念熙介绍他认识元致澄。以自己敏锐的直觉来判断，元致澄认为吕迁瞄他的那一眼，饱含深意。

吕迁将一杯冰美式放在元致澄面前。元致澄对钟念熙说："那件事，我想和你谈谈。"钟念熙点头，端起蛋糕上楼。沙发背后有旋转楼梯，可以上二楼。元致澄跟着钟念熙，走了几步，又回来端起他的冰美式。

吧台上摆着几个装咖啡豆的玻璃罐子，吕迁在擦罐子。罐子挺干净，不需要擦。吕迁是想在老板面前好好表现吗？

二楼的布置和一楼大相径庭。墙壁是乳白色的，桌椅是乳白色的，地毯是乳白色的。窗帘有两层，外层也是乳白色的，里层是银色遮光布。飘窗上摆着花瓶，花瓶里插着一大束橙红色的花，像燃烧的火焰。

"有时候太晚了,我就不回家了,睡在这里。"

元致澄看见一扇乳白色的门,应该是钟念熙的卧室。

"你天天在这里,你不用上课吗?"

"我平时主要指导博士和硕士,很少上课。我是教授。"

教授了不起啊?教授也没能让你老公不出轨。这个女人除了性格强势冷漠之外,她还过度自信。

"今天上午我去局里,想查一下他们俩的案子,结果我发现我变成了嫌疑人。"元致澄将花若诗告诉他的那些事情说给钟念熙听。

"我记得很清楚,我是6月20日上午去崇汇分局协助调查,不是6月21日上午。"

"现在的情况是,他们俩死于6月20日晚上。你在口供里说自己不知道戚渔翮……出轨。为什么?你明明知道。"

"也许有另一个平行世界存在。那个时空的6月21日,我什么都不知道。6月19日,我的生活一切正常。6月20日白天,我的生活一切正常。深夜,他们俩被谋杀。6月21日上午,我去协助调查,那我就不知道他出轨了。"

既然如此,在元致澄6月21日上午的口供里,他怎么会知道元致秋和戚渔翮是情人关系?

有两种可能。

第一种可能,元致澄带着6月19日他和戚渔翮打架的记忆,走进6月20日再走进21日。那么元致澄就知道他妹妹和戚渔翮的关系。也就是说,6月19日、20日和21日的元致澄,是同一个人。

但是，6月19日晚上元致澄送戚渔翩去医院后，一觉醒来，他就身处9月19日的咖啡馆了。他没有6月20日晚上他妹妹和戚渔翩被谋杀的记忆，也没有6月21日在分局录口供的记忆，更没有被同事当成嫌疑犯的记忆。这情况和钟念熙的情况类似。

第二种可能，元致澄根本没有从6月19日走进6月20日再走进21日，他从6月19日的时空直接回到了9月19日的时空。6月21日的元致澄，录口供的时候，讲述他妹妹和戚渔翩的关系，是因为他记得十年前妹妹说过，她爱上了一个即将结婚的男人，并且为了这个男人怀孕退学。十年后的元致澄推测这个男人应该就是死者戚渔翩。

如果是这样，从9月19日回到6月19日的元致澄，和6月20日、21日的元致澄，难道不是同一个人？

钟念熙记得6月20日去过分局协助调查，却不记得6月21日去过。元致澄记得6月19日和戚渔翩打架，却不记得6月20日晚上去过安平村找元致秋，6月21日在分局录口供，被同事当成嫌疑犯，和穆权打架，被乔局停职……

在时光旅行的过程中，他们的记忆破碎残缺了？或者他们在不同的平行世界进出，积累了不同的记忆，拼凑在一起，最终形成了现在的记忆？又或者，有不止一个的他们，生活在不止一个的平行世界，分别拥有不同的记忆？

"钟老师，真的有平行世界吗？宇宙中究竟有多少个平行世界呢？"

"平行世界的观点尚未被证实，当然也没有被证伪。它只是一种概念，一种假设。理论上来说，我们存在的时空之外，可以有无穷多个时空。一个时空发生的事情，不会影响另一个时空。你想象小孩子吹肥皂泡。小孩子一口气能吹无穷多个肥皂泡，那么就有无穷多个平行世界。一个肥皂泡紧挨着另一个肥皂泡，但是它们互相不会影响对方。"

"我不明白！"

"可能是宇宙膨胀或者爆炸，造成了多元宇宙。"

"我还是不明白！"

"多世界理论认为，时间河流光滑地分岔成两条河或支流，它们之间互不干扰，形成两个截然不同的宇宙。换句话说，如果你在时间上回到过去杀死了你出生前的父母，你杀死的是另一个宇宙中在遗传上与你父母相同的人，在那个宇宙中你不会出生。但是在你原来的宇宙中的父母不受任何影响，所以你就出生了。"

"你的意思是每个不同的宇宙都有一个我？每个不同的我都有一对父母？"

"打个比方，森林里有一棵大树，大树有树枝，树枝冒出新的树枝，新的树枝又冒出新的树枝。每一根树枝就是一个平行世界。无数根树枝就有无数个平行世界。你站在某一根树枝上，你的周围是一根又一根的树枝。量子力学背后的数学认为，所有可能的结果都发生了，只不过每一种结果都存在于各自的独立宇宙中。每一个独立宇宙中都有同样的一个你，正在见证其中某个结果的发生。"

"我更不明白了。"

"戚渔翾和元致秋死于6月19日，也死于6月20日，每一种可能的结果都发生了。你认为你没有看见他们死于6月20日，其实是站在6

月19日这根树枝上的你没有看见,站在6月20日这根树枝上的你看见了。我认为自己6月21日没有去崇汇分局协助调查,其实是站在6月20日这根树枝上的我没有去,站在6月21日这根树枝上的我去了。"

"这么说,我们可以选择事情的结果?"

"理论上来说,无论是结果或者过程,我们都可以选择。我们任意站在一根较粗的树枝上,当我们选择走向它其中一根较细的树枝,这就意味着我们选择了这件事情的某一个过程和结果。假设我们能返回这根较粗的树枝,即返回事情的原点,当我们重新选择走向另一根较细的树枝,我们又会经历这件事情的另一个过程和结果。比如,戚渔翩6月19日晚上死于安平村农舍。这件事情发生后,我返回原点,我选择了救他,于是6月19日晚上发生的事情就变成了他在医院输液,逃过一劫。"

"但是蝴蝶效应很可怕。戚渔翩6月20日又死于农舍。"

"确实如此!当你重新选择一根树枝的时候,你不知道它是什么情况。你一直往前走,你不知道它的末梢会冒出什么样的新树枝,新树枝的末梢又会冒出什么样的新树枝。世界上没有两片相同的树叶,也没有两根相同的树枝。我也不是很懂其中的道理,我今年才有兴趣研究这个课题。"

"你是怎么让我们喝一杯黑咖啡就回到过去的?别告诉我,你在实验室搞出了这么伟大的发明,那你可以获诺贝尔奖。"

"我在一场拍卖会上拍下了这罐咖啡豆,我发现喝了这些咖啡豆磨出来的黑咖啡,可以时光旅行。"

"什么拍卖会?我也想参加。我上次听你对顾客说,他想回到过去，他就必须拿身边人对他的记忆作为交换？"

"如果黑咖啡不加糖，并且旅行者改变过去，旅行者就会被人遗忘，这些人对旅行者的记忆就归我所有。如果旅行者不改变过去，旅行者就不会被人遗忘。是否被人遗忘，不是由我决定，而是由旅行者自己选择。如果黑咖啡加糖，无论旅行者是否改变过去，他都不会被人遗忘。"

"呃！谢谢你给我喝加糖的黑咖啡，否则我老爸老妈都不认识我是谁了。但是，你要那些记忆做什么呢？你怎么收集那些记忆？记忆看不见，摸不着……"

"咖啡豆总有用完的一天，我在实验室以这些记忆为原材料，制造新鲜的咖啡豆。这将是本世纪最伟大的发明，可以获诺贝尔奖。提问是个好习惯，不过你今天的问题太多了。元警官，适可而止吧。"

钟念熙站起来，元致澄叫住她："钟老师，能不能再帮我一次？"

"凭什么？我不给顾客第二次机会。"

"我不是顾客，我是你朋友。"

"好吧，今天我就破例。正好我也想回去。我很有兴趣知道，谁和戚渔翩有这么大的仇，杀了他一次又一次。"

这个女人不仅冷漠，简直冷血。如果不是她有不在场证明，元致澄真的怀疑她就是杀死戚渔翩的凶手。她的杀人动机太充足了，比他充足多了。

钟念熙下楼。元致澄站起来活动筋骨。他走到窗前，坐在一张高脚凳上。远处是瀛海市最繁华的商业中心。他能看见大街上人来人往。

　　人生最大的遗憾是没有预演，只有实战。如果问问大街上的人，恐怕十之八九的人都希望自己的人生重来一次。重来一次多好，可以规避错误的方向，选择正确的路。反复重来最好，可以反复规避错误的方向，选择最正确的路。仿佛拥有了一块橡皮，写错字就擦掉，写错字就擦掉。人生的白纸上永远不会有后悔两个字。完美的人生闪闪发光。但是，这样的人生，他元致澄不太想要。

　　元致澄收回目光，身旁靠墙的小书架上摆着许多杂志。他随手翻了几本，全是英文，他看不懂。

　　钟念熙端来两杯黑咖啡。元致澄从高脚凳上跳下来。

　　"为什么不在楼下？昨天在楼下。"

　　"不想被吕迁看见。"

　　"被他看见了怎样？"

　　"不怎样。"

　　钟念熙将白色的方糖放进黑咖啡，用小匙搅拌。她一边喝咖啡，一边走进卧室。元致澄环顾四周，折叠桌椅、高脚凳……他应该躺哪儿，才能愉快地进入梦乡十分钟？

　　"钟老师，我躺哪儿呀？"

　　"随便，或者地板。"

第五章

你老公第三次死了

手机闹钟响起，钟念熙摸索着关了闹钟，继续睡觉。五分钟后又响，钟念熙摸索着，摸索着……手机呢？钟念熙从床上掉下来，捡起手机，关了闹钟。

今天是6月20日，没错了。6月20日深夜10点左右，戚渔翱和元致秋会被凶手杀死。不过也未必准时是10点左右。按照元致澄的发现，6月19日狗男女第一次死于深夜11点左右，6月20日狗男女第二次死于深夜10点左右。那么，狗男女第三次被杀的时间会不会有微妙的变化？横竖他们是晚上死。可能是今天晚上死，也可能是明天晚上死，后天晚上死。反正凶手也知道，白天行凶不方便。

冰箱里有面包和生菜。钟念熙烫了生菜，做了三明治，凑合着当早餐，难吃。吃了两口，她将三明治放在旁边，她只喝牛奶。

和戚渔翱结婚这么多年，一向是他做饭，他照顾她。平心而论，在生活上戚渔翱是个好男人。这么好的男人为什么会出轨呢？而且一出轨就是十年。

十年前，她和他的婚礼即将举行的时候，元致秋怀孕生子。他是怎么做到若无其事和她结婚？他是怎么做到十年如一日周旋在两个女人之间？他是怎么做到让她误以为他非常爱她？他真有本事！

想不通，她想不通。她好像掉进一口枯井。她拼命呼喊，拼命呼喊，拼命呼喊。她的声音不停回荡，不停回荡，不停回荡。声音始终困在枯井里，传不出去。

她迈不过这道坎。钟念熙低下头，使劲捶了几下餐桌。她不明白，她和戚渔翩怎么会走到今天这一步。或许她从来都不够了解他。

戚渔翩回来了。钟念熙擦了眼泪，端起杯子继续喝牛奶。如果这次的时空和上次的时空是连接在一起的，那么昨晚戚渔翩应该在医院输液。她用核桃仁榨汁给他喝，他过敏了。结婚十年，在她的印象中，这是戚渔翩第一次夜不归宿。

"这么早，上午有课？"戚渔翩神色平静，仿佛昨晚什么事也没发生。

"没有。去实验室看看。"既然他假装什么事也没发生，那她也假装吧。演戏谁不会呢？关键是愿不愿意演。

"昨晚输液了，我没事了。你放心吧。"戚渔翩站在餐桌前，看着钟念熙，等她说话。钟念熙沉默。戚渔翩悻悻地转身，打开冰箱，没有适合做早餐的食材。

"你着急去学校吗？"

"有事吗？"

"我买些食材做早餐。你那个三明治干巴巴的。"

"不用了，我吃饱了。"

钟念熙进衣帽间换衣服。出来后，她看见戚渔翩坐在餐桌前，吃她吃剩的三明治,喝她喝剩的牛奶。他以前也这么做过,现在他这么做,她觉得恶心。

"我饿了……"

"我中午在学校吃饭,不回来了。"

"熙熙……"戚渔翩吞吞吐吐,"我会给你一个交代。"

钟念熙冷笑。给她一个交代?他认为他有资格给她一个交代?她需要他的交代?除非他能让时光倒流,回到他和元致秋开始之前。可是这样他就不会出轨了吗?时光倒流是解决问题的法宝吗?时光倒流可以改变人生吗?她回到过去这么多次,不是一样救不了他的命。

站在大树的原点,周围确实有许多树枝,每一根树枝的形状也都不一样,但是每一根树枝的终点却是一模一样。那就是结束。站在每一根树枝的终点,遥望更远的远方,视线所到之处也是一模一样。那就是空空如也的天空,虚无的天空。

钟念熙没话和戚渔翩说。她去了学校,和两个博士谈了他们的研究课题。等他们走了,她关起门来读一些理论物理和天体物理的论文。

那些黑咖啡真的让她回到了过去吗?会不会仅仅是让她睡了一觉?此时此刻,她正在梦里。十分钟后梦醒,她将回到现实世界,她将身处时光知返咖啡馆,她将看见讨厌的元致澄。也可能,此时此刻,她正在现实世界。今晚十二点,她将大梦一场,梦里她身处时光知返咖啡馆,梦里戚渔翩死去三个月了。

一切仿佛庄周梦蝶。她不知道是她在梦里变成了蝴蝶，还是蝴蝶在梦里变成了她。

元致澄打电话给她。他那边情况不太好，他去元致秋家，想劝她离开戚渔翩，不要破坏别人的家庭。元致秋和他大吵一架，把他赶走了。他不确定元致秋今晚会不会去农舍。

"你活该！"

"我是活该。你那边情况怎么样？戚渔翩有没有说什么？"

"没有，他什么都没说，我也什么都没问。"

"你应该问他。这次我们扩大调查范围，你问他，从出生到现在，有没有和人结仇？"

"扩大调查范围是你的事，不是我的事。从出生到现在，他最大的仇人是我。我最有杀他的动机。"

在食堂吃过午饭，钟念熙回到办公室，发了一会儿呆，趴在桌子上打盹儿。下午没有课，可是她不想回家。

方叶琳来找她，拍她的胳膊，把她叫醒了。"你知道吗？惊天大秘密！程主任最近离婚了。"

"程主任？程庸？"

"是啊！物理系有几个程主任？你什么表情？你中午吃多了？傻了？你不认识程主任？"

她不是不认识程主任。她只是⋯⋯钟念熙记得，上次回到6月19日，方叶琳已经告诉过她这个惊天大秘密了。如果这次的时空和上次的时空是连接在一起的，没道理方叶琳昨天说一次程主任离婚的惊天大秘密，今天又说一次程主任离婚的惊天大秘密。那么，这次的时空和上次的时空，在连接过程中产生了微妙的误差？她只能这样猜测了。

"没什么，我有点儿惊讶。他和她老婆感情很好的样子。"

"我也是今天上午听他的几个博士在实验室小声议论。"

"这群博士怎么啦？背后议论导师的私生活。"

戚渔翩和元致秋被杀后，钟念熙在学校也成了大家议论的对象。学校生活简单枯燥，大家需要谈资打发时间。

"吃饱了撑的呗。我们读博的时候，多害怕导师，多谨小慎微！现在的博士，快要爬到导师头上去了。我去年招的那个博士，从来不主动联系我，每次都是我主动问他，最近在做什么呀？课题有什么进展呀？"

方叶琳抱怨了一会儿，问钟念熙想不想逛街。钟念熙没心情逛街。她看手机上家里的视频监控，戚渔翩正在收拾行李。难道他现在就要去安平村的农舍？还没到深夜。他这么慌忙赴死吗？

钟念熙回到家。戚渔翩的行李已经收拾好了。他人没走，正在煮咖啡。满屋子飘着咖啡的香气。他煮咖啡比她煮得好喝。他死后，她再也没喝过对她胃口的咖啡。

"回来啦？渴不渴？我帮你煮一杯黑咖啡。"

"谢谢。不用了。我在食堂喝过了。"

"食堂的咖啡哪有我煮得好喝。"

钟念熙瞥了一眼墙角的行李箱。戚渔翩注意到她的目光。"学校安排我明天一早去北京出差。后天周四我回来，熙熙，我一定给你一个交代。"

给她一个交代？这句话他今天说两遍了。他瞒了她十年，今天忽然良心发现，要给她一个交代？这十年，他有多少机会可以给她一个交代，他不给。今天，为什么偏偏是今天，他要给她一个交代？因为她拆穿了他的丑事，他瞒无可瞒。如果她今天仍然不知道他的丑事，他会继续把元致秋和戚元嘉藏起来，一如他把这对母子藏了十年。

她曾经有多么信任他，现在就有多么不信任他。他整个人太假了。他的话，连标点符号都是假的。

黑咖啡煮好了，戚渔翮问："要不要加糖？我给你加一块方糖。"

"我说过我不喝。"

戚渔翮尴尬地笑了笑。他端着咖啡，走向阳台。钟念熙望着戚渔翮的背影。她认识他三十多年，她只爱过他一个男人，现在他却如此陌生。

阳台上的花草在凉风中轻轻摇曳。热咖啡也在凉风中渐渐变冷。没加糖的黑咖啡又苦又涩，一口咖啡一口苦涩，但是戚渔翮不能不喝。这咖啡是他自己煮的。他自作自受，他必须把它喝完。

门铃响了。钟念熙从猫眼看见元致秋站在门口，旁边是她和戚渔翮的儿子戚元嘉。元致秋来她家干什么？这次她没叫她来。钟念熙犹豫了一下，开了门，冷眼看着元致秋和戚元嘉。

这是钟念熙第一次见到戚元嘉。戚元嘉和小时候的戚渔翮，长得一模一样。

那个时空,戚渔翩和元致秋被杀后,她没见过戚元嘉。戚渔翩的父母,她的公公婆婆,很想抚养戚元嘉,可是戚元嘉不同意。据元致澄说,这孩子自己花钱雇了一个阿姨,照顾自己的日常生活。

钟念熙侧身让元致秋和戚元嘉进来。戚渔翩来到客厅。钟念熙径直从元致秋和戚渔翩两人中间穿过去,进了书房。她故意将书房的门留了一条缝。她倒要听听,狗男女会说什么。

"你来这里干什么?你把元嘉带来干什么?"

"为什么不接我电话?逃避可以解决问题吗?装死可以当我们母子不存在吗?戚渔翩,你对我说的那些海誓山盟,都是假的吗?"

"感情的事,要两个人都愿意。当初你和我在一起,我就告诉过你,我有女朋友,我会和她结婚。是你说你不介意。"

从这句话来判断,当初主动的人应该是元致秋。那又怎样?一个巴掌拍不响,两个巴掌啪啪响。况且钟念熙认为,戚渔翩对自己的婚姻和家庭有忠诚的义务。元致秋是第三者,她对别人的婚姻和家庭没有忠诚的义务。元致秋应该受到道德的谴责,但是最应该受到谴责的人是出轨的戚渔翩。

"我不介意,你就可以不负责吗?戚渔翩,当初我是一个人,现在我这里有两个人。"

"爸爸!爸爸!爸爸!"

"我和她,你更爱谁?你要谁?你别忘了,昨天晚上她想毒死你,是我送你去医院。"

钟念熙在电脑里搜索昨天用过的《离婚协议书》，文档没有了。可能是她删除了，也可能是两个时空的连接没有做到严丝合缝，致使某些东西丢失了。她再次打印《离婚协议书》。她来到客厅，将《离婚协议书》甩给戚渔翩。

"熙熙，你这是什么意思？"

"戚渔翩，我希望你明白，我们之间结束了。你不用苦恼你更爱谁。我们从小一起长大，恋爱十年，我们感情最浓的时候，你选择了元致秋，这说明你更爱她。对她，你是主动选择。对我，你只是不放弃。我问你一个问题，如果你和元致秋青梅竹马，在你人生的中途，我突然出现了，你会选择我吗？"

"我选择你，你会选择我吗？"

"我不会！"

"如果你爱我呢？"

"我不会！我从小到大接受的教育不允许我这么做。我的修养，我的道德，我的良心，不允许我这么做。所以你应该明白，我是肯定要离婚的。你是过错方，别和我争财产，你争不赢我。你知道，我最好的朋友是律师，专打离婚官司。"

"给你！钟念熙！房子给你！车子给你！存款给你！全都给你！我只要人！戚渔翩，你答应她，你净身出户！"

"元致秋，你闭嘴！我的家事不用你管！"

钟念熙冷笑。演戏给谁看呢？她拿了车钥匙出门，她只想离这对狗男女远一些，远一些，再远一些。

"熙熙！钟念熙！你听我说！"

戚渔翮和元致秋都跑出来了。钟念熙不胜其烦。她去车库取车，她将油门踩到底。戚渔翮开车追钟念熙，元致秋开车追戚渔翮。狗男女莫名其妙！刚刚她说得还不够清楚吗？

红灯亮，钟念熙停车。戚渔翮赶上来，打开车窗，大声说："钟念熙，我不会和你离婚，我死都不会和你离婚！你给我时间，我会处理好自己的事！我真心真意，想和你过下半辈子！"

绿灯亮，钟念熙走了。很快她发现追她的车又多了一辆——元致澄。这家伙凑什么热闹？不过，既然他也来了，她就有目的地了。

钟念熙拐了个弯，驶向安平村。如果她躲在农舍附近，她应该就可以看见凶手了吧。她很有兴趣知道，在这个世界上，究竟是谁比她更恨戚渔翮。

如果能抓住凶手，阻止凶杀案的发生，那当然最好了。她希望这对狗男女被雷劈，但是她做不到眼睁睁地看着他们死于非命。她不是一个幸灾乐祸的人。

心里谋划着事情，眼睛就跑神了。钟念熙没注意，一辆大卡车迎面驶来。她猛打方向盘，车子撞到山边，安全气囊弹出来了。钟念熙意识模糊，她什么都不知道了。

元致澄看见钟念熙撞车，猛踩油门，超过戚渔翮的车。他砸碎钟念熙的车窗，从里面打开车门，把钟念熙从驾驶座上拉出来。"钟老师！钟老师！"元致澄将钟念熙平放在地上，使劲拍她的脸。钟念熙没有反应。

戚渔翮来了，他抱住钟念熙，慌忙掐她的人中，钟念熙依旧没有反应。元致澄退到旁边，悻悻地看着戚渔翮。戚渔翮将钟念熙塞

83

进自己的车里,飞车而去。元致秋跟着去了。元致澄不放心,也跟着去了。

医院里,医生帮钟念熙包扎,建议她留院观察一晚。钟念熙不愿意。尽管额头上缠着纱布,钟念熙还是走了。戚渔翩有心劝她听医生的话又不敢劝。

回到家里,钟念熙发现戚元嘉还没走。他把她家的餐桌当书桌,认认真真地在写作业。他来的时候背着书包。这孩子早有准备。

戚元嘉抬头扫视了一圈三个大人,最后将目光对准了自己的妈妈元致秋。"问题解决了吗?你晚上要准时送我去学击剑,刘教练最讨厌学生迟到。"

如此冷静,如此镇定,外界环境不能干扰他分毫。难以置信,他今年才十岁。和小时候的戚渔翩,一模一样。

戚渔翩说:"元嘉,你去书房写作业,大人有事要商量。"

戚元嘉干净利索地收拾了作业本和书包,进了书房。

戚渔翩看了元致秋一眼,说:"大人的事,我们不要影响孩子。"

元致秋冷笑说:"我一向反对大人的事影响孩子。"

戚渔翩这是要举行三方会谈吗?可笑!滑天下之大稽。他和元致秋之间的龌龊事,关她什么事?钟念熙摸了摸额头上的纱布,说:"你们慢慢谈。今晚不要去安平村,千万不要去,否则你们后悔都来不及。"

"熙熙!"

"抱歉!我的事我已经做了决定!你们的事,我不方便发表意见。"

钟念熙进了卧室。卧室的门故意留了一条缝。这次她不是想偷听什么,而是以防万一。万一戚渔翮和元致秋坚持要去安平村,她发誓,她会立即冲出来打晕这对狗男女,往死里打晕他们。

一次次地回到过去,一次次地救人,太累了,太累了。她希望这次可以成功。黑咖啡和方糖总有消耗完的一天。那时候,她就再也没机会回到过去了。

戚渔翮和元致秋在客厅里嘀嘀咕咕,钟念熙听不清楚。她看见两人进了次卧,关了门。她冷笑一声,脱了外套,躺在床上。她原本想眯着眼睛休息片刻,可是她太累了,她身心俱疲,她睡着了。

钟念熙是被手机铃声惊醒的。一个年轻的女人的声音说:"请问是钟念熙女士吗?我是市公安局崇汇分局,你丈夫戚渔翮受伤了,请你立即到市六医院来。"

这是花若诗的声音,又是花若诗的声音。钟念熙打了一个冷战,猛地清醒了。她看手机,现在是6月20日深夜11点58分53秒。她记得她上次接到这个女警察的电话,是三个月前的6月19日深夜11点58分56秒。这次和上次相比,提前了三秒钟。手机的通话记录显示女警察打了她好多个电话,第一个电话的时间是10点25分。她没听见这些电话?她睡得这么沉?

钟念熙匆匆穿上外套,快步走出卧室。经过客厅,她看见冰箱上贴着一张纸条,是戚渔翮的字迹。

"我错了,我记得我们曾经的美好。"

曾经的美好？他又去农舍找那本影集了吗？他又去找死了吗？戚渔翩为什么如此固执！钟念熙感觉一阵眩晕，她扶着冰箱，闭上双眼。

钟念熙睁开双眼，她发现自己身处时光知返咖啡馆。她躺在二楼卧室的床上。墙上的挂钟显示，从她喝黑咖啡到现在醒来，时间仅仅过去了十分钟。钟念熙走出卧室，看见躺在地毯上的元致澄刚刚站起来。

"你知道吗？你老公第三次死了！"

"他不是我老公，他是我前夫。另一个时空，我和他正在办理离婚手续。这个时空，我丧偶。"

元致澄点头，他说不过这个女人。"钟老师，你想知道你前夫这次是怎么死的吗？你有记忆吗？"

"我没有记忆，也不想知道。"

"我想告诉你。"

另一个时空，元致澄跟着三个人从医院回来，他不好意思上楼，索性就蹲守在楼栋口，呆站着，欣赏夕阳落山。只要戚渔翩和元致秋敢下楼，他发誓，他会立即逮捕他们，将他们送往崇汇分局关起来，至少关一夜。

戚渔翩和元致秋真的下楼了。两个人都是怒气冲冲的样子。

"站住！你们去哪儿？"元致澄挡在他们面前。

"元警官，我们去哪儿，不用向你汇报吧。"戚渔翩微笑。

"你们是不是要去安平村的农舍？"元致澄的语气，笃定中散发着得意的味道。他未卜先知，他了不起。

"昨天也叫我们不要去农舍，今天也叫我们不要去农舍！元致澄，你葫芦里卖的什么药？"元致秋很不高兴。

"我昨天说过。你们千万不要去安平村，小心性命不保。你们今晚会死在那里！"

"你昨天也说我们会死在那里，我们死了吗？"元致秋嘲讽元致澄。

"元警官，谢谢你的提醒，我有比死更重要的事情必须去那里。"戚渔翮拒绝了元致澄的好意。很明显，他认为元致澄在胡说八道。

"戚渔翮！你疯魔啦！她比你的命更重要吗？她昨天想毒死你！"元致秋大吼大叫。

"这是我和她之间的事。你不明白！"戚渔翮云淡风轻。

元致澄微笑地看着元致秋，又看着戚渔翮，仿佛他在专注地听他们吵架。突然他从腰间摸出一副手铐，一下子将戚渔翮铐在楼栋大门的铁条上。

"元致澄,你干什么？"元致秋话音未落,元致澄又摸出一副手铐，将元致秋也铐在楼栋大门的铁条上。

"今晚我们在这里过夜，谁也不准离开！"

"元致澄，你发什么神经！"元致秋咆哮。

戚渔翮掏手机，元致澄比他速度快，一把抢过他的手机。"想报警可以直接找我，我就是警察。"

戚元嘉下楼，背着书包。他瞥了一眼戚渔翮和元致秋，又瞥了一眼元致澄。

元致澄说:"放心!我不会对他们怎么样!你别报警!"

戚元嘉说:"我没有手机。大人的事和我没关系。爸爸,妈妈,我自己去上击剑课了。刘教练最讨厌学生迟到。"

元致澄在心里默默感慨,多么明白事理的孩子啊!

五分钟后,社区民警来了。民警说有孩子报警称,自己的爸爸妈妈被非法禁锢。戚元嘉确实没有手机,他的儿童手表可以打电话。

一番交涉过后,元致澄也不想同行难做,只能放了戚渔翩和元致秋。戚渔翩开车,往安平村的方向驶去。元致秋跟在他后面,元致澄跟在元致秋后面。

三个人的车进入郊区之后,元致澄截停了元致秋的车。他铐住元致秋的双手,强行将她押送回家,铐在床头。

"放开我!元致澄!你到底想干什么?"

"妹妹,我想救你!你已经死过两次了,我不能眼睁睁地看着你死第三次!你明白吗?"

安顿好元致秋,元致澄飞车赶往安平村,他必须去救戚渔翩。如果顺利,他还想知道凶手是谁,逮捕凶手。

为了抓紧时间,元致澄抄近路,半路遭遇山石滑坡,惊动了交警。无奈之下,元致澄逆行上高架。等他到达安平村,他发现13号农舍门窗紧闭,里面有灯光,他敲门,没人应声。他破门而入,血泊中躺着一男一女。

元致澄马上叫救护车,打报警电话,当时是晚上9点45分。穆权带着花若诗和几个同事赶过来。元致澄不想给钟念熙打报丧电话，他让花若诗通知钟念熙去市六人民医院。花若诗打了好多个电话，钟念熙都没有接。不知道她在搞什么。回到过去，面临生死的关键时刻，她在睡觉吗？最后一个电话钟念熙接了。

戚渔翮身中数刀，送到医院还有气息，可惜失血过多，没救活。女死者颈动脉被割断，元致澄发现她的时候，她已经死亡。

"案发现场有一个女人？不是元致秋。那是谁？"

难道戚渔翮不止元致秋一个情人？钟念熙摸了摸自己的额头。额头上没有纱布，却似乎仍然隐隐作痛。

"我不认识她。我明天去局里问问同事。"元致澄瞄了钟念熙一眼，"我在案发现场看见你们的影集了。和上次6月20日的情况一模一样，他去农舍是为了拿影集。你上次6月21日的口供是这么说的。"

"你什么意思？你暗示他的死和我有关？如果不是我要求离婚，他就不会去农舍拿影集，那他就不会死！"

"我没这么说啊！"元致澄莫名其妙。她什么逻辑？

"你心里这么想了。"钟念熙冷若冰霜地瞥了元致澄一眼。

元致澄觉得自己好委屈。他说影集的事情，只是想和她科学地探讨一下，这次回去的时空和上次回去的时空，有什么地方一样，有什么地方不一样。

他曾经怀疑过钟念熙，但是现在他相信，即使戚渔翮背叛了钟念熙，即使钟念熙恨戚渔翮入骨，她也不会杀人。戚渔翮和元致秋的死，与钟念熙无关。他做出这个判断，不是因为钟念熙有不在场证明，而是因为他相信她。这些日子他和她的接触使他相信她。钟念熙一次次回到过去，是为了救戚渔翩。她恨戚渔翩，她也想救戚渔翩。她对他的恨，不影响她想救他的心。

"花若诗打了你好多个电话，你都没接。"

"我在睡觉。"

"睡得这么沉？"

"不然呢？我很累！"

"如果第一个电话你就接了，也许你能见他最后一面。"

"我为什么要见他最后一面？有意义吗？"

服了，元致澄服了这个女人，他对她哑口无言。元致澄走到窗前，眺望人来人往的大街，他打电话给戚元嘉。

"我是元警官，你妈妈在家吗？"

"我不知道，我在学校。你有事可以直接打她的电话。我是小孩子，我不管大人的事。"

他真的在6月20日救了妹妹。妹妹一直活到今天，今天是9月20日。他成功了！谢天谢地！

可是，案发现场那具女尸是谁？

另一个时空，6月20日深夜12点左右，元致澄在医院看着花若诗打电话给钟念熙。等花若诗挂了电话，他正想问花若诗，钟念熙有什么反应，他感觉困意袭来，一阵眩晕。当时凉风徐徐，他深呼吸，闭上双眼再睁开，他就发现自己躺在时光知返咖啡馆二楼客厅的地毯上。

他仿佛做了一场梦。他分不清什么是梦，什么是现实世界。他也不知道穆权他们后续发现了什么，蝴蝶效应又改变了什么。

"钟老师，我们曾经讨论过，凶手究竟是想杀戚渔翩还是想杀元致秋。现在我有结论了。凶手想杀戚渔翩，元致秋是无辜的。"

"那又怎样？"

"我说过，你可以问问戚渔翩，他和什么人有仇。"

"你别问我！我真的不知道他和什么人有仇。我根本不了解他。如果不是他被杀，我至今以为我是全世界最幸福的妻子，他是全世界最善良最爱妻子的丈夫。你为什么不去问元致秋呢？她比我了解戚渔翩！"

他当然会去问元致秋。不过，目前他最想搞清楚的是，那具女尸是谁？这桩案子，他的同事们调查到什么阶段了？

第六章
谁也不认识她

元致澄是第一个到达案发现场的人。他看见一男一女倒在血泊中,他报了警。这次他会不会又被当成嫌疑人?

案发时间,有没有村民在农舍附近看见他和女死者吵架?插在男死者身上的凶刀,上面有没有他的指纹?女死者的指甲里有没有他的皮屑?

没有,没有,肯定没有。元致澄记得清清楚楚。他根本不认识那位女死者,又怎么会和她吵架?他没碰过凶刀,也没碰过女死者。但是,万一呢?万一蝴蝶效应产生了什么意想不到的后果呢?

元致澄这次学聪明了,他不敢贸然去分局。他躲进分局斜对面的一家奶茶店,打电话叫花若诗出来。二十分钟后,花若诗到了。元致澄觉得小姑娘和平时有些不一样,可是他又说不清楚哪里不一样。

"元队,找我有事?"

"我想和你谈谈6月20日晚上发生的,位于安平村13号农舍的,戚渔翩的案子。"

"现在……谈案子?"

"怎么？你不方便和我谈？你不能和我谈？你要保密？"

"下午我休假……我以为你叫我出来玩……"

"620案，我能向你了解一下情况吗？"

"元队，你怎么啦？戚渔翩和吴馨的案子你是负责人！你要向我了解什么？你今天是想考我的记忆力吗？你上午已经问过我了啊！"

女死者名叫吴馨。元致澄舒了口气。谢天谢地，他不是嫌疑人，否则他又不能碰这桩案子了。他必须向花若诗问清楚，因为此案子已经非彼案子了。上午他问的是戚渔翩和元致秋被杀案，现在他问的是戚渔翩和吴馨被杀案。花若诗的记忆发生了变化。她的记忆里只有吴馨，没有元致秋。

"我想再问你一次。你说吧，就当我考你的记忆力。"

花若诗疑惑的眼神在元致澄身上扫来扫去，元致澄故意摆出严肃且认真的表情。花若诗给自己点了一杯奶茶，向元致澄汇报相关情况。

6月20日深夜9点45分，崇汇分局接到元致澄报警，穆权迅速调派警力赶赴安平村13号农舍。现场发现一男一女两个受害者，戚渔翩和吴馨。戚渔翩穿戴整齐，吴馨赤身裸体。经法医检验，吴馨已经死亡，死亡时间是晚上9点左右，致死原因是颈动脉被割断。吴馨死前被注射了过量的镇静剂，没有被性侵的痕迹。戚渔翩送医院抢救无效，身亡。致死原因是腹部中刀，失血过多而死。农舍是凶案第一现场，尸体没有被移动过的痕迹。

6月21日上午，死者戚渔翩的妻子钟念熙来分局协助调查。

据钟念熙的口供，她老公戚渔翩出轨了。6月20日下午，她和戚渔翩在家里吵架。大约黄昏的时候，她睡着了。戚渔翩连夜去安平村农舍，想拿一本影集，哄她开心。影集里是她和戚渔翩从小到大的合影。没错！钟念熙和戚渔翩是邻居，青梅竹马。戚渔翩去农舍前，给钟念熙留了一张纸条，对自己的出轨表示歉意。钟念熙向警方提供了这张纸条。

钟念熙不认识死者吴馨。没听过这个名字，也没见过这个人，更不知道她为什么深更半夜赤身裸体和戚渔翩在一起。

钟念熙看起来既伤心又震惊，花若诗安慰了她很久。案发当晚，钟念熙在家，没出门。她家和楼栋的视频监控都可以证明。

"那间农舍是戚渔翩租的。他妻子钟念熙喜欢种菜，夫妻俩经常周末去种菜。案发现场确实有一本影集，里面的照片和钟念熙描述的一致。我觉得钟念熙应该不是凶手。"花若诗认真地说。

元致澄眉头紧皱。钟念熙这次知道戚渔翩出轨？6月20日的钟念熙将记忆传递给了6月21日的钟念熙？6月20日深夜12点，钟念熙的黑咖啡失效，她回到了9月20日。所以，有一个平行世界的6月20日的钟念熙，走进了6月21日？并且这个钟念熙也知道一切？

"先别讨论钟念熙。我问你，吴馨是谁？"

原本是戚渔翩和元致秋一起死了，现在是戚渔翩和吴馨一起死了。为什么女死者换了人？

"元队，这也要考我吗？我们俩一起去过吴馨家三次了。"

"当然要考你！即使去过十次，我今天也要考你。"

"吴馨，女，二十九岁，瀛海本地人，大学本科学历，证券公司投资经理。未婚，单身，无男友。6月20日下班，她离开公司，先在公司附近的小馆子吃晚饭，然后去了一座废弃的烂尾楼，当时是晚上7点30分。烂尾楼附近没有视频监控，她就这样消失了。她再次露面，是深夜9点45分。她的尸体在安平村13号农舍被你发现。"

"一个人不可能凭空消失。有没有调查过那个时间段经过烂尾楼的车辆？"

"有啊！你带队调查的。从晚上7点30分到9点45分，一共有三十六辆车经过烂尾楼附近，包括私家车和出租车，车上共有四十八个人。我们没有发现。所有的司机和乘客与吴馨和戚渔翩都没有交集。他们也没有杀吴馨和戚渔翩的动机。"

"你……我……我明天要重新研究这些司机和乘客的资料。9点45分前后，进出安平村的车辆，也需要调查。安平村的视频监控修好了吗？"

"安平村的视频监控坏了吗？一辆车怎么可能同一时间既出现在市区烂尾楼又出现在郊区安平村？元队，我们的调查范围够大了。而且死者的死亡时间是9点，被害地点是安平村，不是烂尾楼。元队，我觉得你对这桩案子有些疯魔了。"

"叫你查你就查！"

"报告！查过了，没有发现！元队，你考我这么多问题，我也想问你一个问题。"

"问吧。"

"作为报警人，你说你那天晚上去安平村是为了租菜地，我表示不相信。深更半夜，你跑去那么远的地方租菜地？"

据元致澄的口供，他听朋友说安平村有农民出租菜地，他便利用晚上的时间过去看看情况，想租一块菜地给父母种菜。他来到安平村之后，经过13号农舍，看见里面亮着灯，他就想进去问问哪家有菜地。他敲门，没人应声，他从窗户看见一男一女倒在血泊中，于是他破门而入。

听完花若诗对他的口供的叙述，元致澄沉默了。深更半夜跑去那么远的荒郊野外租菜地。这个谎言，智慧过人的他是怎么编出来的。太拙劣了！可是，不这么说，他能怎么说呢？他真的无法解释自己为什么深更半夜去安平村。难道他告诉同事们，他知道戚渔翩会死，他去救他？幸好同事们没有调查他逆行上高架的壮举。为了租菜地，逆行上高架。谁相信哪！

"元队，你能不能告诉我，那天晚上你去安平村到底是要干什么？"

"我说得很清楚了，我要租菜地。我白天上班，哪有时间过去！"

"可是穆权说，6月19日上午，他亲眼看见你在电脑上搜索死者戚渔翩的信息。第二天他就死了。你和我们说你不认识他……你不认识他，你为什么会搜索他的信息？真的是巧合吗？"

"可不就是巧合嘛！我有一个七大姑的八大姨的孩子，九月份要去光华大学附属三中读书，我想知道这个学校的老师怎么样。我一搜，哎哟，戚渔翩，全市十佳中学教师。在学校的网站上，他的名字最显眼……有问题吗？"

"倒也没问题。不过你上次不是这么解释的，你说……"

"没问题就和我一起去吴馨家。现在立刻马上赶紧!出发!"

另一个时空,元致澄去过吴馨家三次。这个时空,元致澄不知道吴馨家在哪里。他恍若失忆症患者。

回到过去很幸福,因为有机会改变过去。回到过去也很痛苦,因为再回到此时此刻,总有些东西变得面目全非,使人怅然若失。如果不是涉及亲人的生死,元致澄才不想回到过去。他宁愿就这样一天一天,平平淡淡地过日子。

花若诗慌忙放下奶茶,亦步亦趋地跟在元致澄身后。走了几步,元致澄回头看她,这才察觉花若诗和平时有什么不一样。

小姑娘今天穿了裙子和高跟鞋,行动没有平时利索,走路走不快。而且她化妆了。他真搞不懂女人为什么要化妆,刷墙似的,把一张脸刷得花花绿绿。有这个必要吗?浪费时间。像钟念熙那样多好,钟念熙就不化妆。

吴馨生前和父母同住在破旧的一居室。吴馨是家中独女。父母暮年,白发人送黑发人。花若诗悄悄告诉元致澄,吴馨死后,吴母病倒了。这几个月一直躺在床上,由吴父照顾,最近才能勉强下床活动。

看见元警官和花警官又来了,吴母用渴望的眼神盯着他们,仿佛要从他们脸上找到警方抓住了凶手的消息。

花若诗侧过脸。她母亲和吴母差不多年纪,她不忍心看吴母失望。如果说她的工作内容有一部分是向家属报丧,那么这已经是她第四次来吴家报丧了。她每来一次就是在吴馨父母的心上扎一刀。他们痛苦,她也不好受。

"案子我们还在调查。今天过来是想了解一下情况。"元致澄说。

"了解情况,了解情况。馨馨的情况,我们全都告诉你们了。你们到底什么时候才能破案?"吴父质问元致澄。

元致澄无言以对。吴母招呼他们坐。小小的一居室,小小的客厅,三人沙发靠墙角摆放,茶壶茶杯堆在餐桌上。来了两个人,吴母转身泡茶都困难。

吴母说:"我们在这老房子住了四十年了。馨馨去世前,张罗着换新房子。她到处看有电梯的两居室,想让我们住得舒服些。现在她走了,我们只能继续住在这里了。她很孝顺!"

"你和他们说这些干什么!"吴父发火,"他们就是废物。什么也查不出来。"

被人当面骂废物,元致澄是第一次,至少在他的记忆里是第一次。他能怎么办呢?唯一的办法是假装耳聋听不见。

"吴叔叔,我们尽力了。元队这几个月没日没夜地加班……"花若诗替元致澄辩解。

吴父不耐烦地打断花若诗,说:"我管他加班不加班!我就问他到底什么时候才能破案,抓住凶手!我女儿死得好惨哪!"吴父掉下眼泪来。没有纸巾,他用袖子擦眼泪。花若诗看见吴父的袖子很脏。他很久没换衣服了吧,可怜的老人。

"吴叔叔,阿姨,你们仔细想想,吴馨去世前有没有和人结仇?或者,最近几年她有没有和人结仇?"元致澄问。

"馨馨性格内向,没有几个朋友。她怎么会和人结仇呢?从来只有别人欺负她,没有她欺负别人。"吴母说。

"大晚上的,她为什么去安平村?有事还是找人?"元致澄问。

"我们也不知道。没听说她在那里有朋友。她很乖,生活简简单单,平时下班就回家,周末也不出门。"吴母说。

吴馨死的时候,赤身裸体。这是整桩案子让元致澄觉得最奇怪的地方。吴馨如此,元致秋也如此。凶手没有侵犯她们,却脱光她们的衣服。为什么?戚渔翙死的时候,倒是衣冠楚楚。三次都是衣冠楚楚。

"恕我冒昧,吴馨生前有没有关系特别亲密的男性朋友?"元致澄问。

"她没有男朋友,也没有谈过恋爱。"吴母说。

"不一定是男朋友……"元致澄说。

"你什么意思!我们说过八百遍了,馨馨不认识那个中学老师!馨馨和他什么关系都没有!"吴父怒吼。

在吴家不仅没有收获,反而碰了一鼻子灰。元致澄不甘心。他让花若诗自便,他想去元致秋那里问问情况。花若诗不愿意,她也要去。

6月20日黄昏,元致澄强行带走元致秋,用手铐将她铐在床头。当晚戚渔翙在农舍被谋杀。元致秋现在肯定恨他。那么,有个外人在场,他和元致秋说话也方便些。妹妹总不好意思当着花若诗的面赶他走吧。

"你认识我妹妹？"妹妹这次活下来了，没有死。作为死者戚渔翾的情人，她肯定协助调查了。

"当然认识。戚渔翾被杀后，你妹妹也来分局协助调查了。他们是不是有一个儿子？钟念熙真可怜。元队，你怎么啦？你今天记性好差。"

"你可以跟着去，但是别到处说我和我妹妹的关系啊！尤其别添油加醋。"

"你和你妹妹的关系就是断绝关系，整个分局的人都知道。"

"我和你开玩笑。我的意思是，今天我和我妹妹之间发生什么事，你千万别添油加醋。我要脸。"

"会发生什么事呢？"

"我怎么知道？昨天发生什么事我都不知道，我怎么知道今天会发生什么事？就连这一刻发生的事，我也不知道是不是在做梦。提问是个好习惯，不过你今天的问题太多了。小花，适可而止吧。"

元致澄和花若诗开车前往枫林小区。谢天谢地，元致秋没有搬家，依然住在这里，否则元致澄又要费些力气找她了。元致秋正要出门，见他们来了，很不情愿地让他们进来。

"又有什么事？请你们抓紧时间。"

"秋秋，你认识吴馨吗？"

"这个问题你问过八百遍了。我的回答永远是，我不认识她！"

"戚渔翾认识她吗？"

"这个问题你也问过八百遍了。戚渔翾不认识她，至少我没听他提过吴馨这个名字。除了我之外,戚渔翩没有别的第三者。我也没有别的男人。满意了吗?还有问题吗?元队长!"

"不满意!还有最后一个问题。你要去哪儿,我送你!"

"我要去哪儿?你有脸问我要去哪儿!拜你所赐,在鸿鹄小学大吵大闹,全校都知道我和戚渔翩的关系了。校长不让我代课了。我现在只能去卖保险了。你高兴了?你和爸妈一样坏!坏得彻底。"

元致秋说的是元致澄回到6月19日的经历,那次是元致澄第一次回到过去。他当众揭穿妹妹和戚渔翩的关系。他是很过分。他不是存心的,他只是想逼妹妹和戚渔翩分手。

元致澄很想和元致秋说清楚这件事,可是他不知道从何说起。元致秋见元致澄不吭声,以为他理亏,她冷笑说:"十年前爸妈逼得我走投无路,十年后你逼得我走投无路。你们真是一家人哪!"

门铃响了。元致秋从猫眼里瞅了一下,极不情愿地把门打开。元致澄看见一男一女两位老人站在门外,手里提着水果、牛奶和零食,脸上堆满了讨好的笑容。元致秋堵在门口,不让他们进来。

"戚元嘉不在家。在家,我也不会让你们见他!他是我儿子。"元致秋很冷漠,比刚刚对元致澄还要冷漠。

"不在家没关系,我们给元嘉带了点儿吃的东西。"两位老人将东西递给元致秋,元致秋不伸手,不接。两位老人讪讪地将东西放在地上,转身走了。

他们是戚渔翩的父母,钟念熙的公公婆婆。他们来看孙子。

戚渔翩和钟念熙结婚十年,没有孩子。戚元嘉是两位老人唯一的孙子。现在，他们的儿子死了，孙子就更加宝贵了。就算低三下四，他们也想认这个孙子。

　　元致澄相信，不管元致秋怎么爱戚渔翮，她过了这么多年见不得光的生活，对于戚渔翮，她心中多少是有恨的。因为戚渔翮不肯离婚，因为她原本可以拥有美好的人生。她恨戚渔翮，顺带就会恨戚渔翮的父母。作为父母，他们身负原罪。

　　从元致秋对待两位老人的态度，元致澄不难做出这个判断。唉，两位老人也很可怜。

　　如果钟念熙知道今天的事情，她会作何感想？他猜，以她的性格，应该会尊重两位老人的选择吧。

　　"你还不走！"元致秋下了逐客令。

　　元致澄和花若诗不得不走。出了门，花若诗偷笑。

　　"你笑什么？"

　　"今天你妹妹对我们的态度比上次客气多了。元队，你多来看看她，她这时候很脆弱，很需要人关心。我相信你们早晚会和好。"

　　"多管闲事！"

　　元致澄开车，送花若诗去地铁站。

　　"你自己回家，我不送你回家了。"

　　"元队，你去哪儿？我和你一起去。两个人一起调查比较方便。"

　　"我去看我老婆，你也要跟着去？你年轻貌美，我怕她误会！"

　　"元队，嫂子都去世五年了。你还没忘记她啊！"

　　"你以为忘记一个人很容易啊！我告诉你，忘记一个人比破一桩案子难多了。"

"元队,你准备这辈子一个人过吗?"

"如果可以,我真希望能回到五年前。早些带她去治疗。只要她活着,哪怕她忘记我,我也无所谓。"

"元队……"

"你今天很啰唆!干什么?打听我的隐私啊?快滚!"

花若诗脸红了,手忙脚乱地下车。元致澄的车开走了,她仍然站在原地发呆。

今天是元致澄妻子的生日。五年前她死于癌症。元致澄每年至少要来墓园看她三次。清明,生日,忌日。五年,风雨无阻。

元致澄在路边花店买了九十九朵红玫瑰,又去蛋糕店买了妻子生前最爱吃的黑森林蛋糕。他记得很清楚,当年他向妻子求婚,也是买了九十九朵红玫瑰,和一块黑森林蛋糕。

妻子去世五年了,他和她之间只剩下他的回忆了。他不敢想象,如果有一天,他连这些回忆也没有了,他的世界会变成什么样。那时候他可能已经死了。他死了,就没人记得他妻子了,他妻子就真的从这个世界消失了。

来到墓园,元致澄献上红玫瑰和蛋糕。他仔细地将墓碑擦干净,将周围的杂草拔掉。昨天黄昏风雨大作,墓园有些潮湿,他险些滑了一跤。这里的环境真糟糕,他的妻子就在这里躺了五年。

元致澄直起腰,望向茫茫墓园。这些被埋葬的人,他们想不想自己的生命重来一次?他们想,他们肯定想。可惜人生没有机会重来。

一个穿黑色连衣裙的女人，出现在元致澄的斜前方，她背对着他。元致澄认出来她是钟念熙。她将一束白菊花放在一座墓碑前。

元致澄犹豫了一下，走过去和钟念熙打招呼。钟念熙看见他，有些惊讶。其实元致澄也有些惊讶，他没想到会在这里遇到钟念熙。两人上午刚刚见过面，并且一起回到过去救人。这么快又见面了。

墓碑上刻的是戚渔翩的名字。是的。这次他和钟念熙回到6月20日，没能救下戚渔翩，所以这个时空戚渔翩去世了。

"今天好像不是戚老师的忌日。"

"今天是他的生日。毕竟夫妻一场，我不想他今天过得太孤单。"

钟念熙将一块戚风蛋糕放在墓碑前，插上一支蜡烛。元致澄摸了摸口袋。他忘了，自从戒烟后，他身上就没有打火机了。

钟念熙从包里掏出打火机，点燃蜡烛。她双手交叉紧握，抵住额头，沉默片刻，吹灭蜡烛。

"在逝者生日这天来墓园拜祭他们，我们俩也算独二无三了。"元致澄自以为幽默地修改了独一无二这个成语。

"哦，你怎么知道？全世界只有我们俩会选择逝者生日的时候来拜祭他们？你做过统计？统计样本有多少？"

元致澄气得翻白眼。他随口说一句罢了。她要不要这么严谨？在钟念熙面前，他说什么都是错。他觉得她在针对他。从他认识她的那天开始，她就一直在针对他，她每一句话都在针对他。作为元致秋的哥哥，他也身负原罪。

两人离开墓园。钟念熙回咖啡馆。她问元致澄有没有开车过来，元致澄思考了一秒钟，他说自己的车送去修了。元致澄坐钟念熙的车去了咖啡馆。

黄昏，咖啡馆冷冷清清，一副明天即将关门大吉的样子。

吕迁坐在那张酒红色的沙发上打盹儿，听见声音，他起身走向吧台。钟念熙拒绝了咖啡，她要了一杯温水，元致澄也要了一杯温水。钟念熙请吕迁做两份晚餐，元致澄这才感觉自己饥肠辘辘。他中午只喝了奶茶，没吃饭。

元致澄注视着吕迁进了厨房，问："你认识吴馨吗？"

钟念熙反问："吴馨是谁？"

花若诗说，据钟念熙6月21日的口供，她不认识死者吴馨。没听过这个名字，也没见过这个人，更不知道她为什么和戚渔翩在一起。

"你在另一个时空被警察问过这个问题，我再问你一次。你仔细想想，戚渔翩是否认识这个人？戚渔翩去世前，或者很久之前，曾经，戚渔翩有没有提过吴馨这个名字？"

"幼儿园，小学，中学，大学，我和他都是同学。我们两家又是邻居。他认识的人，我几乎全都认识。没有吴馨这个人。除非我在国外读书的时候，他认识了这个人。或者他在工作中认识了这个人，他没告诉我。"

"吴馨死的时候，赤身裸体。但是法医检验，她死前没有发生过性行为。元致秋也说不认识她。我真是奇怪了。"

"她的死和戚渔翩有关系吗？"

"当然有关系。第一次和第二次死的是我妹妹，第三次死的是吴馨。而戚渔翩每次都会死。这说明凶手想杀的人是戚渔翩，两个女死者是受戚渔翮的连累。戚渔翮到底做了什么坏事，导致凶手不仅要杀他，还要杀我妹妹和吴馨？因为她们俩凑巧都去了农舍？现在可以确定的是，戚渔翮和吴馨不认识。既然不认识，吴馨为什么会出现在农舍呢？她死前被注射了镇静剂。她应该是被凶手强行带去农舍的。凶手这么做，目的是什么呢？凶手为什么要让两个不相干的男女死在一起呢？我觉得问题的关键在于戚渔翮。"

吕迁端出两份晚餐和浓汤。钟念熙说今晚不会有生意了，他可以提前下班。吕迁谢过钟念熙就走了。

钟念熙吃的是青菜鸡蛋面，元致澄吃的是牛肉炒饭。元致澄想吃面条，他去吧台拿了两个盘子。

"能分给我一点儿面条吗？"元致澄摇晃着一双公筷。

钟念熙瞥了他一眼，点了点头。元致澄毫不客气地夹了几筷子面条，放进自己的盘子。他吃得很大声。面条果然好吃，面条就是比米饭好吃。

钟念熙继续吃自己的面条，细嚼慢咽。元致澄将自己的炒饭，没吃过的那一边，扒拉了几筷子，放进钟念熙的盘子。

"钟老师，你也尝尝我的。"

"不好意思，我不习惯吃别人碗里的食物。"

"我没吃，没弄脏。"

"我说我不习惯吃别人碗里的食物。这和你吃没吃，脏没脏，没关系。"

钟念熙语气平静。元致澄倒是听不出她有嫌弃他的意思。她似乎就是在陈述客观事实，不夹杂个人感情。

　　好吧！元致澄抓住那个盘子，三口两口吃光了他的炒饭。他抬头瞄了钟念熙一眼。她今天跑去墓园是什么意思？

　　如果戚渔翾没出轨，他被杀了，钟念熙可以使劲在心里怀念他。现在，她对死去的戚渔翾是一种什么样的感情？她以什么样的感情去怀念背叛了她又死去的丈夫戚渔翾？

　　她一定非常爱戚渔翾。只有极致的爱才会产生极致的恨。

第七章
模仿作案

吕迁回家了。不，不是，那里已经不是他的家了。母亲、妻子和儿子都不认识他了。那里又怎么会是他的家呢？被人遗忘太可怕了，它让一个活人活得像死人。

虽然钟念熙早就将后果告诉了他，他也早就有了心理准备，可是当他身处其中的时候，当他承受这一切的时候，痛苦和寂寞就像两条毒蛇紧紧缠住他，使他喘不过来气。被家人遗忘的这十天，除了上班，他就在小区里散步。有时候他能看见家人，有时候看不见家人，一切全凭运气。

进了小区，沿着熟悉的主干道向南走。晚风徐徐，两旁的桂花树芬芳扑鼻。吕迁停下脚步，深呼吸。多么熟悉的味道啊！

夜色中，一个熟悉的身影在垃圾桶里翻垃圾。吕迁赶紧走过去和她打招呼。

"孙阿姨！"他前几天帮母亲捆一摞硬纸板，两人算是认识了。他告诉母亲自己也住在这个小区。这是实话，他在这个小区租了房子。

"小吕，下班啦。"孙大芝笑眯眯地和他打招呼。吕迁利索地把那些废纸箱踩扁，用一根绳子捆起来。

"孙阿姨，我最近搬家，有好多废纸箱，我明天拿给你。"

"太谢谢你啦！我就是闲得慌，出来溜达溜达。我儿媳妇可孝顺我啦！她总是叫我别捡这些。你送我废纸箱，我请你吃红烧肉。你明晚来我家吃红烧肉。"

除了捡垃圾，母亲每天下午也会蒸馒头推去菜市场卖。妻子一直在便利店做店员，没有变。这个家的经济状况不太好。以前有吕迁支撑，儿子课外时间学游泳和钢琴，现在不学钢琴了。吕迁有心帮助这个家。但是母亲怎么会要他这个陌生人的钱呢？

吕迁没有废纸箱，他去废品回收站买了一些废纸箱送给孙大芝。

家中的装饰基本没变，东西摆放的位置也基本没变。儿子依旧调皮，非要坐在吕迁的大腿上玩手机。妻子依旧温柔，笑盈盈地责怪儿子。母亲做的红烧肉依旧好吃，好吃得让吕迁想哭。

孙大芝说，吕迁和她儿子长得有些像。她孙子出生那天，她儿子开车去医院。半路上刹车失灵，车子冲进河里，儿子淹死了。

见这三个人，对吕迁来说是一种折磨。不见他们，对吕迁来说是另一种折磨。

为什么没有一杯黑咖啡，喝了之后，让他也患上失忆症？如果他失忆，他就不会痛苦和寂寞了。有时候他会想，他从钟念熙那里究竟得到了什么。他真的很怀念一家人相亲相爱的日子。那些温暖的日子，那些美好的日子，要怎样才能回去呢？

吕迁来到时光知返咖啡馆，他一向来得早。他仔细将那些咖啡杯擦干净，排列得整整齐齐。他弯腰擦抽屉。中间的抽屉是锁着的。

109

他试着拉了拉，拉不开。这个抽屉里放的是那罐神奇的黑咖啡豆。钟念熙随身携带一把钥匙，一把小巧玲珑金光闪闪的钥匙。

上午十点钟，钟念熙和元致澄风尘仆仆地来了。吕迁端上两份甜品和果汁。

元致澄说："你这咖啡馆经营得好啊，东西都是自己吃喝了。"

钟念熙说："我乐意。你记得付钱。"

咖啡馆的玻璃门开了，一个穿运动服的中年男人走进来。吕迁迎客，男人微笑地望着钟念熙。

"程庸！"

"我没迟到吧。我从光华过来的。"

"时间正好。我上午去安平村了。你稍等，我换衣服。"

钟念熙上了二楼。元致澄打量这位程庸。大约四十岁的年纪，保养得很好，身上有股书卷气。应该是钟念熙的同事。钟念熙身上也有股书卷气。元致澄去过光华大学好几次，这个时空去过，另一个时空也去过，他印象中没有这么一位程庸。两人肯定没见过。程庸冲元致澄点了点头。元致澄收住目光，笑了笑，借以掩饰自己的失礼。

钟念熙从二楼下来。她刚刚穿着衬衫和牛仔裤去农舍，陪元致澄找线索。现在她换了一身运动服。

程庸微笑着说："今天的妆化得比平时更漂亮。"

钟念熙微笑着说："打网球会出汗，希望我不要变成大花脸。"

什么？钟念熙化妆了？她平时也化妆了？他怎么没发现。元致澄睁大双眼，盯着钟念熙。钟念熙走了，她没有介绍这位程庸先生给元致澄认识。

元致澄开车跟踪钟念熙和程庸。程庸的车来到市中心的一个露天网球场。这里没有遮蔽物,元致澄不敢靠得太近,他远远地盯着他们。钟念熙和程庸愉快地打网球。两人的技术都不赖,钟念熙更好一些。

打完网球,程庸的车上了高架。下了高架之后,他们来到一处海滩。钟念熙和程庸在海滩上漫步,一会儿拾贝壳,一会儿捉螃蟹,两人开心得像小孩子。有位老奶奶摔倒了,两人把她扶起来。两人买了臭豆腐吃。海风吹过来,臭不可闻,元致澄被臭得七荤八素。元致澄很喜欢吃臭豆腐,可是这两人的臭豆腐实在太臭了。

钟念熙和程庸坐下来,把鞋子里的沙倒掉。元致澄躲进自己的车子,悄悄地观望两人。跑这么远的海滩来玩,文化人真浪漫,真有情趣。元致澄掏出手机,在光华大学物理系的网站上搜索程庸的信息。程庸的个人简介还挺长。

元致澄低着头,他突然发现,不知道什么时候,自己在海滩踩了一坨狗屎。他的鞋底都是狗屎,好臭啊!比那两人的臭豆腐还臭!

程庸的车走了。元致澄继续跟踪他们,来到光华大学附近的云顶豪庭小区。这不是钟念熙居住的小区吗?钟念熙要带程庸去她家吗?元致澄疑惑了。小区门卫戒备森严。幸好他有警察证,到哪里都畅通无阻。

程庸带钟念熙来到自己的家。他追求钟念熙快有三个月了,初见成效。之前钟念熙对他很客气，无论有没有人在场，她都称呼他程主任。最近，没有同事在场的情况下，她会称呼他程庸。今天她愿意来参观他的家，他荣幸至极。

程庸冲了一杯黑咖啡给钟念熙，钟念熙的眉头皱了一下。自从时光知返咖啡馆正式对外营业，她就不太喝咖啡了，尤其是黑咖啡。她接过杯子，轻抿一口，笑着对程庸说味道不错。

两人坐在沙发上有一搭没一搭地闲聊。程庸想不到以自己四十六岁的年纪，还要绞尽脑汁讲冷笑话逗异性开心。这应该是二十岁的毛头小伙子才会做的事情吧。

他在光华大学读博士的时候，钟念熙在光华大学读本科。两人相识于学校的网球社团。那时候他就对钟念熙颇有好感。可是钟念熙有青梅竹马的男朋友戚渔翩。他倒也没怎么伤感。人生岂能尽如我意？

钟念熙本科毕业，出国读书。他博士毕业，留校任教，按部就班地结婚生子，再也没有闲心打网球。今年，儿子考上大学。他和妻子协议离婚，财产平分。没有谁出轨，没有谁家暴，就是彼此厌倦了对方。

他恢复单身不久，戚渔翩去世，钟念熙也单身了。人生就是这样，许多事情都在意料之外。他想不到，兜兜转转二十年，他竟然重新有机会追求钟念熙。

程庸凑近钟念熙。钟念熙放下杯子，等待一个意料之中的吻。

她不讨厌程庸，也不喜欢程庸。这没关系。难道一定要喜欢一个人才能和他在一起吗？不讨厌就差不多能在一起了。喜欢，太奢侈。

爱,更奢侈。

作为一个成年人,要懂得自己的情感需求是什么。人的情感需求会随着年龄的增长而变化。她现在的情感需求就是一个简简单单的男人。这个男人不讨厌她,她也不讨厌这个男人。两人没事的时候一起闲聊,假期的时候一起出门旅游,互相有个伴,这就足够了。如果现在有个男人向她表白,他爱她爱到死去活来,爱到今生非她不娶,她会被吓死。她只想平静地过下半辈子,她不想要惊涛骇浪。

忘记戚渔翩的最好的办法,就是开始一段新感情。她必须尽快投入一段新感情,一段平静的新感情。恨戚渔翩?她不恨。恨一个人,受伤的是自己。她这么聪明,她不做蠢事。

程庸吻钟念熙,钟念熙没有拒绝。她很顺从,她想不到自己有什么不顺从的理由。她闭上双眼,等待下一刻的来临。程庸屏息凝神,伸手脱钟念熙的运动服。这运动服是套头的,没那么容易脱,脱来脱去也没脱掉。两个成年人尴尬地笑了。

也许是程庸太紧张,也许是钟念熙太紧张。两人手忙脚乱,不小心打翻了杯子。杯子碎了,咖啡泼了。两人又尴尬地笑了。程庸有些不好意思,正考虑着要不要停下来,先将地板收拾干净。门铃响了。

程庸开门,门外站着一男一女。女的亮出证件说:"我们是警察……"话音未落,她看见钟念熙了,钟念熙也看见她了。

"钟老师!你怎么在这里?"

"花警官。"

钟念熙坐在沙发上，衣衫不整。来开门的是一个男人。她怎么在这里，原因很明显。花若诗眨着眼睛说："不好意思，打扰了，我们找程庸先生。"

"我就是。"

花若诗和老丁进了屋子。两人交换了一下眼神，老丁便四处走走看看。花若诗留在客厅。钟念熙平静地整理衣服和头发。

"程先生，请问6月20日晚上9点左右，你在哪里？"

"三个月前的事，我不记得了。请问有什么事吗？警察同志。"

"花警官，你们是来调查戚渔翩的案子吗？"

"程先生，我们发现你的车，6月20日晚上9点，在安平村出现过。深更半夜，你去那里干什么？"

"你们怀疑程老师？他怎么可能杀戚渔翩？"门外来了一个人，四个人的目光齐刷刷地转向门外。"元队！"花若诗叫了一声。

"程老师，请问6月20日晚上9点，你去安平村干什么？"元致澄重复了一遍花若诗的问题。

程庸有些不高兴。平白无故被打扰，他能高兴吗？这个男人是谁？今天上午在咖啡馆，他和钟念熙很熟的样子。"贵姓？"

"免贵姓元，元致澄。"元致澄掏出警察证，举在程庸眼前，"瀛海市公安局崇汇分局刑侦支队二大队，队长元致澄。"

"元队长，我请问你，你记得6月20日晚上9点你在哪里吗？三个月前的事了。"

"我当然记得，那天晚上我在安平村。安平村13号农舍发生命案，一男一女被杀。男死者名叫戚渔翩。女死者名叫……吴馨。你认识他们吗？"说到吴馨的名字，元致澄故意停顿了一下，观察程庸的反应。

程庸很平静。"我只认识戚渔翩，他是我同事钟念熙老师的丈夫。你们怀疑我杀了他？"

"程先生，你冷静点儿，我们没说你杀他。"花若诗表面是在安慰程庸，其实是在帮元致澄说话。

"是吗？你们俩的表情好像有证据证明程主任杀了戚渔翩。"钟念熙冷笑。

元致澄瞥了钟念熙一眼。这个女人怎么回事？他们在努力查案，努力找杀她丈夫的凶手。不管程庸是不是凶手，她都不应该袒护程庸。难道她喜欢程庸？今天两人又打网球又去海滩，又独处一室。难道两人互相喜欢？两人还居住在同一个小区。

在这里问不出什么了，元致澄觉得应该将程庸带回局里好好审问。

"我想起来了，我今年就去过一次安平村，我不记得是几月几日了。我是经过安平村，去隔壁的凤凰村拜会朋友。那段时间我刚刚离婚，心情不好，我几乎每天晚上都开车出去闲逛。你们现在问我，我根本想不起来自己去过哪里。"

元致澄、花若诗和老丁都不说话，沉默地看着程庸。

"你们不相信我？杀人！我哪有胆子杀人！你们可以去问我朋友，我那天晚上有没有去过他家。"程庸掏出手机说，"我在凤凰村加油站给车加油了，有付款记录。"

元致澄看了一眼程庸的手机。确实有6月20日晚上9点23分在凤

115

凰村加油站加油的记录。但是，这就能排除他的嫌疑吗？

花若诗问："程先生，根据村口的视频监控，你的车8点40分进入安平村，9点10分出来。这半小时你在干什么？安平村面积不大。"问得好！元致澄在心里默默赞许花若诗。

"我不小心压死了一条黄狗，被敲诈了三千块钱。"

"打扰了，程老师！"元致澄点了点头，似乎他很相信程庸的回答。他冲花若诗和老丁使了个眼色，示意他们可以走了。

"元队，等等！"钟念熙站起来说，"你怎么会来这里？你是跟踪程主任还是跟踪我？你不会怀疑我杀了戚渔翾吧？我有没有杀戚渔翾，你最清楚了。"

元致澄理亏，他无话可说。三个人进了电梯。

花若诗说："钟老师伶牙俐齿，真难对付。"

元致澄问："有什么发现？"

老丁说："没什么特别发现，一切都很正常。除了衣柜里没有女人衣服，卫生间也没有女人用品。"

花若诗说："他说他离婚了，家里当然没有女人的东西。"

老丁说："我看见卧室里有他和一个男孩的合影，估计是他儿子。"

花若诗说："一个没老公，一个没老婆……"

老丁说："我们刚才进来的时候，他们好像准备……"

元致澄打断老丁说："你们去调查程庸压死黄狗的事。另外，再仔细查一下村口的视频监控。凶手进出都必须经过村口。我们基本排除了本村人作案的可能性。你们注意6月20日晚上有没有陌生人进出安平村。"

熟悉了戚渔翩和吴馨被杀案之后，元致澄研究了6月20日晚上经过烂尾楼和进出安平村的车辆、司机和乘客的资料，他暂时没有发现。

元致澄推测，如果有一辆车在烂尾楼载了吴馨，驾驶到安平村。那么这辆车应该既在烂尾楼出现过，又在安平村出现过。资料里没有这样一辆车。

难道凶手中途换车了吗？即使换车了，司机或乘客不变，他们也应该查得出来。难道负责将吴馨从烂尾楼运送到安平村的，至少有两辆车和两个凶手？

如果凶手目标明确就是戚渔翩，为什么凶手还要杀一个和戚渔翩不认识的吴馨。这次是吴馨，上次是元致秋。难道凶手不在乎女死者是谁？

"元队，6月20日晚上经过烂尾楼和进出安平村的车辆，我们都查过了。"花若诗说。

"我知道都查过了。为什么漏了程庸呢？我是让你们重新查一遍，看看能不能找到新线索。你们扩大搜索范围，查前后三天的视频。"元致澄说。

"程庸是漏网之鱼。他的车进出安平村的时候，一群熊孩子跟着车跑，把车牌号遮住了。"老丁说。

"早就应该抓他回局里审问了。你们记得调查他压死黄狗的事。"元致澄说。

"目前来看，6月20日晚上，经过烂尾楼和进出安平村的司机和乘客，与吴馨都没有交集。吴馨和戚渔翩互相不认识。"老丁说。

117

"吴馨好像从烂尾楼飞去了安平村。"花若诗说。

"而且是隐形飞。"老丁说。

花若诗叫元致澄和老丁一起去吃晚饭。老丁不去,他要回家。

"元队,我们俩去吧。我请客。"

"我们俩去,我也不能让你请客。下次吧。我和爸妈说过了,我今晚回家吃饭。"

花若诗有些失望,又不好意思说什么。这时候元致澄的手机响了。

"老元,名仙山发现两具尸体,你要过来看看吗?"

名仙山位于瀛海市西南方,海拔约百米,是瀛海市最高的山。周末或节假日,市民最喜欢来这里爬山。尽管山太矮,爬无可爬。

名仙山不是崇汇分局的管辖范围。打电话给元致澄的是名仙山派出所的所长,裘永赫。裘永赫和元致澄是老相识。

七年前,市局评选基层民警先进个人,裘永赫和元致澄榜上有名。颁奖的时候,两人前后脚上台领奖。晚上两人同住一间房。裘永赫是老烟枪,烟不离手,躺在床上也要来一根。元致澄那时候不抽烟,但是他不介意别人在他旁边抽烟。白天的活动结束,两人回到宾馆。裘永赫抽烟,元致澄喝啤酒,两人越聊越投机,成了好朋友。这些年两人一直没有断联系,有空就约见面。抽烟喝啤酒,天南海北瞎吹牛。

"老裘!老裘!这边!"

现场已经封锁,很多人围观。维持秩序的警察很负责,哪怕元致澄掏出警察证,他们也不让他进入案发现场。因为他不是名仙山派出所的人。裘永赫冲元致澄招手，元致澄才被放行。

两名警察正在进行血迹勘验。裘永赫站在步道上，聚精会神地盯着地面。

"什么命案？非要请我这个外援出马！你不行啊！"元致澄走过来，嬉皮笑脸地和裘永赫说话。话音未落，他眉头紧皱。太阳落山了，天色将黑未黑。在试剂的作用下，地面上大片泛着荧光的血迹呈现在他眼前。

"那边！"裘永赫指着不远处的草丛。元致澄往前走了几步，顺着斜坡往下望。他知道裘永赫为什么叫他来了。斜坡下，草丛里，两具尸体相隔不远。男死者穿着深色运动服。他来这里应该是为了跑步。女死者赤身裸体，一丝不挂，白花花的。她身旁是她的裙子和高跟鞋。她来这里应该不是为了跑步。

从步道到草丛的直线距离，就是这段斜坡，野花野草有被压倒的痕迹。

"和你负责的案子，一模一样。"裘永赫说。

元致澄沉默不语。从现场情况推测，这一男一女应该是先在步道上被人杀死，然后再被人推下斜坡，滚入草丛。步道上有大片血迹。案发现场应该在步道。

这条步道是早年开发的。近几年开发了新步道，这条旧步道就被铁丝网封住上锁了。名仙山管委会在入口处竖了一块醒目的禁止通行的告示牌。好事者在告示牌旁边剪了个大洞，供人进出。

"爬山的和跑步的都走新步道，不走旧步道。据工作人员说，偶尔有小孩子从洞里钻进钻出。今天这两具尸体就是被三个小孩子发现的。"裘永赫说。

"这两个人怎么会来旧步道呢？凶手是有预谋杀他们吗？凶手真聪明，在这里杀人，神不知鬼不觉。"元致澄说。

一个年轻的警察从斜坡跑上来向裘永赫汇报。"所长，找到他们的证件、手机和钱包了。男死者名叫曹温良，五十七岁，吉美房地产公司总经理，住在附近的别墅区。今天上午他家人来派出所报案称，曹温良9月21日晚上出门跑步没回家。女死者名叫屠芳洲，三十二岁，暂时不清楚情况。"

元致澄在心里计算日期。今天是9月25日，曹温良9月21日失踪，今天上午他家人才去报案。曹温良的家人，心真大。

"我再下去瞧瞧。"裘永赫说。元致澄和年轻警察跟着裘永赫下去了。

法医正在对尸体进行初步检验。昨天下过雨，尸体有些发胀。汇报情况的年轻警察跑去旁边呕吐了。

"什么情况？"裘永赫问。

"初步判断两名死者的死亡时间大概在四天前。男死者身上有多处擦伤，腹部中刀。女死者身上有多处擦伤，致命伤是颈动脉被割断。"法医说。

男死者又是腹部中刀，女死者又是颈动脉被割断。戚渔翩、元致秋和吴馨都是如此。"女死者死前被注射了镇静剂吗？"元致澄问。

"具体情况要解剖后才知道。"法医说。

"找到凶刀啦！找到凶刀啦！"那个汇报情况的年轻警察站在斜坡上，兴奋地大喊大叫。

天渐渐黑了，裘永赫继续在现场指挥。元致澄回家了。

是同一个凶手作案吗？凶手想杀男死者？想杀女死者？还是想把两个人都杀了？男死者和女死者认识吗？为什么男死者穿戴整齐，女死者却被脱光了衣服。情杀？仇杀？财杀？财杀用不着脱衣服吧。脱光女死者的衣服究竟是什么意思？戚渔翩和元致秋的案子，戚渔翩和吴馨的案子，都是如此。

元致秋说，除了她，戚渔翩没有别的情人。吴馨未婚单身无男友，生活简简单单。戚渔翩和吴馨的案子不可能是情杀。那么这桩案子也不可能是情杀？这桩案子是仇杀？

元致澄不想这么快就认定两桩案子的凶手是同一个人。或者说，同两个人。

次日下午，元致澄接到裘永赫的电话。经法医检验，男死者腹部被捅了五刀，失血过多而死。女死者死前没有被注射镇静剂，没有发生过性行为。

"女死者和男死者认识吗？"

"女死者是男死者公司的员工，案发前不久被辞退。"

"他们两个人为什么会去旧步道？"

"曹温良的家人说，曹温良有早晚去名仙山跑步的习惯。我们根据现阶段掌握的资料推测，曹温良9月21日晚上去旧步道夜跑，屠芳洲去找曹温良索取赔偿金。两个人一起被杀害。两个人遇害前几天，屠芳洲有跟踪曹温良的行为，她应该是摸清了他的生活规律。"

"财物呢？没有损失吧？"

"手机都在。曹温良身上没有现金,屠芳洲的钱包里有二十元现金和一张公交卡。屠芳洲是外地人,大学毕业后来瀛海工作。租房,独居,独来独往。失踪了也没人报警。"

"凶手为什么脱光女死者的衣服?"

"暂时不知道。老元,你觉得这桩案子的凶手会不会是模仿作案?如果我没记错,媒体的报道从来没提过戚渔翩和吴馨是否认识,也没提过吴馨死前被注射了镇静剂,但是提过女死者死的时候,赤身裸体。"

"当然!有些情况我们分局从未对外公布。"

戚渔翩和吴馨在安平村被杀,当时现场有很多村民围观。女死者赤身裸体不是秘密。桃色新闻总是传播得比较快。

真的是模仿作案吗?杀害曹温良和屠芳洲的凶手,看新闻知道吴馨死的时候赤身裸体,所以他也让屠芳洲赤身裸体?他不知道戚渔翩和吴馨不认识,他不知道吴馨死前被注射了镇静剂,所以他杀了和曹温良认识的屠芳洲,所以他没给屠芳洲注射镇静剂?

屠芳洲没有被注射镇静剂,曹温良和屠芳洲认识。从这两点来分析,这桩案子与戚渔翩和吴馨的那桩案子,确实有不同之处。而两桩案子的相同之处是女死者都赤身裸体,男死者都穿戴整齐。

真的是模仿作案吗?第二桩案子的凶手,没有掌握第一桩案子相关的足够多的信息,导致了两桩案子的作案手法,既有不同之处又有相同之处。

元致澄知道,这个时空,有一桩未曾发生的谋杀案,男死者和女死者是认识的,并且女死者没有被注射镇静剂。这就是戚渔翩和元致秋谋杀案。

如果将三桩案子合并研究，元致澄认为，男女死者是否认识不是问题的关键，女死者是否被注射镇静剂也不是问题的关键。三桩案子的关键是，案发现场，女死者都赤身裸体，男死者都穿戴整齐。有这一个相同点就足够了。

这不是模仿作案，这是一起连环凶杀案。凶手每次的谋杀目标都是男死者。

农舍是戚渔翮的农舍，凶手去农舍，他的目标只可能是戚渔翮，不可能是元致秋，更不可能是吴馨。曹温良家住名仙山附近，他习惯早晚去旧步道跑步。凶手去旧步道，他的目标只可能是曹温良，不可能是屠芳洲。

凶手杀死无辜的元致秋、吴馨和屠芳洲，一定有特别的原因。

吴馨死前一个多小时被注射了镇静剂。她最后出现的地方是市区一座废弃的烂尾楼。她应该是在烂尾楼被注射了镇静剂，然后再被凶手带到郊区安平村。凶手这么做，目的就是让戚渔翮和吴馨死在一起。

凶手不在乎杀的人是元致秋还是吴馨，凶手在乎的是有一个赤身裸体的女死者躺在戚渔翮身边。脱光女死者的衣服很可能是整个杀人环节中最重要的仪式。

元致秋和屠芳洲死前没有被注射镇静剂，因为案发时她们原本就和男死者在一起，凶手用不着给她们注射镇静剂，然后再大老远把她们带到案发现场。

凶手可以杀死戚渔翮和曹温良这两个身材高大的男人，凶手应该力气比较大。既然如此，凶手应该很轻松就能控制吴馨。凶手为什么还要给吴馨注射镇静剂呢？凶手为什么不给戚渔翩和曹温良注射镇静剂呢？按理说，戚渔翩和曹温良是男人，比吴馨难控制，更需要对他们注射镇静剂。

凶手能控制戚渔翩和曹温良，却不能控制吴馨。这也太奇怪了。

元致澄觉得自己之前的推测很可能是对的。将吴馨从烂尾楼运送到安平村，至少需要两辆车和两个凶手。在杀死戚渔翩和吴馨的作案全过程中，有的环节两个凶手一起行动，有的环节两个凶手各自行动。

戚渔翩和元致秋的案子已经被他改变了结果。这个时空，这桩案子没有发生过。唉，他怎么向裘永赫解释呢？他无法解释。

"老元，男女死者是否认识真的很重要吗？你为什么一直纠结这个问题？不过，男女死者不认识却死在一起，确实挺奇怪。女死者又赤身裸体。我怎么感觉凶手在搞行为艺术……"

行为艺术？可能吧，可能真的是行为艺术。元致澄想不出合理的解释。

"不重要，老裘，我现在觉得不重要。老裘，你多透漏点儿细节给我。我试试申请这两桩案子并案处理。我来负责。"

"那要找地方详聊呀！你请客。"

第八章
名医有秘密

元致澄昨晚做了一个既美丽又忧伤的梦。在钟念熙的帮助下,他不停地时光旅行,不停地时光旅行,他回到案子发生的那一天,他前往案子侦破的那一天。他终于成功地提前抓住了凶手,改变了所有死者的命运,他拯救了他们。他好开心呀!

可是那些死而复生的人全都不认识他了。世界上所有认识他的人全都不认识他了。他不是他了,他成了不存在的人了。荣誉证书和奖金也没有他的份了。他气得大骂钟念熙,突然他就醒了。

醒了的元致澄躺在床上,瞪着天花板,他使劲想,使劲想,却怎么也想不起来凶手长什么样子。他在梦里忘了提醒自己记住凶手的长相。

预防犯罪很重要,阻止一桩凶杀案的发生很重要。但是,只有提前抓住凶手,才能避免凶杀案不停地发生。他梦里梦外都在忙什么呀!瞎忙!

花若诗和老丁去了一趟安平村,程庸确实没有撒谎。6月20日晚上,他压死了一条黄狗。黄狗的主人说,程庸不愿意付钱,双方扯皮半小时。之后他看见程庸开车往凤凰村方向去了。不过这位主人坚持程庸只赔了两百块钱，而不是三千块钱。

如果凶手是程庸，今天就能破案。元致澄想起来了，梦里凶手的长相就是程庸的长相。天哪！他对程庸有偏见？元致澄在心里扇了自己一个耳光。作为警察，他不应该把个人的好恶带入工作中。这会影响他的判断。

"如果排除了程庸的嫌疑，就不要再浪费警力了。其他司机和乘客，如果没有新的线索，也不要浪费警力了。"

6月20日晚上，那些可疑车辆，究竟是谁载了吴馨？如果凶手是随机选择了吴馨，茫茫人海，想找到和吴馨没有交集的凶手，谈何容易。

元致澄抬腕看表，现在是下午三点钟。钟念熙约他五点半在咖啡馆见面，他答应了。钟念熙没说什么事，他也没问什么事。很奇怪！他们俩明明互相讨厌对方，很多时候又很默契。

他应该请钟念熙帮助他前往未来的某一天。他想在另一个时空知道凶手是谁，然后他再回到这个时空，逮捕凶手。或者他知道凶手是谁之后，他再回到案子尚未发生的时空，劝服凶手放弃杀人计划。如果凶手不听劝，他就找个理由把凶手关起来。

他记得钟念熙说过，喝了她的黑咖啡，时光旅行能回到过去，也能前往未来。

下午五点钟，元致澄来到时光知返咖啡馆。一进院子，他就发现南面的玻璃窗那里，靠墙摆放了一排花盆。不知道是什么花，万紫千红，很漂亮。这个钟念熙，她好像对花花草草特别有兴趣。他记得她家的阳台上也摆满了花草。

咖啡馆倒是和平时一样，没什么生意。吕迁坐在那张酒红色的沙发上玩手机，看见元致澄来了，起身和他打招呼，问他想喝什么。元致澄摇头，问："钟老师呢？"吕迁没说话，指了指二楼。

二楼是钟念熙的私人领地，她住二楼。元致澄扯着嗓子冲二楼喊："钟老师，钟老师。"几秒钟后，元致澄听见钟念熙的声音："元队，请！"

元致澄上了二楼，眼前的景象使他略微吃惊。之前摆在客厅的折叠桌椅、高脚凳、地毯和小书架等东西统统不见了，取而代之的是一排屏风。元致澄数了数，屏风一共围成了九个格子间，每个格子间放了一把躺椅。

"钟老师，你这是要干什么？"

"我昨天接到九个预约电话，有九位顾客想回到过去。他们想改变的是同一个人的命运。于是我安排他们在同一时间，今天傍晚六点钟回到过去，这样对他们比较公平。"

"他们互相不知道对方也要回到过去吗？"

"否则我为什么用屏风把他们隔开呢？除非他们互相告诉了对方这件事。"

"你不怕他们同时到达咖啡馆吗？"

"吕迁在楼下会把他们分开。"

"钟老师，你太狡猾了！这个人真幸福，有这么多人希望他活下来。他肯定是个好人。这人是谁啊？"

"这是顾客的隐私，我必须保密。今天我想请你帮我，顾客太多了，

127

我一个人忙不过来。"

"谢谢你对我的信任呀！"元致澄抬腕看表，"我有一个小小的请求。现在还早，能不能先让我前往未来，反正十分钟我就回来了。"

"你要去未来？干吗？"

"我想知道620凶杀案的凶手是谁。"

"知道了又怎样？你不是已经救了你妹妹吗？"

"作为警察，我有义务阻止凶杀案的发生。"

"如果你能成功，那真的便宜戚渔翩了。"

钟念熙下楼，一会儿端上来一杯黑咖啡和一块方糖。

"你想去哪一天？"

"一年后吧，一年后这桩案子肯定破了。"

"去不成。最远只能去六个月后。"

"不能再后一些吗？"

"不能！我去过一次未来，我试过。今天是9月27日，你最远可以去明年的3月27日。"

"我以为你的黑咖啡是万能的呢！"

"我什么时候说过它是万能的？它是有限的。无论回到过去还是前往未来，它最长只能跨越六个月的时间。如果你今天9月27日要回到过去，它最远可以抵达今年的3月27日。如果你明天9月28日要回到过去，它最远可以抵达今年的3月28日。也许有一天，它会变成万能的，随心所欲的，但是目前肯定不行。"

六个月后就六个月后吧。希望另一个时空的元致澄队长强于这一个时空的元致澄队长。他破案了。

钟念熙将方糖放进黑咖啡，轻轻搅拌，递给元致澄。

"我怎么感觉我在喝童话故事里老巫婆熬制的毒药。"

"小孩，你千万别喝。"

"你冲的，我死也要喝。"

钟念熙走到窗前，眺望远处的风景。元致澄走进一个屏风隔间，躺在躺椅上。一杯咖啡下肚，他昏昏欲睡。

一阵眩晕，一觉醒来。元致澄发现自己趴在办公桌上，四周空无一人。昨晚他在局里加班，没回家睡觉？元致澄抬腕看表，他没戴手表，手表摆在办公桌上。今天是2024年3月27日。

元致澄伸了个懒腰，推开桌上的文件，站起来活动筋骨。他拿了牙刷和毛巾去卫生间洗漱。在走廊碰到花若诗，她刚来上班。

花若诗问："元队，你昨晚加班到几点啊？你没回家？"

向花若诗打听凶手是谁？元致澄左右瞅了瞅，小声问："去年620戚渔翩的案子怎么样了？"

花若诗微笑着问："什么怎么样了？"

元致澄咳嗽了一声，清了清嗓子，说："花若诗警官，我请你向我汇报去年620案的最新进展。"

"元队，大清早你考我呀！这题太简单了。"乔局从两人身边经过，花若诗适时闭嘴，看着乔局的背影，她小声说："620案没有进展，又冒出名医被杀案。你瞧乔局的脸拉得有多长。"

听见"没有进展"这四个字，元致澄的心掉进了冰窖。他不关心新的案子，他只关心戚渔翩和曹温良的案子。"曹温良的案子怎样了？找到戚渔翩和曹温良这两个受害者的共同点了吗？他们之间有什么关系？"

"什么曹温良？去年被捅了两刀也没死的那个房地产商？他和戚渔翩之间有什么关系吗？"花若诗满脸的疑惑，一双圆圆的杏眼瞪着元致澄。

"哎呀，大清早，我嘴巴真臭，去刷牙！"

洗漱完毕，吃了早餐，元致澄回到办公室，整理桌上那些文件。他翻了一下，昨晚他加班就是在研究这桩名医被杀案。在名医被杀案的卷宗旁边，放着戚渔翩和吴馨被杀案的卷宗。

2024年2月23日，瀛海市郊区一座废弃的老火车站附近，两个画室的学生在草丛中发现一辆私家车。车内有一具男尸，尸体已经白骨化。医生庞渡铭赤身裸体，全身至少有二十刀伤到骨头，其中至少有十刀处于心脏位置。他死前被注射了过量的镇静剂，草丛里遗留有针管。案发现场荒无人烟，至今没有破案。根据庞渡铭的失踪时间，以及法医的检验，推测庞渡铭死于2023年8月17日。

给庞渡铭注射镇静剂之后，还要捅他二十刀。要么是这个凶手做事太认真，怕庞渡铭没死透。要么是这个凶手和庞渡铭有深仇大恨，恨庞渡铭到了极点。

戚渔翩的案子尚未侦破，另一个时空的元致澄，怎么会加班研究庞渡铭的案子呢？仅仅是因为赤身裸体和镇静剂吗？

这桩案子与戚渔翩和曹温良的案子是同一个凶手吗？如果是同一个凶手，这桩案子为什么没有一个赤身裸体的女死者？戚渔翩三次被杀，曹温良一次被杀，他们身边都有一个赤身裸体的女死者。而他们自己却衣冠楚楚。如果是同一个凶手，凶手这次为什么要脱光庞渡铭的衣服？戚渔翩、庞渡铭和曹温良，这三个男死者的共同点是什么？大胆假设，小心求证。他们的共同点就是凶手杀人的原因。

从目前的资料来看，另一个时空的愚蠢的元致澄，暂时没有发现他们的共同点。也可能他已经发现了什么，但是不方便写在报告里。比如，戚渔翩死了三次，第一次和第二次死的时候，他妹妹元致秋也被凶手杀害了。

不知道裘永赫负责的曹温良和屠芳洲的案子怎么样了，这桩案子，元致澄申请了和戚渔翩的案子并案处理。从花若诗的态度来看，乔局应该没批准他的申请。是啊！两桩案子中女死者都是赤身裸体，仅凭这个共同点，不足以支持他的并案申请。

元致澄在内网搜索曹温良和屠芳洲的案子，没有记录。

怎么没有记录？元致澄相信自己的记忆没有问题。曹温良和屠芳洲这两个人确实是被杀死了。前天，2023年9月25日黄昏他去过案发现场，名仙山的那条旧步道。裘永赫在案发现场。第二天，也就是昨天9月26日，裘永赫打电话告诉他情况。

难道……有人回到过去，改变了曹温良和屠芳洲的命运？他们死而复生了？

刚刚花若诗怎么说的？她说，去年被捅了两刀也没死的那个房地产商。元致澄记得裘永赫和他说过，法医的检验结果，曹温良腹部被捅了五刀，失血过多而死。现在，曹温良没死吗？难怪乔局没批准他的并案申请。

元致澄在网上搜索曹温良的信息。既然他是吉美房地产公司的总经理，网上多少会有他的信息。可是很奇怪，吉美房地产公司的总经理是一个叫曹恭俭的男人。自从曹温良死后，网上就没有任何他的信息了。生前的信息倒是有一些。

这是怎么回事？曹温良死而复生，又消失了？

元致澄起身去茶水间泡茶。他上了天台，坐在一把遮阳伞下，安静地喝茶。风轻轻地吹，吹得他清醒了很多。他需要将三桩案子从头到尾好好梳理一遍。

假设是同一个凶手杀死了戚渔翩、庞渡铭和曹温良，那么这就是一起连环凶杀案。一般来说，连环凶杀案的凶手，作案手法前后具有一致性，他们很少会改变自己的作案手法。所以，为什么第二个受害者庞渡铭身边没有女死者？第一个受害者戚渔翩和第三个受害者曹温良，他们身边都有一个赤身裸体的女死者。

如果说元致秋和屠芳洲恰巧在男死者身边，凶手行凶时顺手杀死了她们。怎么解释凶手给吴馨注射镇静剂，然后再千里迢迢将她从烂尾楼带到案发现场安平村？凶手不怕露出破绽吗？作案环节越复杂，作案时间越长，凶手越容易露出破绽。

脱光女死者的衣服很可能是整个杀人环节中最重要的仪式。凶手劳心劳力地杀死元致秋、吴馨和屠芳洲，并且脱光她们的衣服。这说明凶手认为这项仪式不可缺少。这项仪式表示什么意思呢？

实施这项仪式，首先需要有一个女死者。凶手杀庞渡铭的时候，为什么他又能容忍缺少一个女死者？没有女死者就没有脱光女死者衣服的仪式。凶手脱光庞渡铭的衣服，难道是对这项仪式的取而代之？不不不！不可能是取而代之。戚渔翩和曹温良死的时候都是衣冠楚楚。这说明，在凶手心中，男死者衣冠楚楚也是杀人环节中很重要的仪式。

吴馨从烂尾楼被运送到安平村，元致澄推测至少需要两辆车和两个凶手才可能完成全过程。现在，他不推测了，他确定了。这一起连环凶杀案，凶手至少有两个人。杀死庞渡铭的凶手是女人或者身材矮小的男人，杀死戚渔翩和曹温良的凶手是身材高大的男人。

女人或者身材矮小的男人，没有把握控制身材高大的庞渡铭，所以需要对庞渡铭使用镇静剂。和庞渡铭一样身材高大的戚渔翩和曹温良，凶手没有对他们使用镇静剂，因为凶手相信自己能控制他们。

身材高大的凶手，力气也大，有可能是接受过专业训练的人员，比如学过散打、拳击、跆拳道等等。但是，如果他接受过专业训练，那么，即使他身材矮小，戚渔翩和曹温良应该也不是他的对手。

庞渡铭身中二十刀，其中有十刀处于心脏位置。凶手明显有泄愤的意思。戚渔翩和曹温良两个男死者都是身中数刀，失血过多而死。元致秋、吴馨和屠芳洲，致死原因都是颈动脉被割断。凶手明显抱着只要杀死这些人就行了的想法。这也说明凶手不是一个人。除非在凶手心中，庞渡铭比戚渔翩和曹温良更可恨。

从死亡时间上来看，庞渡铭是连环凶杀案的第二个受害者，戚渔翩是第一个，曹温良是第三个。如果元致澄是凶手，他计划杀死这三个人，他会最先或者最后杀死自己最恨的那一个人。

好了,先别思考这些问题了。他现在的首要任务是找出戚渔翃、庞渡铭和曹温良这三个男死者的共同点。

戚渔翃是中学老师,庞渡铭是医生,曹温良是房地产公司老板。表面看起来这三个人风马牛不相及,但是他相信,这三个人一定在什么地方有共同点或者生前有交集。至于元致秋、吴馨和屠芳洲,她们三个人是无辜的。

戚渔翃的案子线索中断了。曹温良的案子消失了,在这个时空没办法展开调查。他现在唯一可以下手的是庞渡铭的案子。

元致澄把茶叶渣倒了,下了天台,他叫花若诗和他一起去庞渡铭工作的医院。

"元队,有新发现吗?庞渡铭的同事,我们问过好多次了。"

"当我们缺乏新线索的时候,我们就要牢牢抓住旧线索。在旧线索里寻找新线索。"

庞渡铭工作的医院是瀛海市医科大学附属龙山医院。庞渡铭是一位神经外科医生,他医德高尚,医术精湛,业内人称庞一刀。他去世七个多月了,门诊大厅的十佳医生风采展示屏依然在滚动播放他的照片和简介。

花若诗熟门熟路,带元致澄去找庞渡铭的学生任医生。任医生刚刚下手术台,就被花若诗堵住了。

"任医生,我们想再了解一下庞医生的情况。"

"你们想知道什么,尽管问吧。我也希望快点儿抓住杀庞老师的凶手。"

毕竟是庞渡铭的学生，即使问过他很多次了，他也丝毫没有不耐烦的意思。"任医生，我相信我们已经问过你很多关于庞医生的问题了。今天我想问你的是，自从你认识庞医生至今，他有没有什么让你觉得奇怪的地方？"元致澄问。

"奇怪的地方？什么奇怪的地方？没有啊！庞老师能有什么奇怪的地方！庞老师就是一个普通人。他家庭幸福，和师母很恩爱，和儿子像兄弟。读书的时候，他很关心我们这些外地的学生，逢年过节就叫我们去他家吃饭。工作后，我们这些学生和他成了同事。如果有什么好机会，他都尽量让给我们。我记得有一年科室组织医生分批次去泰国旅游。第一批轮到他，他把机会让给我，他帮我代班。第二批轮到他，他把机会让给一位师姐，他帮师姐代班。第三批轮到他，他把机会让给一位老医生，他帮老医生代班。结果全科室医生都去了就他没去。他趁着休假，自己掏钱跑去泰国玩了几天……"

"任医生，我问的是庞医生有什么奇怪的地方，不是他品德高尚的地方。你仔细想想，比如说他是不是曾经和什么人结仇，又或者他有没有关系特别好的小圈子？"

"结仇？怎么可能！庞老师医患关系良好，诊室里挂满了锦旗。小圈子嘛，我没听说他有什么小圈子，平时和他来往的都是院里的医生和护士，他工作和生活都很简单。他比较喜欢旅游。除了旅游，他几乎没有什么业余爱好。"

有个护士从他们旁边经过，瞄了元致澄一眼，向电梯走去。元致澄匆匆对任医生说了声谢谢，快步走向电梯。花若诗莫名其妙，也快步跟了过去。

　　护士进了电梯，元致澄和花若诗也进了电梯。元致澄看见护士的胸牌，刘红梅。他微笑着说："刘护士，我是瀛海市公安局崇汇分局的刑警元致澄，这是我的同事花若诗。我们想向你了解一下庞渡铭医生的情况。"

　　"对不起，对不起！警察同志，我不认识庞医生。他是神经外科的医生，我是眼科的护士。我们不在一层楼，平时很少见面，见面也不说话。"刘红梅慌忙摆手。电梯门开了，她像背后有鬼似的跑了。

　　花若诗说："我们只是想打听一下情况嘛，她怕什么呀！"

　　元致澄抬头，望着电梯上方的视频监控，大声说："算了，既然她不认识庞医生，我们不问她了。我们走吧，我们回局里。"

　　和医院一条马路之隔，有露天停车场。元致澄把车停在这里。他打听了眼科护士的值班表。刘红梅今天上早班，下午两点钟下班。

　　"元队，她真的有问题吗？"

　　"她瞄我那一眼，肯定有问题。如果不是有情况想告诉我，就是爱上我了。"

　　"哼！自恋！"

　　"这叫幽默。幽默是一种高级别的性感。你这种小女孩，不懂得欣赏。"

　　"我怎么不懂得欣赏，我当然懂得欣赏。不就是幽默……刘红梅。"

　　花若诗下车，飞快地跑到刘红梅面前，对她说了几句话。刘红梅摆手，扭头就走。花若诗拦住她，一边急切地说着什么，一边指着马路对面的车子。元致澄看见刘红梅跟着花若诗朝他这边走过来。

刘红梅上车,花若诗和她一起坐在后排。元致澄向花若诗投去赞许的目光。如果花若诗坐副驾驶的座位,这架势就变成他们俩审问刘红梅了。

元致澄关了车窗,回头对刘红梅说:"刘护士,请你放心,你今天所说的一切,我们都会保密,我们不记录。"

刘红梅很紧张地说:"元队长,花警官。其实我不敢肯定我说的事情,是不是我搞错了。"

元致澄安慰她说:"刘护士,你放心,你只管告诉我们,我们非常感谢你。别的事与你无关。"

去年五月中旬,也就是庞渡铭被杀之前三个月,刘红梅去邻省探望外婆。晚饭后,刘红梅陪外婆遛狗。她看见一个儒雅的男人搂着一个妖艳的女人在小区里散步。她觉得那个男人很像庞医生。

外婆指着那个女人说:"年纪轻轻不学好,今天和这个男人,明天和那个男人。"刘红梅不明白外婆的话是什么意思。舅舅告诉刘红梅,女人是失足妇女,在小区租了舅舅朋友的房子,专门做那种生意。

"当时天黑了,路灯光线昏暗,我看不清楚,我不敢肯定他是不是庞医生。这件事我没告诉任何人。庞医生是名医,现在人又死了。我不能乱说话,毁了他生前的清誉。"

根据刘红梅提供的信息,元致澄和花若诗开车前往邻省,找到了那位失足妇女。她自称玲玲。元致澄和花若诗在路上商量好了,这件事他们不惊动当地公安局,那么他们就不要以警察的身份询问玲玲了。

"我是庞渡铭的好朋友,我姓袁。这位是我女朋友,她姓师。"

身处玲玲的豪华大平层,坐在不知道什么皮质却非常舒服的沙发上,元致澄这样介绍自己和花若诗。花若诗惊喜地看了元致澄一眼,假装专注地打量玲玲的大平层。装修得这么富丽堂皇。月租得多少钱?

"找我什么事?为了死人跑来找我,晦气!"茶几上有包烟,玲玲不耐烦地抽出一支。元致澄眼疾手快,拿起打火机,帮玲玲点火。玲玲对着元致澄缓缓吐出一个烟圈。"有话快说,有屁快放。很多客户排队等老娘,老娘没时间应酬你们这些穷鬼。"

"是这样的。老庞临死前,我和他喝过一顿大酒,他提到你。他说他向你借了三万块钱,是吗?"

玲玲盯着元致澄好几秒钟。她眨了眨眼睛,嘴角含笑说:"他记得呀,我以为他忘了呢。我和他是老相好,死鬼没打欠条。"

"没打欠条没关系。我帮他还钱。"

"三万块!你真的帮他还?人都死了。"

"他是我朋友嘛!他死了,我还钱,应该的。"

"哎哟,瞧不出来,你挺够意思,长得也英俊。"

玲玲起身,坐到元致澄的大腿上,搂着元致澄的脖子,撅嘴就要亲他。元致澄慌忙推开她。花若诗看着玲玲,目瞪口呆。

"不过……他老婆知道你了……"

"那又怎样?你告诉他老婆,我光明正大!我不是小三。我和庞医生之间就是金钱和肉体的交易,没有感情。我从来不破坏别人的家庭，我有职业道德。况且他现在都死了。"

"我听老庞说，他喜欢你。你别介意啊，我就是好奇老庞喜欢你什么。你和他老婆不是同一个类型。"

"哈哈哈，死鬼，喜欢我也不告诉我。我不是说了吗？我和他之间就是金钱和肉体的交易。他天天拿手术刀，压力大，精神紧张，找我不过是为了减压。"

"如果不是那次他喝醉酒，我这个好朋友也不知道他在外面有女人。至少他在瀛海市没有女人。"

"他是有名誉有地位的人，他很小心。他找我也是贪图我住得远，不在瀛海市，安全。他和你说过吗？他曾经坐飞机去泰国玩女人。"

"说过。是真的吗？"

"反正他这么说！也不知道是不是吹牛。三万块钱什么时候还我？"

"明天吧。对了，你和他认识这么久，你知道他有什么仇人吗？"

"我不知道！我把银行卡号给你。支付宝和微信也行，现金我也收。"

"他有没有什么让你觉得奇怪的地方？"

"没有！没有！我给你银行卡号。利息我不要了。"

"他向你提过他的好朋友戚渔翩和曹温良吗？"

"什么鱼什么草？我不知道！明天记得还钱，别以为他死了，我就不追债了。告诉你，老娘黑白两道都有人！"

玲玲掐灭香烟，示意元致澄和花若诗快滚。元致澄和花若诗只好走了。

元致澄原本计划抓紧时间去庞渡铭家了解一下情况，不料他在高速上走错了路，又遇到狂风暴雨，耽搁了时间。

元致澄抬腕看表，差几秒钟就要半夜十二点了。一阵强烈的困意袭来，他拼命集中注意力，他提醒自己花若诗坐在他车上，可是他感觉自己的头很沉很沉。他的头往下一垂，磕在了方向盘上。

好痛！元致澄猛地抬头，揉了揉前额，他发现自己身处时光知返咖啡馆的二楼。抬腕看表，嗯，毫无新意，时间仅仅过去了十分钟。元致澄走出屏风。黄昏悄然而至，窗外依旧阳光明媚。钟念熙依旧站在窗前，眺望远处的风景。

元致澄给花若诗打了个电话，寒暄了两句，确定她没有出车祸他才放心。倒是花若诗，电话那头的她惊喜不已。发生了什么事，元队突然这么关心她？从来没有过的情况呀！

钟念熙问："元队，梦到了什么？"

元致澄伸了个懒腰说："保密。"

钟念熙轻蔑一笑，关上窗户，拉上白纱帘，开灯。元致澄走了两圈，活动筋骨。

"一个拿手术刀的医生，压力大，你知道他怎么减压吗？"元致澄不管钟念熙要不要听，他将他的梦详细地告诉钟念熙。

钟念熙平静地听完元致澄的话，沉默良久，她说："两件事。第一，戚渔翩也去过泰国旅游，时间是九年前。第二……你稍等。"

钟念熙快步下楼，戚渔翩看着她的背影。她说戚渔翩也去过泰国旅游的时候，她的脸色很糟糕，她似乎不太愿意将这个情况透露给他。任医生和玲玲都提到庞渡铭去过泰国。难道戚渔翩和庞渡铭在泰国发生了什么事……

元致澄打电话给花若诗，吩咐她调查戚渔翩、庞渡铭和曹温良的出国记录。顺带也看看元致秋、吴馨和屠芳洲的出国记录。花若诗问庞渡铭是谁。元致澄愣住了，他想起自己十分钟前刚刚看过的庞渡铭案的资料。

2024年2月23日，瀛海市郊区一座废弃的老火车站附近，两个画室的学生发现一具男尸。死亡时间是2023年8月17日。今天是2023年9月27日，需要等五个月，庞渡铭的尸体才会被人发现。五个月！

"他是龙山医院的医生，失踪一个多月了。朋友托我帮忙看看他的出国记录。算了，你先别管他了。你明天有空吗？我们去老火车站附近郊游，散心，你叫老丁一起去。"

钟念熙快步上楼。她将一本作业本放在元致澄面前。元致澄好奇地拿起作业本，最新的一页纸上记录了九位顾客的姓名和联系方式。他们今天傍晚六点钟会来咖啡馆，他们想拯救的是同一个人，曹温良。

"这……"

"如果半年后，你在办公室没有看见曹温良和屠芳洲的案件记录。那就是说，这九个人今天会成功改变曹温良和屠芳洲的命运。"

"曹温良可能也去过泰国。我推测这是一起连环凶杀案。我做警察也有十五年了，没见过这么变态的凶手。凶手的目标是男死者。为什么还要杀害无辜的女死者呢？为什么还要脱光女死者的衣服呢？这是什么意思呢？难道……"元致澄停顿了一下，恍然大悟说："我知道了！他们三个人在泰国嫖娼。凶手恨嫖娼的男人。"

钟念熙冷笑说："戚渔翩不会嫖娼。他会出轨，但是他不会嫖娼。这一点，你可以相信他老婆的判断。"

哼！如果不是他被杀，他出轨的事情，你这位老婆会知道吗？你知道了，你会相信吗？愚蠢啊！

元致澄饱含歉意地笑了笑说："我也是推测而已。对了，戚渔翩从泰国回来后，他有没有什么不对劲的地方？"

"没有！他演技很好。即使有，九年了，我也忘记了。你为什么不去问你妹妹！"

钟念熙话音未落，九位顾客中的第一位到了。她是死者曹温良的妻子唐湛柔。她保养得很好，身材纤细，皮肤白皙，脸上无皱纹，看起来不过四十多岁。元致澄记得曹温良五十七岁。女人的年龄真是世界上最大的谜。

钟念熙安排唐湛柔坐进第一个屏风里，请她稍等。唐湛柔很不耐烦，她问钟念熙要等多久才能喝黑咖啡，她今晚还有别的安排。钟念熙解释，她约的时间是六点钟，自然要等到六点钟。

元致澄帮忙把屏风关上。唐湛柔冷漠地瞪了元致澄一眼，似乎恨不得他去死。脾气好大呀！他不认识她，和她没冲突，她摆什么脸色给他看！

元致澄心想，曹温良的亲朋好友回到过去，阻止曹温良去旧步道，使曹温良免于被杀。这不是一劳永逸的办法。他和钟念熙回到6月19

日，阻止了戚渔翮和元致秋被杀。结果呢？6月20日戚渔翮和元致秋又被杀了。

他回到曹温良被杀的那个夜晚。他不阻止曹温良去旧步道，他寸步不离地跟着曹温良去旧步道。他躲在那里，他应该就能看见凶手。能看见凶手，他就能抓住凶手。

一劳永逸的办法只能是抓住凶手。曹温良的案子就是他抓住凶手的绝佳机会。回到过去，他保证自己不会再犯戚渔翮案中他犯过的错误，他相信自己能抓住凶手。

元致澄用眼神示意钟念熙跟他进卧室，他有话要说。钟念熙居然没反对。两人进了卧室，元致澄关上房门，将自己的计划告诉钟念熙。

"剩下的八个人，不能让他们看见我的脸。我待在卧室里。等到六点钟，你也给我一杯黑咖啡，记得放方糖。我和他们一起回到9月21日。他们阻止曹温良去旧步道，我就劝曹温良去。他不听我的，我就绑他去。"

"随便你。"

钟念熙转身走了。这女人……莫名其妙！元致澄关上房门，故意留了一条缝，向外偷看。

剩下的八个人陆续来了。他们分别是曹温良的女儿曹晓南，曹温良的儿子曹晓北，两个漂亮女人张蕊蕊和李薇薇，曹温良的弟弟曹恭俭，曹温良的小学同学甄建，曹温良的朋友郝仁义，曹温良的母亲姜秀。

钟念熙给元致澄端来黑咖啡和方糖,放在梳妆台上。花若诗打来电话,汇报调查情况。

九年前,戚渔翩、庞渡铭和曹温良三个人都去过泰国。三个人报了同一家旅行社,逍遥游旅行社,往返都乘坐同一班次飞机。吴馨和屠芳洲没有出国或出境记录。今年四月份,元致秋和戚元嘉一起去过英国。

这就是三个男死者的共同点了,他们一起去过泰国。看似风马牛不相及的三个人,九年前有交集。他们在泰国是不是发生了什么事?曹温良家会不会有线索?

钟念熙咬牙切齿地说:"今年四月份,戚渔翩带学生到英国参加友好学校交流活动。没想到你妹妹一起去了。他真厉害!死了三个月,还能给我惊喜。"

不要发表任何意见。元致澄知道,此时此刻,沉默是他最明智的选择。

第九章

八个亲朋，一个旧友

曹温良家住名仙山别墅区。这里远离繁华，偏僻幽静，空气质量好。瀛海市很多有钱人都在这里有一栋房子。

元致澄望着紧闭的别墅大门，苦苦思索。他要怎么才能光明正大地走进去呢？翻墙他也不介意。可是，这种有钱人的别墅，怕只怕他还没靠近院墙，里面的人就会通过视频监控发现他的异常，然后放出来一条大狗，两条大狗，三条大狗，四五六七八条大狗，咬他。

如果他以警察的身份登门？不行。借口呢？没有！难道他说他知道曹温良今晚会被谋杀，他来保护曹温良，他来曹温良家找线索？

正在元致澄举棋不定的时候，别墅的大门开了。曹温良一身深色运动服出门跑步。夜跑改晨跑了？哦，裘永赫说过，曹温良有早晚去名仙山跑步的习惯。

元致澄计上心来。他可以去那条旧步道，和曹温良偶遇，搭讪。两人聊得兴起，他就趁机和曹温良讨论喜欢去哪里旅游之类的话题。等晚上那九个人阻止曹温良去跑步，他就以朋友的身份劝曹温良去跑步，他会保护曹温良的安全。这办法不错！元致澄在心里夸赞自己聪明。他悄悄跟上曹温良。

屠芳洲兔子似的从路边一棵大树背后跳出来，拦住曹温良。"曹总，公司无理由开除我，必须支付我赔偿金，否则我就申请劳动仲裁了。我不会善罢甘休。"

"屠芳洲，据我所知，公司给过你赔偿金了。如果你有异议，你和人事部沟通。你找我没用。"

曹温良绕开屠芳洲，屠芳洲又拦住他。"你是老板，公司的一切你说了算。你让人事部赔偿我三个月的工资，我就不烦你了。老板，我也不想这样。可是你突然开除我，一时之间，你让我到哪儿去找工作呢？我妈身体不好……"

"公司有公司的规矩。你得罪了客户，公司也没办法。公司按规矩辞退你，你工作半年，给你一个月的赔偿金，公司对你仁至义尽了。"

曹温良第二次绕开屠芳洲。屠芳洲盯着曹温良的背影，眼神充满恨意。她弯腰捡起草丛里的一截树棍，咆哮着冲向曹温良。"我没得罪客户，客户摸我大腿！"

"小心！"元致澄冲向屠芳洲。屠芳洲手里的树棍没来得及落下，人就被元致澄扑倒了。曹温良回头，惊恐地看着眼前的一幕。

"老兄，这个女人想袭击你！"元致澄把屠芳洲拉起来。他摸了摸腰间，他今天没带手铐。他将屠芳洲的手扭到背后，使她不能动弹。"小姐，你这一棍子下去，你就是刑事罪。你知道吗？"

屠芳洲挣扎，她骂元致澄多管闲事，又骂曹温良黑心，钱多买棺材。元致澄掏出警察证，表明身份。屠芳洲不骂了，她可怜兮兮地说："元警官，我不是想打曹总，我只是想吓唬吓唬他。我妈身体不好，在老家住院，我需要钱。"

曹温良也帮屠芳洲求情,元致澄放了屠芳洲。屠芳洲赶紧跑了。元致澄想起她今晚会死于名仙山的旧步道,他慌忙喊:"喂!你今晚待在家里,千万别出门!"屠芳洲今晚待在哪里不重要,关键是她别来旧步道,她就安全了。

凶手的目标不是屠芳洲,而是曹温良。只要曹温良今晚出现在旧步道,元致澄就有机会抓住凶手。曹温良早去,凶手可能早出现。曹温良迟去,凶手可能迟出现。参考戚渔翩的案子。6月19日戚渔翩死于晚上11点左右,6月20日戚渔翩死于晚上10点左右,第三次死于晚上9点左右。但是戚渔翩被杀的地点始终没有改变,都在安平村13号农舍。

如果屠芳洲今晚不出现在旧步道,蝴蝶效应会不会导致凶手给某一个陌生女人注射镇静剂,然后再把她带到案发现场,完成凶手心中的杀人仪式?

唉,他管不了这么多。拯救眼前的人已经耗尽了他的心力。拯救某个不知道在世界哪个角落里的人,拼了他的老命也不可能。元致澄叹了口气,他感觉自己渺小得如一粒风中的灰尘。

曹温良向元致澄表示感谢。两人边走边聊,一会儿就看见了那条旧步道。两人从铁丝网的洞钻进去。曹温良跑步,元致澄也跟着跑步。

元致澄告诉曹温良,他上周搬来附近居住,前天才发现这里是个跑步的好地方。曹温良骄傲地说,他一年前就发现了,他每天早七点晚十点准时来这里跑步。这里不会有人打扰他,他喜欢安静。

跑了半小时，元致澄主动聊起了自己曾经去泰国旅游的话题。曹温良说他也喜欢旅游，可是他没去过泰国。他反问元致澄，泰国好玩不好玩。

撒谎！不承认自己去过泰国。狡猾！曹温良难对付。元致澄在心里冷笑。同时他也更加肯定，戚渔翩、庞渡铭和曹温良这三个人在泰国一定发生了什么事。这件事导致他们三个人被杀。如果他能进入曹温良家，说不定他能找到线索。

曹温良的速度变慢了，他开始做拉伸舒展的动作，他准备回家了。情急之下，元致澄走向斜坡，趁曹温良没注意他，他直挺挺地倒下，躺在了斜坡上。斜坡上都是草，软软的。步道太硬了。倒在步道上，元致澄担心自己的脑袋吃不消。

曹温良果然中计，他又是拍元致澄的脸，又是掐元致澄的人中。元致澄慢悠悠地醒过来，翻着白眼说："曹先生，我很渴，能去你家喝杯茶吗？我想休息一会儿。"

"没问题，我让司机来接我们！"

曹温良真是个爽快人。元致澄已经发现自己的话有漏洞了。刚刚跑步的时候，他告诉曹温良他上周搬来附近居住，现在他却要求去曹温良家休息一会儿。这不是矛盾吗？既然他家在附近，他可以回自己家休息。为什么偏偏要去曹温良家休息呢？感谢曹温良没质疑他的企图，否则他也不知道怎么圆谎。他不是一个擅长撒谎的人。

司机十分钟就到了，曹温良和司机扶元致澄上车。为了配合曹温良，元致澄故意垂着脑袋，显出半死不活的模样。

曹温良的别墅装修得如同皇宫。实事求是，元致澄没见过皇宫，他是觉得皇宫也不过如此吧。有钱人的奢侈和浪费，超乎他的想象。曹温良请元致澄坐在沙发上，他吩咐阿姨泡茶。

"这谁啊？"唐湛柔从电梯里出来，抱着一只白色的狗。不是凶猛的大狗，是那种可爱的软软糯糯的小狗。

"这是元警官。屠芳洲来闹事，元警官把她赶走了。"

"屠芳洲这种人就应该把她抓去公安局。三天两头跑来闹一场。只有你这种人坚持不报警。她会感谢你吗！"

奇怪！刚刚在咖啡馆，唐湛柔见过元致澄，她还冷漠地瞪了他一眼。为什么现在她假装不认识他。明白了！在曹温良面前，唐湛柔当然要假装不认识元致澄。难道她要对曹温良说，我认识这个人，几分钟前，9月27日，我在时光知返咖啡馆见过他。我去咖啡馆是为了喝一杯黑咖啡，回到现在，救你。我的老公，你今晚会死。

唐湛柔的演技不错。连元致澄都以为她不认识他。

喝黑咖啡之前，元致澄在网上搜索过唐湛柔的相关信息。吉美房地产公司是她和曹温良一起创立的，她的原始股份大于曹温良的股份。吉美有了规模后，她主动退隐，待在家里照顾孩子。但是也有人说，她不是主动退隐，她是被曹温良以孩子需要妈妈照顾为由，连哄带骗，骗了她在公司的股份，她才不得不待在家里照顾孩子。

"事情都过去了，别再说了。"曹温良用眼神暗示唐湛柔，有客人在这里。

唐湛柔对丈夫的暗示视而不见。"当断不断，必有后患。"

阿姨给元致澄上茶。元致澄一边喝茶，一边谋划着怎么向曹温

149

良开口，继续打听他九年前去泰国的事。刚刚他们在旧步道，曹温良说了，他没去过泰国。哼！不承认自己去过泰国。另外，元致澄也很有兴趣参观这栋别墅的角角落落。

曹温良的家庭医生来了，给元致澄做了简单的诊断。他认为元致澄没什么大碍，最重要就是多休息。元致澄配合地表示，自己浑身乏力，想好好睡一觉。曹温良请元致澄去二楼客房休息。阿姨领元致澄上了二楼。

元致澄听见唐湛柔说："你到书房来，我有事情和你商量。"

商量什么？应该是叫曹温良今晚不要去旧步道。今晚是抓住凶手的绝佳机会。元致澄知道凶手行凶的时间和地点，他只要守株待兔就行了，他很有信心自己能抓住凶手。但是，如果曹温良今晚不去旧步道，蝴蝶效应恐怕也会导致凶手不去旧步道。如果凶手今晚不去旧步道，凶手什么时候会再去旧步道呢？明天？后天？这会给元致澄增加工作量，并且浪费钟念熙的黑咖啡。

元致澄必须把握住今晚的天赐良机。一旦拖延，蝴蝶效应可能也会导致行凶地点发生变化。比如，曹温良从明天开始，早晚都去新步道跑步，那么行凶地点自然就会从旧步道变成新步道。戚渔翩被杀的地点没有改变，不表示曹温良被杀的地点不会改变。

元致澄很有信心自己可以保证曹温良的安全。

等阿姨离开了，元致澄蹑手蹑脚地爬下床，蹑手蹑脚地走出卧室。他必须告诉曹温良，运动这种事情贵在坚持。一天两跑对身体最好，不要随意中断，不要听唐湛柔胡说八道。

二楼有六间房。元致澄不知道哪间房是书房。也许都不是。这栋别墅还有三楼。元致澄想上三楼看看情况，这时候他发现电梯显示有人上楼。他慌忙推一间房的门，没推开。他又慌忙推另一间房的门，也没推开。他急了，他推第三间房的门，推开了。这间房三面墙都是书柜，摆满了书。太好了！这就是书房！

脚步声越来越近，元致澄没时间多想。他迅速躲进书柜里，关上书柜的门，留了一条缝，便于他观察外界的情况。咦！他不是小偷，他怎么有点儿像小偷？如果被曹温良发现，他真是有嘴也说不清楚。

先进来的是唐湛柔，后进来的是曹温良。曹温良换了一身宽松的家居服。

"你想干什么？元致澄是警察。"曹温良的语气变了，不像刚刚在楼下对唐湛柔那么好了。他点燃一支烟，缓缓吐出一个烟圈。

"我什么也不想干。这么多年，如果我想干什么，你以为你会是我的对手吗？"元致澄看见唐湛柔从书桌的抽屉里拿出一份文件，"签字吧。"

曹温良接过文件，翻了翻，哑然失笑问："遗嘱？我死后公司的股份全部归你？"

"这是我应得的，我才是吉美的创始人，你不是。"

"你是创始人又怎样？这么多年你在家享清福，是我将吉美发展壮大。"

"你死了，我也是第一继承人。我只是不想和别人争。"

"你放心，我死之前会让律师立遗嘱。"

"今日事，今日毕。你现在就立遗嘱。我不会让你把遗产分给野种。"

"我也不会把我的遗产分给司机。"

这么多信息，元致澄万分惊讶。这对夫妻……总之唐湛柔是不会阻止曹温良今晚去旧步道了。那么，是谁阻止了曹温良呢？

唐湛柔摔门走了。曹温良打电话给律师，约定明天立遗嘱。这时候敲门声响了，元致澄听见一个略偏中性的女声叫爸爸，曹温良的女儿曹晓南进来了。她穿一身黑色的西装，和钟念熙一样，留着齐耳短发。

"爸爸，曹晓北在公司胡作非为。你管不管？"

"他怎么胡作非为了？"

"他负责的那块地，有老人不愿意搬迁，他就断水断电，半夜装鬼吓老人。吓得老人心脏病发，住院了。现在都什么年代了，还用这种非法手段……"

"哦，我知道了。"

"爸爸，你不管他吗？公司因为他名誉扫地。"

"你想我怎么管？你拟一个更快更好更省钱的收地方案交给我。如果没有，你就别在背后说你弟弟坏话。他有没有亲自装鬼吓老人？没有吧！"

"爸爸，如果你任由弟弟在公司胡作非为，我这个财务总监真的不好做。"

"你也知道你是财务总监？你负责财务，你弟弟负责收地。你不要插手他的事！"

"爸爸，你年纪大了，我和弟弟谁能力强，谁对你孝顺，你心里最清楚。爸爸，我认为你应该早日确定继承人，这种事不能等。万一你有个什么三长两短……"

曹晓南是来争权夺利的，不是来阻止曹温良今晚去跑步的。很明显，曹温良偏爱儿子曹晓北。半夜装鬼吓老人，亏曹晓北想得出来。真不是个东西！

书柜里有股发霉的味道。元致澄差点儿打喷嚏，他及时捂住了嘴。

敲门声又响了。元致澄调整视线角度，推门进来的人是曹晓北。他穿着花衬衫和牛仔裤，一副纨绔子弟的模样。他的头发比姐姐的头发长。

"姐姐，你也在这里呀！"

"弟弟，你一天找爸爸三次，我不能偶尔找爸爸一次吗？"

"我没说你不能找爸爸。我的意思是你有什么事，可以直接和我沟通，不要烦爸爸。爸爸很忙。爸爸，这是外环那块地的收地计划。"曹晓北将一份文件放在曹温良面前。

"弟弟，这次你是要断水断电啊，还是要半夜装鬼啊？"

"曹晓南，我听不懂你在说什么！"

"我说什么，你最清楚！见过下三滥的，没见过你这么下三滥的！"

"曹晓南，论起下三滥，我怎么比得上你！你这位财务总监，这些年也从公司捞了不少油水吧？该停手了！"

153

"油水！我的油水有你多吗？曹晓北！"

"都给我闭嘴！曹晓南，你给我滚出去！"

"爸爸！"

"滚！"

曹晓南出去了。曹温良果然偏爱儿子曹晓北，没叫他滚出去。

"爸爸，财务部被曹晓南搞得乌烟瘴气。你管不管？"

"你想我怎么管！"

"爸爸，你年纪大了，我和姐姐谁能力强，谁对你孝顺，你心里最清楚。爸爸，我认为你应该早日确定继承人，这种事不能等。万一你有个什么三长两短……"

"滚！"

"爸爸！"

"你们一个两个都盼着我死！晓北，公司我早晚会交到你手上。你急什么呢！滚！你给我滚！"

"爸爸！既然早晚会交到我手上，趁今天有时间，你去公司宣布这个消息！"

曹晓北不走，曹温良起身赶他走。元致澄看见曹温良从书桌上拿了一个药瓶，仰着脖子吞了两片药。曹温良使劲咳嗽。元致澄不能出去，否则他真想帮曹温良倒杯水。

敲门声第三次响了，这次进来的是那两个漂亮女人，张蕊蕊和李薇薇。她们在咖啡馆没有做过自我介绍。元致澄不清楚她们的身份，他猜测她们是曹温良的小三。不然呢？

"你们怎么来了？还一起来了！"

"大门外碰巧遇到。"

"我是问，你们为什么来这里？我和你们说过，永远不要来我家。"

"你怕什么！我们等母老虎出门了，我们才进来。"

"找我什么事？"

"温良，我跟你这么久了，我不图名分，但是你也不能什么都不留给自己的亲生儿子呀！"

"我不是给了他一套房吗？"

"不够啊！他是你亲生儿子，一套怎么够！你要一视同仁。你再给他买一套，你全款再给他买一套。我知道你时间宝贵，你今天把钱给我就行了，房子我自己买。"

"你呢？你想要什么？"

"我和她一样。"

"你们俩商量好了？"

"没有！"

"谁会和她商量！"

"我的钱只够全款买一套房，给谁？你们俩商量吧。"

"给我！"

"给我！"

张蕊蕊和李薇薇打起来了，扇耳光，扯头发。曹温良不劝架，他双手环胸，饶有兴致地看着这两个女人打架，仿佛在欣赏一场精彩绝伦的好戏。

曹温良的弟弟曹恭俭没敲门就冲进来了。他拉开两个女人,把她们推出门外。

"哥,这种事你不方便解决,老弟帮你解决。"

"喜欢钱的女人,我有什么不方便解决?"

"这倒也是。哥,对付这种女人,你有的是办法。那个……"

"有话快说,有屁快放!我时间宝贵!"

"哥,你知道,去年我开了一家公司。我呢,没你这么能干。不过我的公司在赚钱,诚心诚意,每天都在赚钱……"

"又想让我买下你的公司?不可能!我没钱!"

"哥,我是你弟弟。我们手足情深,你不能见死不救。"

"你是我什么弟弟?你妈当我是儿子吗?"

曹温良按了书桌上的铃,进来两个年轻力壮的西装男,把曹恭俭拖走了。曹恭俭大骂曹温良不得好死。

元致澄记得,半年后吉美房地产公司的总经理变成了曹恭俭。这半年发生了什么事?元致澄揉了揉眼睛。他看见曹温良坐在椅子上,头向后仰,一动不动,样子和死了差不多。

敲门声第四次响了。元致澄看见曹温良的小学同学甄建进来了。和在咖啡馆的时候相比,他有些不一样。哪里不一样呢?在咖啡馆的时候,他穿得干干净净,现在却穿得邋里邋遢。

"你是……"曹温良坐直了。

"温良,你不认识我啦?我是甄建哪!小学咱俩是同桌,铁哥们儿,好兄弟。天天上学放学一起走。我还请你去我家吃肥猪肉呢!"

"你是甄建？"

"可不是嘛！"

"哎呀，好久不见。请坐请坐。"

曹温良和甄建握手。甄建一双眼睛四处乱瞄，不知道他在瞄什么。元致澄尽量把自己的身体向后缩，书柜的空间太狭窄了。

"甄建，听同学说你在外地做工程，怎么有空来看我呀？"

"唉，兄弟，一言难尽哪！要不是你嫂子患了癌症，我今天也……怎么好意思登门求你。"

"嫂子患了癌症？什么时候的事？"

"有两三年了。我不瞒你，我那点儿家底都掏空了，所以……"

"没问题，你要多少？"

"三五万不嫌少，三五十万不嫌多。癌症就是个无底洞。"

曹温良掏出手机打电话。元致澄听见他说："喂！我是老曹啊！我问你，我们的小学同学甄建，他老婆是患了癌症吗？什么？哦，肺癌啊！三年前就死啦？好的，谢谢。"

曹温良挂了电话，嘴角露出一抹奸笑，看着甄建。

"老曹，你什么意思？我不就是想和你借几块钱吗？你至于这样吗？怎么说我们也是好兄弟。"

"甄建，老婆都死了三年了，你还用她来诈骗。你要脸吗？你对得起你老婆吗？"

"曹温良！你一个快死的人，我不想和你啰唆。你抱着你的钱进棺材吧。有命赚没命花，你今晚就等死吧！"

甄建开门走了。元致澄看见门口站着两个人，一个是郝仁义，另一个是刚刚拖走曹恭俭的西装男。西装男说："曹总，这位郝仁义先生非要见您。他说您以前经营小超市，他认识您。"

曹温良挥了挥手，示意西装男关门。于是书房里就只剩下曹温良和郝仁义了。不对！元致澄责怪自己，他也是人，他居然把自己给忘了。

郝仁义向曹温良鞠了一躬。曹温良莫名其妙，元致澄也莫名其妙。

"郝先生，恕我眼拙，您是……"

"曹先生，您真是贵人多忘事。二十年前，您在草庙镇开超市。有一天我老婆孩子饿得头昏眼花，我实在没办法，我跑到您的超市偷了两包方便面。您发现了，不仅没报警，还送给我很多吃的东西和五十块钱。您忘啦？"

曹温良盯着郝仁义，问："你家是不是住在县医院旁边？"

"是啊！是啊！曹先生，您想起我来啦！"

郝仁义抬起胳膊擦眼泪，曹温良递给他一张纸巾。"郝先生，这些年过得好吗？"

"曹先生，托您的福。那件事之后，我去医院做了护工，生活渐渐好起来了。如今我孩子大学毕业了，在瀛海上班。"

"那就好，那就好。"曹温良从书桌的抽屉里拿出一叠钱，"郝先生，别嫌少。"

郝仁义仿佛被吓到了，他慌忙摆手。"曹先生，我现在有吃有穿。我怎么能要您的钱呢？我不要，我不要。我今天来，是有一件事想告诉您……"

"郝先生，有什么事，你直说。"

"曹先生，这件事，我不知道怎么和您说。在我开口之前，我请您一定要相信我说的话。"

"我相信你！"

"曹先生，您今晚是不是要去名仙山那条旧步道跑步？"

"是啊！我每天早晚都会去那里跑步。你怎么知道？"

"您千万别去。今天晚上，您会在那里被杀。和您一起被杀的，还有一个女的，是您公司的员工。"

"仁义，你在说什么？我今晚会被杀？谁要杀我？你怎么知道？你认识凶手？"

"不不不！我不认识凶手……曹先生，我实话和您说吧，其实您已经被杀死了，您死了有六七天了。我是去了时光知返咖啡馆，求钟老师让我喝了黑咖啡，我才从9月27日回到今天9月21日。我今天救了您，明天我的老婆孩子就不认识我了。但是……"

"仁义，你在说什么？我一点儿也听不懂。"

"曹先生，我知道很难让您相信我的话，我自己也不相信。但是……"

"仁义，你是不是累了？你先回家休息，我明天联系你。"

"不行啊！曹先生，没有明天了。如果您今晚去那条旧步道，您就没有明天了。我求您了，您今晚待在家里，哪儿都不要去。"

郝仁义倒是个好人。元致澄觉得他有点儿可怜，明天他老婆孩子就不认识他了。元致澄又想打喷嚏，他使劲憋住，使劲憋住，这次他没憋住。一个喷嚏震天响，曹温良和郝仁义都被吓了一跳。元致澄干脆大大方方地从书柜里钻出来。曹温良和郝仁义目瞪口呆。

"元警官！"

"抱歉，曹先生！我原本在客房睡觉，我想去厕所，我就到处找厕所。我找啊找，找啊找，找来找去，我找到了这间书房。我不想你误会我偷东西，所以我就躲在书柜里。我打算……"

"元警官！客房有洗手间。"

"哦，是吗？我没发现。曹先生，我实话实说，我今天是故意接近你。因为我知道，这位郝先生对你说的话都是真的。"

"我已经死了六七天了？你也是喝了钟老师的黑咖啡从9月27日回到今天9月21日？你也想阻止我今晚去夜跑，因为你也想救我？"

曹温良阴阳怪气，元致澄不和他计较。"曹先生，我确实想救你，但是我不会阻止你今晚去夜跑。相反，我希望你去。我会保护你，我是警察。包括你在内，这个凶手已经杀过六个人了。郝先生今天来通知你，他冒着巨大的风险。如果他改变了你的命运，所有认识他的人都会忘记他。曹先生，你仔细想想，今天来书房找你的七个人，你妻子唐湛柔，你女儿曹晓南，你儿子曹晓北，张蕊蕊和李薇薇，你弟弟曹恭俭，你小学同学甄建，他们的表现是不是很奇怪？"

曹温良沉默，似乎在思索这些人的表现。元致澄又说："曹先生，我今天第一次和你见面，我怎么会知道他们的名字？因为他们都去了时光知返咖啡馆，都喝了钟老师的黑咖啡。当时我也在现场，我看得一清二楚。"

"如果你们说的是真的，他们谁也没提醒我今晚不要去夜跑。"

曹温良思索良久，说了这么一句话。

"如果他们改变了你的命运，所有认识他们的人都会忘记他们。这意味着，他们将失去一切，一无所有。"

"失去一切，一无所有。"曹温良喃喃自语，眼神呆滞。

元致澄尴尬地说："曹先生，你别难过，你母亲姜秀也去了咖啡馆。我想她会提醒你。"

敲门声第五次响了。曹温良起身打开书柜，元致澄和郝仁义慌忙钻进去。两个人在黑洞洞的书柜里握了握手。元致澄从缝隙里望着曹温良和姜秀。姜秀坐在椅子上，曹温良毕恭毕敬地站在她面前。

"妈，有什么事您叫我就行了，您不用上楼。"

"温良啊！这几天我想得很清楚。恭俭没什么钱，他以后肯定不会养我。唐湛柔天天和我吵架，看我不顺眼。万一哪天你有个什么三长两短，我这把老骨头，连饭都没得吃。你还是送我去养老院吧！"

"妈，瞧您说的，我会有什么三长两短？我身体好得很。我是您儿子，我的家就是您的家。您去什么养老院啊！"

"温良啊！虽然你是抱养的，但是我和你爸没亏待过你，供你吃穿，供你读书。有了恭俭，我们也没亏待过你。我今天就是想去养老院。我没几年能活了，你付三十年的钱给养老院。"

"妈，您今天怎么啦？"

"你今天必须办好这件事。"

"妈，您想去养老院，我们也要考察一下，看您喜欢哪家……"

"你今天必须给我办好这件事！"

161

曹温良拿起手机打电话。当着姜秀的面,他吩咐秘书,今天之内,必须找到一家适合姜秀的敬老院。三十年的费用,从他的私人账户支付。

姜秀心满意足地走了,她只字不提曹温良今晚会被谋杀的事。

元致澄和郝仁义从书柜里钻出来。曹温良趴在桌子上,埋头痛哭。郝仁义想安慰曹温良,元致澄冲郝仁义摇头。曹温良哭了好一会儿才停下来,他说:"仁义,你回家吧。我谢谢你!如果你真的被你家人忘记了,你来找我,我会帮你,我一定会帮你。"

郝仁义走了。元致澄说:"曹先生,如果郝仁义改变了你的命运,不仅他的家人会忘记他,他的朋友也会忘记他,包括你在内。到时候他就是一个陌生人,你可能帮他吗?你都不认识他了。曹先生,郝仁义为你付出这么多,他是个好人。你不能让他的心意白费。"

"我当然不会让他的心意白费。我今晚待在家里,我哪儿都不去。"

"曹先生,即使你躲过了今晚,你也躲不过明晚。曹先生,我不知道你做过什么事,但是,根据我掌握的资料,和我对凶手的了解,凶手计划杀你,他就非杀死你不可。他今天没机会杀你,他明天也要杀你。他明天没机会杀你,他后天也要杀你,未来某一天也要杀你。所以,曹先生,只有抓住凶手你才安全,你才不会辜负郝仁义的心意。曹先生,我建议你今晚正常去旧步道夜跑。你放心,有我在,我保证你平安无事!"

曹温良沉默片刻,看着元致澄,很真诚地说,"今晚我和平时一样,十点准时出门跑步。元警官,你先回家,到时候你再过来。"

"如果你允许的话，曹先生，我希望我可以在贵府待到今天晚上十点。"

曹温良答应了元致澄的请求。他从书架上抽了一本书，坐到书桌前，专注地看书。

元致澄没有理由继续厚脸皮赖在书房里。他回到客房，等了一会儿，确定外面没有动静，他走出客房，四处转悠。他想找曹温良被杀的线索。曹温良九年前的泰国行，到底发生了什么事？

元致澄上了三楼，主卧在这一层楼。他正要四处查看，忽然听见脚步声。他迅速回到二楼。他看见唐湛柔带着一个中介模样的人上了二楼。

唐湛柔似乎想卖房子。这女人厉害啊！她知道自己的老公今晚会死，她见死不救就算了。她还着急卖房子，她还冷静地和中介讨论房子挂牌价多少钱，成交价多少钱。如果网上的传言是真的，她的心大概被曹温良伤透了吧。

现在不方便找线索。元致澄来到一楼客厅。曹晓南和曹晓北姐弟俩坐在沙发上吃水果。

曹晓南说："我觉得我们还是叫他今晚别去夜跑了。"

曹晓北说："哎哟，我的姐姐，全世界就你最善良。有本事你什么都别要啊！"

唐湛柔和中介来到一楼，中介走了。唐湛柔说："晓南，有外人在这里，你啰唆什么！做人做事必须果断。我们不是都商量好了吗？"

元致澄四下瞅了瞅，客厅里只有他一个外人。他夸张地伸着懒腰，出门走向花园。

白衬衫黑西装的中介在花园里四处打量，他似乎在对这栋别墅进行估价。他摘下黑框眼镜，对着太阳照了照又戴上。看见元致澄也来到花园，他走了。

花园里有一架白色的秋千。元致澄坐在秋千上，紧盯着书房的窗户。如果曹温良逃跑，今晚不去旧步道……等等，他为什么会有这么奇怪的念头？他已经向曹温良解释过了。如果今天不抓住凶手，那么明天、后天或者未来某一天，凶手非杀死曹温良不可。

曹温良想逃跑吗？曹温良不想抓住凶手吗？元致澄不太相信曹温良。曹温良很狡猾，一种隐藏极深轻易不会被发现的狡猾。他的建议是为了曹温良好，也是在利用曹温良作饵。曹温良不可能看不出来。曹温良会心甘情愿地作饵吗？

第十章
合影里的陌生男人

曹温良焦灼地在书房里走了几圈,来到窗前,掀开窗帘一角。他看见元致澄正在悠闲地荡秋千。臭警察说话糊里糊涂,莫名其妙。郝仁义也有神经病。不过,他可以肯定的是,九年前那件事败露了。他们说有人要杀他。谁要杀他?凶手是谁?凶手一定知道那件事了。

其实他早就怀疑那件事败露了。今年六月份,戚渔翩被杀。八月份,庞渡铭失踪,至今下落不明。这难道仅仅是巧合吗?不会是巧合!趁警察还没抓住凶手,他必须要比警察先抓住凶手。他别无选择,他不能坐以待毙。

曹温良拿过手机,拨打脑海中一个沉睡了九年的电话号码,没人接。他想了想,又拨打另一个沉睡了九年的电话号码,也没人接。是的,他们不会接他的电话。当年他们就约好了,这辈子永远不联系。

手机响了,陌生号码。难道是他们打来的?曹温良接了电话,不出声。

"曹温良,你还记得九年前你在泰国做过的事吗?"

一秒钟,曹温良红润的脸色变得惨白,又变得铁青。九年前的记忆,死灰复燃……"朋友,能不能见个面?或者你开个价。"

"好！爽快！"电话那头说了见面的时间和地点，冷笑两声，不管曹温良是否同意就把电话挂了。

这个人通话全程使用变声器，警惕性很高，不容易对付。曹温良考虑了一会儿，按了书桌上的铃，西装男敲门进来。"叫司机把车开到后门，在后门等我。"

曹温良去卧室，脱下家居服，换上运动服，从衣柜里翻出一双白手套。他掀开窗帘一角，臭警察还在荡秋千。秋千是他家的秋千，臭警察荡什么荡！臭警察跑来搭讪，问他有没有去过泰国，想套他的话，没门！想利用他作饵抓凶手，更加没门！

"你保护我？我曹温良这辈子不依靠任何人！"曹温良放下窗帘，来到厨房，挑了一把趁手的弹簧刀，放进裤子口袋里。

元致澄无聊地在草坪上蹦蹦跳跳。他望着书房的窗户，窗帘遮得严严实实。抬腕看表，现在是上午十点，他在秋千上坐了有半小时了。他真的要在这里等到晚上十点吗？

元致澄忽然听到有人大喊大叫。"曹总，曹总！你把赔偿金给我！我求求你了！"这是屠芳洲？她没走？她回来了？元致澄跑向别墅的后门，他看见曹温良的车子绝尘而去。

曹温良逃跑了！元致澄拔腿就追。两条腿怎么敌得过四个轮子，很快他就累得直喘粗气。曹温良的车子驶出了别墅区。车子往南走？往南是旧步道的方向。曹温良现在开车去旧步道干什么？一股不祥的预感在元致澄的心里翻涌。

元致澄今天没开车过来，等他跑出别墅区，曹温良的车子已经无影无踪了。屠芳洲骑自行车经过元致澄身边，看了他一眼。元致澄心领神会，跳上后座。屠芳洲骑得飞快。

"你怎么没走？"

"我不会便宜资本家。你坐稳了！"

来到旧步道的入口处，元致澄敏捷地钻进铁丝网。他拼命跑，拼命跑，快跑到旧步道的尽头。远远地，他看见曹温良站在一棵大树下，一个女人面对曹温良。树木重重掩映，他只能看见女人模糊的背影。他大声呵斥："住手！"

女人手中的刀刺向曹温良，似乎连刺了两刀。女人扔了刀，捂着腹部，一瘸一拐地顺着斜坡滚下去了。

曹温良倒在地上，血流满地。他手上的白手套也被血染红了。元致澄认为他现在最重要的任务是抓凶手。他不想管曹温良，曹温良自作自受。可是曹温良使劲抱住他的大腿，痛苦地哀号："元警官，救命！元警官！救命！"

"哈哈哈，曹总，你活该！恶有恶报！谁叫你不给我赔偿金！"屠芳洲也来了，她高兴得直鼓掌。

"快打120！"元致澄帮曹温良按住伤口。他望向斜坡，草木在风中摇晃，不见女人的踪影。曹温良身旁有一把染血的弹簧刀和一把染血的水果刀。元致澄可以肯定，其中一把刀是曹温良带来的。女人也受伤了。曹温良先捅了她，而且曹温良故意放她走了。

这个女人，她就是原本将于今天晚上杀死曹温良和屠芳洲的凶手吗？另一个时空的今天晚上，曹温良和屠芳洲都没有被注射镇静剂。这个女凶手有足够的体力同时杀死一个男人和一个女人吗？她和曹温良之间有什么仇什么怨？她为什么提前实施自己的杀人计划？曹温良为什么现在来旧步道？两人约好了见面的时间和地点吗？

曹温良被送到医院。医生为曹温良做手术。曹温良伤得不重，他腹部脂肪肥厚，保护了他。麻醉药散去之后，曹温良醒了。元致澄问他为什么上午十点去旧步道，刺伤他的女人是谁？曹温良一问三不知。

分局的同事打电话给元致澄。现场发现两个人的血迹。一个属于曹温良，另一个属于一名女性，数据库中没有她的记录。斜坡下的草丛里发现注射针管，内有镇静剂，未使用。弹簧刀上没有指纹，水果刀上也没有指纹。

曹温良先捅了凶手，凶手来不及对他使用镇静剂。曹温良和凶手都戴了手套，所以两把凶刀上都没有指纹。

元致澄之前推测有两个凶手。杀死庞渡铭的凶手是女人或者身材矮小的男人，杀死戚渔翩和曹温良的凶手是身材高大的男人。既然现在捅伤曹温良的是女人，那么肯定还有一个凶手是男人。在别的时空，他不使用镇静剂也能杀死曹温良。

花若诗和老丁从病房出来，冲元致澄摇头。元致澄走进病房，对曹温良说："如果我是你，我就和警方合作，抓住那个凶手。你今天放她走，她明天还会来杀你。我和你说过，她非杀死你不可。你不要小瞧她是女人，下次她可能带一个男帮凶过来杀死你。"

曹温良闭上双眼，假装睡觉。元致澄冷笑说："你以为你这样，我就什么都不知道了吗？曹温良，九年前你和戚渔翩老师、庞渡铭医生一起去泰国。你们干什么坏事了？"

曹温良睁开双眼，瞪着元致澄。元致澄心中暗喜，表面不动声色地说："戚渔翩和庞渡铭都被凶手杀了，你以为你逃得过凶手的追杀吗？和警方合作是你唯一的生路。"

曹温良垂下眼帘，似乎在考虑元致澄的话。元致澄盯着他，冷不防发问："当年不止你们三个人去泰国！还有谁和你们一伙！"

曹温良猛地抬头，眼神充满恐惧。元致澄猜中了，果然还有人。也就是说，除了戚渔翩、庞渡铭和曹温良，凶手还有想杀的人。这个人或这些人目前应该还活着，没有死。

仇杀！当年这伙人做了十恶不赦的事，凶手杀他们是为了报仇。曹温良今天想杀凶手又包庇凶手的举动，很容易理解了。如果凶手被警察抓住，凶手就会指认曹温良当年的罪行，那么曹温良就要坐牢。

"你现在和警方合作，我可以算你自首。等我查出来你当年做过什么，你想自首都没有机会了。哦，不对！那时候你已经被杀死了。"

曹温良保持沉默。元致澄等了一会儿，见他没有坦白的意思，离开了病房。

曹温良明明知道自己身处危险之中，他却铁了心不和警方合作。那件十恶不赦的事很可能牵涉到人命。

老丁回局里了，花若诗坐在长椅上欣赏自己的指甲。看见元致澄，她迎上去。元致澄冲她摇头。

黄昏悄然而至，一天又要过去了。元致澄送花若诗回家，两人都有些无精打采。曹温良不合作，他们现在也没有办法让他开口，只能暂时将他搁置，先找别的线索。元致澄悻悻然。

回到家，父母吃过晚饭了，母亲帮元致澄把饭菜热了热。吃完饭，元致澄洗澡，准备睡觉。睡到十二点，他就能回到属于他的那个时空了。

在床上躺了十分钟，元致澄睡不着。他起床，换了衣服，走出卧室。父母在看电视，问他要去哪里。"我去局里加班。"父母没有多问。他晚上经常去局里加班，父母习惯了。

元致澄开车前往枫林小区。

父母知道戚渔翩被杀了，也知道妹妹现在一个人带儿子。他们一次也没有去看过她，平时也不提起她。妹妹在他们心里仍然是一种禁忌。

十年前，妹妹生下戚渔翩的儿子戚元嘉。九年前，戚渔翩去泰国旅游。他会不会带什么纪念品回来送给戚元嘉？妹妹会不会知道些什么？愚蠢的钟念熙，她什么都不知道。

元致澄敲门，开门的是戚元嘉。他堵在门口，摆出一副不打算让元致澄进来的架势。"妈妈去见客户了。你找她，明天再来。"

"我找你，我可以进来吗？"

戚元嘉歪着脑袋想了几秒钟。"进来吧。不用换拖鞋，我家没你的拖鞋。"

元致澄在心里骂了自己一句。他应该买玩具带过来哄他的小外甥。毕竟戚元嘉还是一个小孩子。餐桌上堆满了课本、作业本和试卷。元致澄随手翻了翻，这小孩子成绩不错。

一只白色的狗和一只黑色的猫从卧室出来。白狗冲元致澄汪汪汪，黑猫冲元致澄喵喵喵。戚元嘉轻轻呵斥它们两声，它们不叫了，乖乖蜷缩在沙发上。

"你想喝什么？我家有白开水、茶和橙汁。"

"茶。多放些茶叶。"

戚元嘉进了厨房，一会儿出来，将一杯白开水放在元致澄面前。"不好意思，我忘了，茶叶没有了，橙汁也没有了。"

元致澄笑了笑说："不要紧，我喜欢喝白开水。"

元致澄坐在沙发上。戚元嘉搬了一把椅子，坐在他对面，双眼一眨不眨地盯着元致澄。在这种放肆大胆的注视下，元致澄心理压力陡增。他感觉自己是动物园里被观赏的动物。

"你是坏人吗？"戚元嘉问。

元致澄愣了一下，这是什么问题。"当然不是！"

"6月19日，你跑去鸿鹄小学，你公开了我妈妈和我爸爸的关系，你害我妈妈丢了工作。6月20日，我爸爸被人杀了。你是坏人吗？"

"我不是坏人。你爸爸的死和我没关系。"

"也许你不是坏人，但是你和坏人没什么区别。"

元致澄咳嗽了一声，假装不介意戚元嘉的评价。"你爸爸生前喜欢旅游吗？"

"偶尔吧。爸爸和妈妈都很忙。平时要上课，寒暑假要参加培训。我也很忙。你问这个干吗？爸爸的死，你有线索了吗？"

171

"暂时没有线索。有！我也不能向你透露！我的工作是保密的。"

"那你保密吧！等你抓住凶手，你自然会通知我。我是被害人家属。"

这小孩子，伶牙俐齿，好讨厌。他才不会买玩具送给他。元致澄喝了一口白开水，站起来，严肃地说："我是瀛海市公安局崇汇分局刑侦支队二大队的队长，元致澄。戚元嘉同学，我现在要搜查你的房子。"

"我可以拒绝吗？"

"你不可以！"

希望这个家保存着戚渔翩当年去泰国的线索。元致秋不在家，戚元嘉小孩子容易糊弄，他必须抓紧时间找一找。钟念熙的家，她肯定不允许他搜查。曹温良的别墅，他没机会搜查。他只能欺负眼前这个小孩子。

元致澄撩起衣角，露出手铐让戚元嘉看。他以警告的语气对戚元嘉说："你站在这里，不许动。"

元致澄走进元致秋的卧室，四处检查，他不放过任何一个旮旯。可是他也不知道自己要找什么线索。旅游？旅游的人喜欢把什么东西带回家，并且还保存九年？纪念品？什么纪念品值得保存九年？

"你找什么？"戚元嘉站在门口，没有进来。

"找你爸爸的照片。我们现在有点儿线索了，要拿他的照片给证人看。"

"为什么要拿爸爸的照片给证人看？"

"证人看了照片，如果他们对你爸爸有印象，我们就知道你爸爸被杀那天去过哪些地方,见过哪些人。这样我们就有可能抓住凶手。"

"爸爸死了,妈妈很伤心,把他的照片全烧了。我偷偷藏了几张,妈妈不知道,我拿给你。"

再聪明的小孩子也只是小孩子。

戚元嘉转身进了自己的房间,元致澄跟着他进去了。戚元嘉递给元致澄一个很旧的文具盒。

元致澄打开文具盒,看见几张照片。有戚渔翮的单人照,有他们一家三口的合影。最后一张照片引起了元致澄的注意。照片里有四个男人,从左至右分别是戚渔翮、庞渡铭和曹温良,以及一个元致澄不认识的陌生男人。这四个男人戴着相同的红色帽子,帽子上有相同的黄色标志。他们身后有佛塔和大象。这是他们九年前去泰国旅游的照片。他们报了同一家旅行社,逍遥游旅行社。

"爸爸很喜欢这张照片,他把这张照片放在书柜顶上。有时候妈妈不在家,他会偷偷看这张照片,我就把它留下来了。"

照片上的陌生男人应该还活着。曹温良之后,凶手的目标应该就是他。

"这张照片能借我用用吗?"

"你会抓住杀爸爸的凶手,对吧?"

"当然!警察从来不对小孩子撒谎!"

戚元嘉郑重地点了点头,清澈的大眼睛望着元致澄。元致澄摸着他的头说:"元嘉,舅舅答应你,舅舅一定会抓住凶手!无论是谁,只要犯了罪,就应该接受法律的制裁,而不是私下的惩罚。我今晚来过的事不要告诉妈妈。"

173

"为什么？"

"你说呢！"

"妈妈讨厌你！也讨厌外公外婆。"

"聪明！但是我相信，有一天她会改变对我们的态度，外公外婆也会改变对她的态度。"

"为什么？"

"时间可以改变一切。"

"你确定吗？如果时间没有改变一切呢？"

"那说明时间不够长。只要时间足够长，只要我们有足够的耐心去等待，时间就可以改变一切。"

门开了，元致秋回来了。看见元致澄，她的脸色一下子变得阴沉。元致澄将照片握在手里，双手插进裤子的口袋。

"你来干什么？"

"想找你聊几句，关于戚渔翩的案子。"

"你可以请我去公安局。我家不欢迎你。"

元致澄尴尬地笑了，他给了戚元嘉一个眼神。"好好学习，天天向上。"

出了楼栋，借着路灯的光，元致澄仔细地看照片。这个陌生男人是谁？在凶手杀死这个男人之前，他一定要先找到这个男人。抬腕看表，十一点多了。他必须赶紧回家。他不想开车开到半路，趴在方向盘上睡着了。

元致澄平安到家。顾不得洗脸刷牙，他倒在床上。手里攥着照片，他睡着了。

一阵眩晕，一觉醒来，元致澄发现自己身处时光知返咖啡馆。他在钟念熙的卧室里，睡在钟念熙的床上。她的枕头有淡淡的，沁人心脾的清香。

妻子在世的时候，他每晚和妻子睡一个长枕头。长枕头上也有这样淡淡的，沁人心脾的清香。

抬腕看表，六点十分。元致澄起身，拉开窗帘，推开窗户。远处万家灯火，忽明忽暗。刚刚他经历了一天一夜，恍如做了一个冗长的梦。真的，真的好像一个梦。尽管他时光旅行很多次了，但是每一次他都感觉自己做了一个梦。人生如梦，大概就是这个意思吧。

元致澄双手撑在梳妆台上，他发现自己双手空空。奇怪！戚元嘉给他的照片呢？他记得，临睡前他把照片攥在手里了。

钟念熙敲门进来，递给元致澄一杯浓茶。

"他们都走了？"

"都走了！你那边怎么样？"

"除了郝仁义想救曹温良，其他八个人都巴不得曹温良死。"

"人心叵测！"

"曹温良死而复生。郝仁义，我估计他现在进不了自己的家门。"

"求仁得仁，又何怨哉？"

"钟老师，什么意思？"

"这笔生意我亏本了。九个人来找我，我以为我会赚九份新鲜的咖啡豆，结果我只赚了一份咖啡豆，亏损了八份咖啡豆。"

"钟老师，你在说什么？说几句学生能听懂的话吧。"

"咖啡豆的最佳赏味期是一个月。过了一个月，味道衰减，功效也衰减,所以我需要不断有顾客喝我的黑咖啡,他们回到过去或者前往未来,改变他们至亲的命运,他们付出的代价就是被所有认识的人遗忘。因为这些人对他们的记忆转化成了新鲜的咖啡豆。我在实验室以这些人的记忆为原材料,制造新鲜的咖啡豆。"

"你就这样一直让那罐咖啡豆保持新鲜吗?钟巫婆!"

"是啊!我今年七月份得到那罐咖啡豆。如果我不这么做,八月份它就会失去功效。你以为你今天还有黑咖啡喝吗?"

"我明白了。这么说,这笔生意你确实亏本了。那些人见死不救。至亲,算了吧,比不上萍水相逢的陌生人。"

"哈哈哈!元先生,我发现你有点儿可爱呀!"

"我可爱什么?你笑什么?"

"没什么!我看见他们从屏风里走出来,互相打招呼,唯独不理睬郝仁义。我就知道那位郝仁义先生救人了,他们见死不救。他们八个人的生活不会有变化,郝仁义的生活会变得很惨。"

元致澄下楼。吕迁在一楼拖地。"元队,你不多坐一会儿?我帮你冲杯咖啡吧,蛋糕是刚刚烤好的。"

"谢谢,我回家睡觉了。咖啡蛋糕不适合我,我喜欢喝浓茶,吃臭豆腐。"

透过落地玻璃窗,吕迁注视着元致澄走出铁门,背影消失。他又望着楼上,楼上很安静。

钟念熙就是这样,她经常无声无息。有时候她在咖啡馆,他不知道。有时候她不在咖啡馆,他也不知道。总之,他必须亲眼看见钟念熙在咖啡馆,他才能确定她在咖啡馆。他必须亲眼看见她离开咖啡馆,他才能确定她不在咖啡馆。

大概是太累了,元致澄一觉睡到次日中午。下午他去局里,看见花若诗,他想起她有一个画家朋友,常年在市美术馆门前给人画像。元致澄拉着花若诗去找她的朋友。根据元致澄的描述,画家很快把合影上的陌生男人画了出来。

"元队,这谁啊,挺帅的。"花若诗指着画纸上的陌生男人。

"这是一张旅游合影。合影一共有四个人,分别是戚渔翮、庞渡铭、曹温良和这个陌生男人。我见过这张合影,可惜被我弄丢了。"

"620案的死者戚渔翮?他们三个人和戚渔翮有什么关系?"

"戚渔翮案是一起连环凶杀案。他们四个人是受害者。"

"什么?连环凶杀案?这些人都死了吗?我怎么不知道!哪个分局的案子?"

"戚渔翮是第一个受害者,庞渡铭是第二个受害者,曹温良侥幸逃生……"

"这个帅哥呢?"

"凶手的下一个目标,也可能他已经死了。"

"我有点儿糊涂了。元队,你怎么知道这是连环凶杀案?证据呢?"

"他们不仅是受害者,也是加害者。"

"他们加害谁?"

"我不知道。"

177

"元队,你越说我越糊涂了。你的话我一点儿也听不懂。"

"听不懂就对了,我宁愿我也听不懂。"

元致澄原本计划今天和花若诗、老丁一起去老火车站附近郊游,顺带发现庞渡铭的尸体。画完这幅画像,天色不早了。

元致澄望着夕阳落山,悲从心起。有些事情倒也不必急于一时,顺其自然可能是最好的选择。从戚渔翩第一次被杀开始,他回到过去,他前往未来,他努力破案,他努力改变别人的命运,结果他改变了什么呢?

花若诗和老丁高高兴兴地去郊游,发现一具腐烂男尸,两个人不得不现场办公。这情景,他于心不忍。

元致澄谎称自己太累了,今天不去郊游了,他让花若诗自己回局里。他去医院找曹温良。关于那张合影,他想听听曹温良怎么解释。

曹温良的病床空空荡荡。元致澄问护士,护士说曹温良前天下午出院了。

对于元致澄来说,昨天才送曹温良来医院。对于曹温良来说,前天他就已经在医院住了有五六天了。曹温良确实伤得不严重,但是这么快就可以出院吗?他这么着急出院干什么?元致澄问护士,护士也不清楚。

元致澄一大早开车去曹温良的别墅。接待他的是曹温良的妻子唐湛柔。他们在另一个时空曾经见过面,在这一个时空也曾经见过面。唐湛柔冷冷地说:"对不起,元警官,我和曹先生正在办理离婚手续。我不知道他在哪里。"

"没关系，我找你也行。戚渔翮老师和庞渡铭医生，你认识吗？"

"不认识。"

元致澄掏出画像，指着陌生男人问："认识他吗？"

唐湛柔看也不看说："不认识。"

元致澄微笑着说："唐女士，我请你去公安局，好好看一下，认不认识他。"

唐湛柔不情愿地瞥了一眼画像，皱着眉头说："有点儿像周松。"

"周松是谁？"

"姓曹的从小玩到大的朋友。小时候他家开录像厅，我和姓曹的经常去他家看录像，长大后我和他就不来往了，姓曹的和他一直有联系。前几年听姓曹的说，他患了神经病，天天寻死觅活。姓曹的也不联系他了。"

曹晓南和曹晓北回来了，两个人有说有笑。姐弟俩的关系变好了？

元致澄走了。经过花园，他看见前天他坐过的秋千，在阳光的照耀下，散发着白生生的光。一切恍然如梦。

元致澄打电话给花若诗，吩咐她把周松找出来。这个人很可能是连环凶杀案的下一个受害者。花若诗支支吾吾地表示，是否真的发生了连环凶杀案？今天是中秋节，也是国庆假期，能不能等假期结束再调查，她回老家了。

中秋节？国庆假期？对不起！他忘了。

元致澄开车回家，走到半路，他拐了个弯，去了时光知返咖啡馆。

这家没什么生意的咖啡馆果然正在营业,这说明咖啡馆的老板在假期里也无所事事。

元致澄没看见吕迁。"我放他假了。"钟念熙说。

呃!所有人都在休息,只有他元致澄在努力工作。何必?何苦?他忙忙碌碌,他收获了什么?

钟念熙正在吃午饭,煎蛋生菜三明治。元致澄饿了。他走进厨房,给自己做了一个煎蛋生菜黄瓜芒果牛肉火腿金枪鱼紫薯泥豆瓣酱三明治。

钟念熙瞥了一眼元致澄的豪华版三明治,淡淡地问:"为什么不做臭豆腐三明治?"

"为什么要做臭豆腐三明治?冰箱里没有臭豆腐。啊!对了,我想起来了,你也喜欢吃臭豆腐。你和程庸在海滩吃臭豆腐。"

元致澄唠唠叨叨,钟念熙沉默。元致澄假装若无其事,又问:"假期准备怎么过?"

"不过!我很忙。"钟念熙淡淡地说。

"很忙?"元致澄扫视没有一个顾客的咖啡馆说,"怎么能不过?人要工作,也要休息。下午一起去爬名仙山吧?"

"不去!我最讨厌爬山了。最近山上还死了人。"

"天大地大,哪里没死过人?去海边吗?我知道海边有家餐厅的海鲜特别好吃。"

"不去!我不喜欢吃海鲜,也不喜欢吃臭豆腐。"

"那……请问钟老师,你想去哪里?"

"我哪里都不去,下午我要给我的花锄草。"

钟念熙的手机响了，元致澄听她叫了一声程主任。他知道是程庸，便识趣地跑去吧台倒水喝了。钟念熙接完电话，对元致澄说："下午我们去爬山吧。"

吃完午饭，等钟念熙换了衣服，化了淡妆，两人开车去名仙山。假期，秋高气爽，名仙山的游客比平时多了很多。

钟念熙体力不如元致澄，元致澄时不时放慢自己的脚步等她。他站在高处，看着低处的钟念熙穿过人群向他走来，有一种妙不可言的感觉。

钟念熙说："你别管我，你先去山顶。"

他怎么能不管她呢？

到了山顶，游客寥寥无几。两人坐在石椅上，卖臭豆腐的小贩在他们面前晃来晃去。元致澄买了两盒臭豆腐。钟念熙捂着鼻子说："我不喜欢吃臭豆腐！"

元致澄惊讶地说："钟老师，你少自作多情。这两盒都是我的。"

元致澄吃得津津有味。钟念熙露出鄙视的神情。元致澄笑了笑，将另一盒递给她，"钟老师，想吃就吃吧！"

"我真的不喜欢吃臭豆腐，每次都吃不完。"

"吃不完就扔掉，不要有心理压力，勇敢尝试就行了。"

在山顶的鸟语花香中，钟念熙人生第一次吃完整整一盒臭豆腐。元致澄挥舞双臂，对她进行了郑重其事的表扬。钟念熙被逗笑了，元致澄也笑了。他认识钟念熙有三个多月了，他从来没见过她笑得这么开心。她平时也会笑，是那种冷冷的冷笑，和今天的笑不一样。

今天的笑，阳光明媚。

　　下山后，两人去超市买月饼。两人惊讶地发现，他们都最喜欢豆沙馅月饼，最讨厌莲蓉馅月饼。元致澄约钟念熙明天去吃海鲜，钟念熙答应了。

　　假期倒数第三天，元致澄和钟念熙一起给院子里的花锄了一遍草，松了一遍土，施了一遍肥，浇了一遍水。

　　假期倒数第二天，元致澄和钟念熙搬了一张桌子，两把椅子，放在枇杷树下。两人齐心协力，竖起一把巨大的遮阳伞，既能遮太阳也能挡风雨。两人坐在枇杷树下，在闲聊中度过一天。

　　假期最后一天，元致澄和钟念熙去老火车站附近散心，两人顺利地发现了庞渡铭的尸体。

第十一章
我想救爸爸

假期如白驹过隙,而且是一匹欢腾的白驹。

假期结束,元致澄和花若诗去找曹温良,曹温良依然不在家。花若诗问曹恭俭,曹温良去哪儿了。曹恭俭不耐烦地说:"死了。"

走出别墅,经过花园,元致澄看见秋千在风中轻摆。不久之前,他坐在这里荡秋千,当时曹温良是这栋别墅的主人,这么快曹温良就不知所终了。瞧瞧曹恭俭的态度,再想想曹温良死前他那些至亲对他的态度。人哪!起起落落,世态炎凉。

"元队,你今天和平时不太一样。"

"怎么不太一样?"

"特别宽容。几天不见,你变了很多。"

元致澄笑了笑,没说话。一个男人突然闯入他的视野,男人佝偻着腰正在修剪花枝。他将多余的花枝剪下来,放进篮子里。机械地重复了几次动作,他站直了,捶自己的腰。看见元致澄,他迟疑地叫了一声元警官。

郝仁义?元致澄恍恍惚惚。郝仁义怎么在这里?元致澄对花若诗说:"他是我朋友。"花若诗识趣地走向秋千。一边荡秋千,一边望着元致澄。

"郝先生，别来无恙？"

"元警官，你认识我？你记得我？你真的记得我？你怎么会记得我？太好了，这世上还有人记得我！"郝仁义激动得哭了。他一五一十地将自己的情况告诉元致澄。自从他改变了曹温良的命运，他的家人就不记得他了，连曹温良也不记得他了。他走投无路，幸好有打理花草的手艺。曹家招聘园丁，他就来了。

"我昨天回到我住的小区，问我爸小区物业在哪儿。我爸对我很客气，热心地给我指路。可是他不认识我了，他真的不认识我了。我宁愿他像从前一样骂我没出息，呜呜呜，哈哈哈。"

"郝先生，你救了曹温良却失去了亲人。你后悔吗？"

"人要知恩图报。曹先生对我有恩，我怎么能见死不救？亲人忘记我，没关系。我只要知道他们生活得好就行了。"

"郝先生，你真是个好人，难得的好人。"

郝仁义四下瞅了瞅，凑近元致澄说："我在这里干不长了。曹家除了曹先生，没一个好人。曹先生受伤住院期间，他老婆、他儿女、他弟弟、他妈，合伙抢了他的公司。曹先生提前出院回公司处理这些事情，来不及了……曹先生真可怜。"

"你知道去哪里能找到曹先生吗？"

"我在桥洞见过他。他不认识我，不理我。我给他钱，他要。唉！"

元致澄和花若诗找到了郝仁义所说的桥洞。其实是市中心一条行人过街地道。三年前地道上方建设了天桥，地道就被废弃了。

行人不走这条地道,这条地道便成为无家可归者的住所。他们捡来废纸箱和油毡布,认认真真地搭建出一间属于自己的房子。房子里面摆着晚上睡觉用的被褥,房子外面摆着白天吃饭用的锅碗瓢盆。讲究的人会挂上门帘。门帘也是捡来的。一件上衣,剪掉袖子,剩下的部分就是漂亮的门帘。有的房子旁边还摆着沙发。

花若诗问:"他们刷牙洗脸去哪里?洗澡去哪里?充电去哪里。"

元致澄说:"洗漱去公共厕所。附近的公园有免费的热水喝。充电去商场,哪家商场没有充电的地方?只要想生活,就有一百种方式活下去。"

元致澄拿着曹温良的照片,问一个坐在房子前玩手机的年轻人。年轻人摇了摇头。花若诗也拿着曹温良的照片,问了一个又一个。

没人认识曹温良,更多的人是懒得理睬元致澄和花若诗。两人商量着不如先回局里,通过其他途径寻找曹温良。这时候一个抱着孩子喂奶的女人凑过来,主动和元致澄搭话。"先生,找人哪?能不能让我看看照片?"

元致澄的头偏向旁边,他不好意思和这个赤裸着胸脯喂奶的女人说话。女人一把抽出元致澄手里的照片,看了看,很肯定地说:"我见过他。他是新来的。"

元致澄十分惊喜,他盯着女人的脸问:"怎么才能找到他?"

女人平静地说:"我买不起奶粉了,我的娃娃要饿肚子了。"

元致澄掏出皮夹,拿了两张一百元的钞票递给女人,"够不够?现金我只有这么多。"

女人没接元致澄的钱,她一把将奶头从孩子嘴里夺出来,孩子哇哇大哭。"扫码转账，八百块。"女人将手机伸到元致澄面前。

"你这是敲诈！"花若诗跑过来，挡住了元致澄准备扫码的手机，"你知道我们是谁吗？我们是警察。我们在抓坏人。你见过他吗？你是公民，你有义务配合我们！"

"哦，我没见过他。警察同志，你们慢慢抓吧。我不耽误你们工作。"女人将奶头塞进孩子嘴里。她一屁股坐在地上，拍着孩子，哼着催眠曲，看也不看元致澄和花若诗。

元致澄冲花若诗苦笑，扫码转账给女人八百块钱。女人又要了那两百块钱现金。这才心满意足地说："入口第三间房子是他家，蓝色门帘。我就知道他不是好人，好人怎么会抢老大爷的红烧肉呢！呸，不要脸的东西！"

地道入口处，挂蓝色门帘的房子没有人。花若诗问旁边的老大爷，老大爷一问三不知，只是反复念叨着红烧肉红烧肉。花若诗给老大爷点了一份红烧肉盖浇饭的外卖。

老大爷狼吞虎咽地吃着，对他们说："他有时候来这里过夜，有时候不来这里过夜。你们别等他了。"

元致澄问："您知道去哪里能找到他吗？"

老大爷说："他总是说自己多有钱多有钱，大概去住宾馆了吧。你们明天中午再过来。明天中午有志愿者派饭给我们吃，他肯定会来抢我的红烧肉。"

元致澄和花若诗离开地道，花若诗长长地吐了一口气。元致澄提醒花若诗明天早些过来，防止曹温良吃完就跑。

"这地方真让人难受。"

"这就让你难受了啊？明天我叫老丁和我一起来。"

"别！元队，我是你的最佳搭档。"

"对了，最佳搭档，并案申请你交给乔局了吗？"

"交了。我和乔局说了，戚渔翩、庞渡铭和曹温良，这三个人的共同点是九年前一起去过泰国旅游。戚渔翩的……女性朋友的家里有他们的合影。虽然曹温良受了轻伤，没死，但是曹温良也应该并案调查。还有，我们正在努力调查合影里的那个周松。九年前周松和他们一起去过泰国，周松肯定也有问题。"

"干得漂亮，果然是我的最佳搭档。逍遥游旅行社有消息了吗？"

"六年前倒闭了，负责人不知去向。我和老丁正在找人。"

花若诗回局里，元致澄去了咖啡馆。咖啡馆一个顾客也没有，钟念熙和吕迁懒洋洋地看着电影。见元致澄来了，吕迁沏了一杯浓茶给他，自己进了厨房。元致澄喝了一口茶，有点儿烫。

"钟老师，我能不能向你借一杯黑咖啡和一块方糖？"

"借？你会还吗？你还得起吗？"

"还不起！以身相许怎么样？"

钟念熙轻蔑地瞥了元致澄一眼，元致澄沉默了。这个女人，瞧不上他就瞧不上他呗，为什么要用这种眼神鄙视他！

"你想干什么？你白白喝了我多少杯黑咖啡加方糖。我都没和你算账。"

"郝仁义是好人。好人不应该被遗忘，好人应该拥有幸福的生活。"

"谁告诉你好人就应该拥有幸福的生活？宇宙始于大爆炸，砰的一声，突然就有了宇宙。为什么？因为宇宙不讲规则，宇宙才能诞生。这个世界也不讲规则。善恶到头终有报，这句话是用来哄人的。现实生活中，坏人往往比好人过得幸福。为什么？因为坏人够坏，坏人没良心。"

钟念熙指桑骂槐。元致澄不敢和她硬碰硬，他知道自己必输无疑。钟念熙起身去吧台，拿出登记簿，找到郝仁义的手机号码。元致澄一下子想起了什么，他按住登记簿说："等等！明天下午约他吧。"

钟念熙没好气地说："你到底想怎样啊？"

元致澄嬉皮笑脸地说："想和你一起看电影呀。"

如果今天让郝仁义回到9月21日，郝仁义改变曹温良的生死，之后会产生怎样的蝴蝶效应？元致澄无法预测。等他明天见了曹温良，再让郝仁义回到过去也不迟。

电影是悬疑片，元致澄的最爱。看电影不能没有零食，元致澄买了两盒臭豆腐。他吃一盒，钟念熙吃一盒。好吃！真是一个愉快的下午呀！

次日中午，元致澄、花若诗和老丁来到桥洞。过了半小时，果然有志愿者出现，派饭给这些无家可归的人吃，还有志愿者帮他们理发。那位老大爷分到了红烧肉盖浇饭，躲在自己的房子里，吃得狼吞虎咽。花若诗看得心酸。

曹温良不在家，没回来。三个人若无其事地走远了些，假装互相不认识。志愿者的饭快要派完的时候，曹温良终于回来了。老丁三拳两脚拿下他。围观的人群迅速退散，又想留下来看热闹。花若诗将警察证高高举起,"警察办案!警察办案!不要围观!"

曹温良使劲挣扎,老丁将他的头按在墙上,"老实点儿!元队问你话!"

"周松是谁?"

"不知道!"

"凶手杀不了你,下一个可能去杀他。"

"关我屁事!我和他多少年没联系了。天天在我耳边念咒!他妈的!"

"念咒?念什么咒?"

"谁知道他念什么咒!他神经病!"

"怎么才能找到他!"

"我不知道!我真的不知道!"

"我有办法改变你现在的处境,我请你喝黑咖啡。你能听懂我说什么吗?"

"你请我喝白咖啡也没用,我不知道他在哪里。"

曹温良的态度很容易理解。如果照片上的四个人真的一起做了十恶不赦的事,曹温良绝对不会让警察找到周松。万一周松坦白从宽呢?那么曹温良也跑不掉。另一个时空,曹温良就是这种态度,死活都不说出刺伤他的凶手是谁。

"带回局里。"

元致澄给钟念熙打电话,告诉她,暂时不要请郝仁义喝黑咖啡。他这边的事情还没结束。他问钟念熙下午干什么。钟念熙说她准备去爬名仙山,爬到山顶,吃臭豆腐。元致澄笑了笑说,他有空,他可以陪她去山顶吃臭豆腐。微风一吹，香飘十里路。

元致澄来到咖啡馆，钟念熙已经收拾妥当，坐在枇杷树下在看一本英文杂志。元致澄仔细观察，他觉得钟念熙应该化了淡妆。两人走到院子的铁门，发现一个小女孩在门口探头探脑，她似乎想进来又不敢进来。

钟念熙问："小妹妹，你怎么不上学呀？"

小女孩怯生生地说："请问钟老师在这里吗？我找钟老师。"

元致澄问："你叫什么名字？你找钟老师有事吗？"

小女孩怯生生地说："我叫葛君驰，我今年十岁。我想请钟老师给我一杯黑咖啡，帮我回到我七岁的时候。"

钟念熙笑了一下说："葛君驰同学，你找错地方了。这里没有钟老师，也没有黑咖啡。快回家吧！"

吕迁跑出来，将钟念熙的手机递给她。"钟老师，你忘记带手机了。"

一瞬间，葛君驰黯淡的大眼睛闪闪发光。"你是钟老师，你就是钟老师！你有黑咖啡！钟老师，求求你帮帮我！我爸爸病了，他快要死了！我想救爸爸！我已经没有妈妈了，我不能没有爸爸！"

钟念熙沉默了，而后又微笑着冲小女孩点了点头。

葛君驰坐在沙发上，好奇地东张西望。钟念熙和元致澄躲在吧台商量对策。

"现在怎么办？"

"什么怎么办？你问我？"

"不问你，我问谁？这里还有第三个人吗？黑咖啡最早只能让她回到半年前。再说了，即使我有能力让她回到七岁，她改变了她爸爸的命运，她爸爸也会忘记她，全世界都会忘记她。她这么小一个小孩子，到时候她怎么生活？"

确实如此。一个小女孩，无依无靠，哪有能力独自生活在这个穷凶极恶的世界上？

"那你让她进来干吗？你在门口和她说清楚啊！"

"她好可怜。"

"你现在去和她说你没办法。"

"你去和她说，黑咖啡卖完了，没有了。明年有，让她明年再来。"

"为什么要我去说？我又不卖黑咖啡。"

"你去不去！"

"不去！"

"你去不去！"

"我要吃臭豆腐，你请客。"

"成交！"

元致澄走向葛君驰，他尽量不直视小女孩那双充满期待的大眼睛。他咳嗽一声，清了清嗓子，严肃地问："葛君驰同学，你想回到七岁的时候，对吗？"

"对！"

"那时候你爸爸没有生病，他很健康，对吗？"

"对！"

"为什么你说你已经没有妈妈了？"

"我六岁那年，妈妈出车祸去世了。第二年爸爸就生病了。"

"那你为什么不回到你六岁那年呢？"

葛君驰惊喜地问："可以吗？妈妈死了，我也能把她救活吗？太好了！"

元致澄恨不得扇自己一个耳光。他在胡说八道什么！钟念熙走过来，推开元致澄，蹲下，微笑着说："葛君驰同学，很抱歉，今年黑咖啡卖完了，没有了。你明年再来吧。明年我一定帮你。"

葛君驰瞪着钟念熙足足有十秒钟，突然明白了什么似的，高兴地说："钟老师，你是不是怕我没钱。你放心，我有钱。我一个月没吃早饭，我攒了好多好多钱才来找你。"

葛君驰脱下书包，在书包的夹层里摸啊摸，又把书包倒过来。一堆硬币噼里啪啦地掉在沙发上，地板上。几张纸钞也飘下来。"钟老师，你看，我没骗你，我有钱。如果这些钱不够，我先欠着，下个月我再给你。你放心，爸爸教育我要做一个诚实的人。我很诚实，我不撒谎，我说话算话。"

钟念熙站起来，冲吧台的吕迁使了个眼色，吕迁端来一块蛋糕。葛君驰不接蛋糕，大眼睛怯生生地望着钟念熙说："钟老师，帮帮我，好吗？我求求你了。"

和元致澄一样，钟念熙也不知道怎么办了。她无奈地说："葛君驰，我有黑咖啡，但是它最多只能让你回到半年前。所以，对于你爸爸的病，非常抱歉，我无能为力。"

一瞬间，葛君驰大眼睛里的光熄灭了。小女孩像个大人似的沉默着，神情忧伤。良久，她说："我不想长大，长大有好多烦恼。"

"君驰，每个人都会长大，这是自然规律。况且你还没真正长大。等你真正长大了，你就会处理这些烦恼了。"

"当年出车祸的人应该是我，妈妈为了救我……我宁愿死的人是我。妈妈死了，爸爸就病了。"

钟念熙语塞。元致澄急忙说："你千万别这么想。你妈妈救你，也是希望你好好活着。你千万别做傻事。"

"谢谢叔叔，我不会做傻事。我还要照顾爸爸呢！"

"君君！"门外一声呼喊吸引了元致澄和钟念熙的注意。一个女人冲进来，抱住了葛君驰。"阿姨……何老师！"葛君驰搂着女人，眼泪如洪水。

这不是，那个谁？元致澄认识这个女人，却想不起来她是谁。

"何炎月？"钟念熙既惊喜又迟疑地问，"不好意思，请问你是不是何炎月？我是钟念熙！"

何炎月放开葛君驰，盯着钟念熙，似乎在确认她是不是钟念熙。钟念熙将左手伸到何炎月面前，说："你看，我手腕上这颗小黑痣可爱吗？像不像黑芝麻？"

何炎月握住钟念熙的左手，拂开她手腕上的铂金镯子，认真地看着那颗小黑痣，说："可爱！可爱！太可爱啦！像我妈炒的黑芝麻。"

钟念熙和何炎月开心得又抱又跳。葛君驰好奇地看着她们，元致澄往旁边退让了几步，他不想被这两个开心的女人撞倒。从两人的对话中，元致澄了解到，钟念熙的姑姑和何炎月的妈妈是妯娌。

小时候，钟念熙去姑姑家过暑假，经常去何炎月家玩耍。小学毕业后，何炎月搬家，两人从此失去联系。

钟念熙问："你在哪里工作？"

何炎月说："我在小学当体育老师。"

元致澄终于想起来何炎月是谁了，她是鸿鹄小学的何主任。6月19日，他在鸿鹄小学和戚渔翩打架的那一天，何炎月拉架。他不知道元致秋的办公室在哪里，何炎月给他指路。但是，何炎月这个名字，他好像另外有印象。他在哪里见过这个名字呢？

"何主任，认识我吗？我是元致澄，元致秋的哥哥。"没人理睬元致澄，他自我介绍。

何炎月打量着元致澄，小心翼翼地问："对不起，元先生，我们认识吗？"

元致澄微笑着说："我们见过！今年6月19日，鸿鹄小学。"

"我想起来了。"何炎月略有歉意地说，"元先生，你妹妹的事与我无关，真的。我只是一个小小的德育处主任。学校开除谁，聘用谁，轮不到我做主。"

元致澄微笑着说："何主任，你误会了。我只是做自我介绍，我没有别的意思。"

"炎月，你怎么找到我这里来了？"钟念熙问。

元致澄瞄了钟念熙一眼，她明显不想听任何有关元致秋的事。

吕迁端来一杯咖啡，一杯浓茶，一杯枸杞红枣茶，一杯果汁。三个大人和一个孩子，围桌而坐。

何炎月说："君君的儿童手表定位到这里，我就找到这里来了。"

葛君驰的爸爸出差了。这几天没人照顾葛君驰,何炎月帮忙照顾。今天下午,鸿鹄小学大扫除。何炎月一不留神,葛君驰就跑出学校了。

何炎月说:"君君,下次不能这样了。你吓死何老师了,你知道吗?"

葛君驰低着头小声说:"对不起!何老师!我下次不敢了!"

何炎月向钟念熙道谢,两人约了有时间一起吃饭。何炎月拉着葛君驰的手走了。元致澄望着何炎月的背影发呆。钟念熙瞥了元致澄一眼,将枸杞红枣茶一饮而尽。

"你怎么啦?"

"我好像在哪里见过何炎月这个名字,但是我想不起来了。"

"警察见过她的名字?她是通缉犯吗?"

"算了,不想了。何主任挺不错的啊!对学生关爱有加。"

"炎月小时候就很善良。她家的狗被车撞死了,她哭了三天,不让埋。"

"不让埋?这么恐怖!"

"自己家养的狗,陪自己长大的狗,有什么恐怖!"

"凡事有个度呀!她这份执念很恐怖。"

一直在吧台忙碌的吕迁插嘴说:"我倒不觉得她对学生关爱有加,她是对学生的爸爸关爱有加。"

钟念熙和元致澄齐刷刷地望着吕迁,似乎在质疑他的判断。吕迁笑了笑说:"钟老师,元队,你们没听到那孩子叫她阿姨吗?"

元致澄说:"听到了,忽略了。老吕,你细心哪!"

钟念熙说:"她小时候爸妈离异,爸爸再婚,后妈对她很坏。她曾经说自己长大了不会结婚,要一个人过一辈子。现在她居然喜欢上了有孩子的男人。"

元致澄说:"这就是成熟男人的魅力。"

钟念熙说:"有孩子就成熟吗?"

元致澄说:"未必!没孩子也可以成熟。"

吕迁说:"钟老师,元队,你们怎么啦?今天好像特别开心。不是!最近你们都特别开心。有什么开心的事,能和我分享吗?"

"没有!""不能!"钟念熙和元致澄异口同声,笑着拒绝了吕迁。

"我大人有大量,不和两位计较。今天晚上我们吃火锅,怎么样?"吕迁转身进了厨房。

今天是没有时间去爬名仙山了。元致澄沏了一杯枸杞红枣茶和一杯浓茶,和钟念熙坐在枇杷树下闲聊。他将案子的最新进展告诉钟念熙。按照规定,他不能向钟念熙透露案情。可是,在这个世界上,钟念熙是唯一知道他用什么方法查案的人,也是帮他查案的人。他不和钟念熙分享案情,他连可以商量的人都没有。天大地大,他觉得自己很孤独。

"我想前往未来。看看半年后案子有什么新进展。说不定我已经找到周松了,也说不定周松被杀了。总之半年后肯定有线索。"

"你上次也这么说。结果有什么线索呢?除了知道庞渡铭的尸体在哪里,什么线索都没有。我觉得应该回到过去,趁戚渔翩没有防备,我问他周松是谁,吓死他。"

"如果戚渔翩的嘴像曹温良一样紧呢？"

"你问曹温良和我问戚渔翩是不一样的。我毕竟是他老婆，他爱我。回到6月19日，他对我没有防备。"

"他爱你吗？他爱你，他怎么和我妹妹有个儿子？你每回去一次救他，你都要知道一次他出轨了。你不觉得痛苦吗？"

"元致澄，你什么意思？"

"没什么意思！我只想告诉你，钟念熙，戚渔翩不爱你！他爱的人是我妹妹。因为他在有你的时候，他选择了我妹妹。这说明他更爱我妹妹。"

钟念熙拿起枸杞红枣茶，泼到元致澄的脸上。元致澄不躲不避。"钟念熙，你接受事实吧！你别自己骗自己了！"

吕迁听见争吵声，从厨房来到院子里，看见元致澄滑稽的样子，他递纸巾给他。元致澄不接纸巾，他昂着脖子，瞪着钟念熙，仿佛一只斗鸡。"你不接受事实，事实也是事实！"

钟念熙冷笑说："我偏要回到过去！我不觉得痛苦！"

元致澄也冷笑说："我偏要前往未来！"

吕迁看看这个，看看那个，尴尬地笑了笑，说："两位，你们想去哪里就去哪里。要不要先吃了火锅再走啊！鸳鸯火锅，有臭豆腐哦！"

"不吃！臭豆腐有什么好吃！"钟念熙和元致澄异口同声，愤怒地拒绝了吕迁。

第十二章
团伙密会

一阵眩晕，一觉醒来。钟念熙回到了6月19日。窗帘的缝隙隐隐透出一些光，天亮了。

戚渔翩在她身旁熟睡。她伸手摸了摸他的头发。今晚或者明晚，这个男人就要被凶手杀死了。如果他死于今晚，那么和他一起死的就是元致秋。如果他死于明晚，那么和他一起死的就是无辜的女孩吴馨。当然，他也可能死于后天晚上。他到底做了什么，导致凶手在各个时空都要追杀他？

戚渔翩皱了皱眉，睁开双眼，微微一笑。"早安！宝宝！"他拱起上半身，亲了一下钟念熙的额头，"早餐想吃什么？"

"你做的，我都喜欢吃。"钟念熙也微微一笑。他亲过元致秋的额头吗？他叫过元致秋宝宝吗？他还有别的女人吗？

戚渔翩起床穿衣服。他一向喜欢裸睡，昨晚也不例外。钟念熙沉默地看着戚渔翩。他身材健硕，线条流畅，浑身没有一丝赘肉。三十八岁的男人能保持这种状态，实属不易。

戚渔翩喜欢夜跑。在他的鼓励下，钟念熙跟着他跑了几次。她坚持不下来。不止跑步，很多事情，戚渔翩都能坚持。比如游泳、爬山、书法、集邮等等。

钟念熙曾经问过戚渔翱，他坚持跑步这么多年，是不是很喜欢跑步。出乎钟念熙的意料，戚渔翱说他不喜欢跑步。他坚持跑步，只是因为他知道跑步对身体有好处。他说，一个人如果要等自己喜欢某件事才去做某件事，很可能一辈子一事无成。有好处就去做吧，有好处已经很难得了。一个人一辈子遇到的事，大多数是自己不喜欢也没什么意义的。

戚渔翱太理智了。理智得令钟念熙觉得他离她很远，两个人是两个世界的人。

戚渔翱做了煎蛋生菜培根三明治，热了牛奶，切了橙子。两个人的早餐，基本上天天如此。吃了好多年，钟念熙不觉得腻。戚渔翱觉得腻吗？他是喜欢吃这种早餐，还是在坚持吃这种早餐？

吃完早餐，两人分头去学校上班。钟念熙的车子发动了几次都不成功。眼看快要迟到了，她很着急。她和戚渔翱的工作都是不能迟到的，迟到一分钟就是教学事故。戚渔翱让钟念熙开他的车子去学校，他自己打车。

6月19日上午，依然在阶梯教室，钟念熙记不清这是自己第几次讲授相同的课程内容了。

中午在食堂，和方叶琳一起吃饭。程庸从她们身边经过，和她们打招呼。方叶琳冲钟念熙使眼色，故作神秘地说："有没有觉得程主任最近对你比较热情？"

钟念熙放下勺子，抬起头，看着方叶琳，义正辞严地说："我知道一个惊天大秘密，程主任最近离婚了。如果我未婚，你会觉得他要追求我。但是，方叶琳，我告诉你，我已婚，我最讨厌第三者！请你尊重我，也请你尊重你自己。"

方叶琳目瞪口呆好一会儿。"我想说的话，全被你说了！你怎么知道他最近离婚了？你什么时候变得消息这么灵通？我也是今天上午听他的几个博士在实验室小声议论，我才知道的。"

戚渔翱的妈妈，钟念熙的婆婆，李蔷梅打电话过来，问钟念熙下午能不能带她公公戚敏去医院做检查。他们原本约了明天去医院，临时改成了今天下午。

戚渔翱父母，日常有什么事都会找钟念熙帮忙。戚渔翱在中学任教，时间不那么自由。钟念熙是大学老师，时间相对自由。

钟念熙爽快地答应了。

戚渔翱死后，戚敏和李蔷梅很想认戚元嘉这个孙子。他们瞒着钟念熙，三番五次去找元致秋和戚元嘉。这些事情钟念熙都是知道的，她懒得斤斤计较。活着已经很不容易了，何必去计较这些鸡毛蒜皮的事情。她当这些事情是另一个平行世界的事情，与这个时空的她无关。

钟念熙在医院忙前忙后，忙了一个多小时，检查结束。出了医院的大门，两位老人说饿了。钟念熙带他们去吃馄饨。

馄饨店的老板有两个儿子，双胞胎。七八岁的年纪，刚刚放学，在店里玩耍。两位老人看双胞胎看得痴了。钟念熙明白，自从医生说她怀孕困难，两位老人就对她颇为不满，背地里暗示戚渔翮和她离婚。他们是知识分子，要面子。嘴上不明着说什么，心里一本账，算得清清楚楚。

去年八月份，三中举行高考庆功会。戚渔翮喝得醉醺醺，半夜回到家，抱着她说："宝宝，从小到大，我什么都听爸妈的。但是有三件事，我拒绝听他们的。第一，高中毕业后，我拒绝弹钢琴。第二，大学毕业后，我拒绝出国读书。第三，结婚后，我拒绝和你离婚，我死也不和你离婚，我这辈子都不和你离婚！宝宝，我爱你！我真的很爱你！我不能没有你！"

戚渔翮的性格是顺从中有叛逆。这种人，顺从的时候非常顺从，一旦他决定叛逆，他会成为全天下最固执的人。他不会听任何人的劝。

吃完馄饨，双胞胎跑来收拾碗筷。李蔷梅从包里抓了两把糖给双胞胎。双胞胎望向收银台的母亲，母亲点了头，双胞胎才笑眯眯地接受。李蔷梅和戚敏连声夸赞双胞胎有教养。

两位老人坐在后座，一股莫名其妙的压抑的气氛在车子里蔓延。来的时候他们和钟念熙有说有笑，现在他们闭目养神了。拒绝沟通是最大的冷漠。

绿灯变红灯，钟念熙没注意，她猛地踩了刹车。两位老人哎哟哎哟地叫唤。钟念熙慌忙道歉，老人说不要紧不要紧。他们对她很客气。客气是没把她当成一家人。他们是她的公公婆婆，也是从小看着她长大的邻居。在医生说她怀孕困难之前，他们对她没这么客气，他们当她是亲生女儿。

"这是什么？"李蔷梅低头捡起一个东西，递给戚敏。

戚敏身体前倾，伸直了胳膊，伸到钟念熙眼前，问："熙熙，这是小鱼的手机，还是你的手机？"

钟念熙瞄了一眼。这是一部黑色的翻盖手机，二十年前的款式。"爸！这是我的手机。上星期我的手机送去修了，我就暂时用这个旧手机。可能我忘了，把它丢在这里了。"

戚敏没有怀疑什么，他将手机放在副驾驶的座位上。

老人到家了，钟念熙将车子开出小区，停在路边。手机电池是充满电的。屏幕显示需要密码。她试了一下戚渔翮的常用密码，手机解锁了。

所有的通话记录，打进和打出，全部是一个号码。所有的短信，收和发，也全部是一个号码。

这是戚渔翮专门用来和元致秋联系的手机。他将它藏在车子里。怪不得，他在家里从来没有接过不清不楚的电话。怪不得，钟念熙在家里怎么找也找不到他出轨的证据。只要一回家，戚渔翮就是干干净净的。他真的非常谨慎。如果不是今天早晨差点儿迟到，两个人都慌里慌张，他一定会记得拿走他的手机。

戚渔翮和元致秋每天至少要通三个电话，时长大多是一分钟到三五分钟。短信比较少。钟念熙看了几条，基本上都是"吃了吗""我下班了""明天早晨有雨记得带伞""明天上午我去找你""小嘉数学考了满分""经过烧烤摊很馋，忍住不吃"这之类的话。短信的收发时间主要集中在晚上八点到九点，这是戚渔翮夜跑的时间。

戚渔翩不是为了元致秋才故意去夜跑,他从中学时代就开始坚持夜跑。但是,这又怎样呢?他这边和钟念熙吃晚饭,那边趁夜跑和元致秋甜甜蜜蜜。这种分裂的人生,他整整过了十年。吃晚饭的时候,他有没有心不在焉?他有没有计划等会儿夜跑要联系元致秋?

十年!不是戚渔翩聪明,是钟念熙太愚蠢,太相信他。

钟念熙将手机扔到后排座位底下。有那么几分钟,她的脑子完全是空的,比空白更空。几分钟后,她的脑子能运转了。正如元致澄所言,"你每回去一次救他,你都要知道一次他出轨了。你不觉得痛苦吗?"

痛苦,她觉得痛苦。每一次她都很痛苦,每一次她都心如刀割。戚渔翩的谎言和行为粉碎了她对婚姻所有美好的幻想。这种幻想曾经是她的信仰。

一瞬间,钟念熙做了决定。这次是她最后一次回到过去。这次不管戚渔翩是死是活,她都不会再回到过去救他。她累了,她真的累了。既然戚渔翩注定要死,她接受命运的安排,她不抗争。

钟念熙下车,坐到后排,捡起手机,给元致秋发了条短信:"今天中午我腿摔了,现在不能动。她晚上七点不在家,你和小嘉过来玩一会儿。我想你们。"

钟念熙没等元致秋的短信,她开车回家了。

戚渔翩放学了,正在阳台上洗衣服。钟念熙的内衣裤不方便用洗衣机,一向是戚渔翩帮她手洗。听见钟念熙进门的声音,戚渔翩愉快地说:"老婆,我刚刚去菜市场,买了一条黑鱼,很新鲜,今晚黑鱼炖豆腐。"

"好啊！我喜欢黑鱼炖豆腐！"

钟念熙进了书房，拟定《离婚协议书》。趁戚渔翩活着，和他离婚，是她目前唯一的诉求。至于这次能不能救戚渔翩，她尽人事，听天命。

七点钟，元致秋和戚元嘉如约到了。看见他们，戚渔翩瞠目结舌。等弄明白怎么回事，他冷静了，他沉默地修剪钟念熙最喜欢的那盆绿萝。绿萝有几片黄叶子。

元致秋一点儿也不尴尬，她大大方方地坐在沙发上，坦坦荡荡地盯着钟念熙，仿佛她才是这个家的女主人。

钟念熙明白那条短信为什么能把元致秋骗来了。不是因为元致秋担心戚渔翩的腿，而是因为她知道那条短信是钟念熙发的。那条短信的风格不是戚渔翩的风格。元致秋当然能看出来。可能也许大概，这十年，元致秋早就盼着有机会和钟念熙对峙。想想之前，在一个又一个时空里，元致秋对钟念熙的态度有多嚣张。

"你先回家，这里没你的事。"戚渔翩说。

"我们三个人的事，怎么没我的事？"元致秋一句反问把戚渔翩噎住了。

戚元嘉背着书包，东看看，西看看，进了书房。钟念熙也进了书房，她看了戚元嘉一眼，从抽屉里拿出《离婚协议书》。

"阿姨，我不管你们大人的事。我只想在这里写作业，可以吗？"

"请自便。"钟念熙帮他开了落地台灯。

钟念熙关了书房的门，来到客厅，将《离婚协议书》甩到戚渔翩面前。"戚渔翩，如果你是男人，这次你就把它签了。我真的不想再做重复的事了。"

"熙熙，你听我解释……"

"没什么好解释的。一次又一次，我真的累了。"

元致秋冷笑说："戚渔翩，别人不要你了，你还留恋什么呢？"

钟念熙冷笑说："元致秋，你很得意是吗？你知不知道，除了你这个小三之外，他还有小四、小五、小六，小七八九十……"

"熙熙！算我求你了。"戚渔翩的语气充满了平时少有的愤怒。

钟念熙盯着戚渔翩，慢条斯理地说："吴馨、屠芳洲。"

戚渔翩的表情没有任何变化。他沉默地看着钟念熙。

元致秋冷笑说："你就瞎编吧！除了你，他只有我！"

钟念熙停顿了一会儿，又慢条斯理地说："庞渡铭、曹温良、周松。"

戚渔翩的脸色突然大变，煞白煞白，惨无血色的白，死灰的白。"你怎么知道他们！"他声音颤抖。钟念熙没听过戚渔翩用这种声音说话，从来没听过。

钟念熙平静地说："九年前你去泰国旅游，回来之后，你经常做梦叫这三个人的名字。我很好奇他们是谁。你去泰国旅游，为什么一张照片也没有？单人照没有，合影没有。我们去欧洲玩，拍了那么多照片。你不是挺喜欢拍照的吗？"

戚渔翩的脸色更白了，一种无法形容的白，胜过白纸的白，胜过白雪的白。他使劲吞咽着口水，压抑着自己颤抖的声音。"钟念熙，你给我闭嘴！"

"你在泰国杀人了！你们四个人在泰国杀人了！是不是？"钟念

熙咆哮着，喊出了长久以来藏在自己心中的疑惑。

元致秋惊恐地瞪着戚渔翩。戚渔翩踉踉跄跄，后退了几步，突然冲上来，掐住钟念熙的脖子。钟念熙被推倒在沙发上。一瞬间，她感觉自己要窒息了。她拼命想掰开戚渔翩的手，她痛苦地哀求：“小鱼……小鱼……小……鱼……"

往日坚称爱钟念熙如生命的戚渔翩，此时此刻疯魔了。他不松手，他死死掐住钟念熙的脖子。钟念熙毫不怀疑，他就是要掐死她。钟念熙双手乱摸，摸到一个靠枕，她用靠枕打戚渔翩。

戚元嘉听见响动，从书房跑出来，他被眼前的景象吓了一跳。他反应快，他抱住戚渔翩的腰，拼命向后拉。"爸爸！你要掐死她了！你要掐死她了！"

看见儿子救人，吓傻了的元致秋也反应过来了。她抓住戚渔翩的胳膊，兔子拔萝卜似的往上拔，没用，萝卜像大树一样生根了。她张嘴咬在戚渔翩的胳膊上，没用，戚渔翩失去痛感了。

戚元嘉放开戚渔翩，他转了一圈，没找到合适的东西。他跑进书房，抱出那盏落地台灯。一下，两下，三下，他用铁制的灯座打他爸爸的背。

戚渔翩终于有痛感了，他松开了手。钟念熙不停地咳嗽。她确信，如果戚渔翩再坚持那么三五秒钟，她就会翻白眼。

戚渔翩看着钟念熙，仿佛这才意识到自己刚刚做了什么。他慌忙检查钟念熙的脖子。"熙熙！对不起，我不是存心的。你原谅我！"

钟念熙推开戚渔翩，不让他靠近自己。元致秋给钟念熙倒了杯水。

闹剧之后，万籁俱寂。戚元嘉拖着落地台灯，进了书房。客厅里剩下三个大人。钟念熙说："我已经决定离婚了。戚渔翮，你改变不了我的决定。"戚渔翮和元致秋都不说话。沉默，令人窒息的沉默，令人爆炸的沉默。

元致秋叫了一声戚元嘉。戚元嘉背着书包来到客厅，看着爸爸，他似乎想说什么，但是他什么都没说。从小生活在复杂的家庭关系中，他早就学会了沉默是金。

元致秋和戚元嘉走了。钟念熙追出去，说："谢谢你戚元嘉，谢谢你和你妈妈！"

"你不用谢我，我不管大人的事，我只是不想成为杀人犯的儿子。"

钟念熙转向元致秋，郑重地说："你放心，我会和他离婚。无论何时何地，我都会和他离婚。我希望你答应我一件事。"

"你又想干什么？"

电梯门开了，元致秋和戚元嘉进去了，钟念熙撑住电梯门。"最近三天待在家里，不要和戚渔翮见面，不要去任何地方，上班也别去。"

"为什么？"

"为了你的安全。刚刚我说的那些话，你也听见了，他现在很危险。你救了我，我不会害你。"

元致秋看着钟念熙，郑重地点了点头。

钟念熙回到家，戚渔翮正在换衣服。钟念熙想问他准备去哪里，话到嘴边又咽下去了。戚渔翮也一样，他看了她好几眼，什么也没说。

恋爱十年，结婚十年。两个人辛辛苦苦，一起构建了二十年的亲密关系，就这样土崩瓦解了。不对！不能这么说！辛辛苦苦的只有钟念熙一个人。戚渔翮不辛苦，他游刃有余，他乐在其中。他自己的路，是他自己选择的。

戚渔翮出门了。钟念熙换上一件连帽风衣，戴上墨镜和口罩，远远地跟着戚渔翮。直觉告诉钟念熙，戚渔翮去找他的同伙了，就是刚刚她提到名字的那三个男人。她向他挑明自己知道他们的事情，他肯定要去找他们商量怎么办。

戚渔翮没有开车，他打车。钟念熙也打车。上高架，下高架，七拐八拐，来到郊区一座偏僻的小荒山。戚渔翮下车，上山。夜色如墨，夜凉如水，钟念熙竖起风衣的领子，跟着戚渔翮上山。她小心翼翼地和他保持合适的距离。

戚渔翮登上山顶，站在一块岩石前。钟念熙不敢太靠近他，她躲在一棵大树后，盯着戚渔翮。夜静得可怕，她能听见自己的呼吸声。不一会儿，她身后传来脚步声。有人登山。钟念熙猫腰钻进草丛里。戚渔翮似乎有所察觉，朝她这边张望。钟念熙捡起一块石头，扔到旁边的草丛里。几只鸟扑棱着翅膀，一飞冲天，打消了戚渔翮的疑虑。

"戚老师！"

登山的人轻轻喊了一声，是个男人。

"戚老师！"

"戚老师！"

"戚老师！"

另一条山路上，有三个男人叫戚渔翮。

什么情况？元致澄说，那张泰国旅游的合影，包括戚渔翮在内，一共有四个男人。现在怎么有五个男人?

借着月光,钟念熙依稀认出从另一条山路过来的三个男人分别是庞渡铭、曹温良和周松。感谢元致澄给她看过他们的照片或画像。独自走山路的男人是合影里没有的,长得又高又壮,肥头大耳,好像猪八戒。

猪八戒说:"戚老师,为什么突然联系我们,发生了什么事?我们当年说好了,回国后到死都不联系。"

周松问:"不会是那件事败露了吧?"

曹温良说:"败露了又怎样!证据呢?"

庞渡铭说:"我请你们小声说话。你们是怕全世界不知道你们干的坏事吗?"

戚渔翮说:"都给老子闭嘴!不要吵了!他妈的!"

在钟念熙的印象中,从小到大,温文尔雅的戚渔翮没说过脏话。

五个人聚拢,围成一个小圆圈,嘀嘀咕咕。钟念熙很想知道他们说什么,可是她听不清楚。她小心翼翼地往前挪了几步,停下来,看着那五个人,他们没发现她。她又小心翼翼地往前挪了几步,停下来,看着那五个人,他们没发现她。她第三次……啊!钟念熙大叫一声,她感觉她的脚踝被什么咬了,应该是蛇。草丛里有一条长长的东西,哧溜一下子滑远了。

钟念熙惊动了五个人,他们跑过来。钟念熙想逃也逃不了,脚踝的疼痛刺骨钻心。"熙熙!"戚渔翮的语气显示他难以置信自己会在这里看见钟念熙。钟念熙弯着腰,摸着脚踝,她站不起来。

"臭娘们！偷听我们说话。"曹温良掏出一把弹簧刀，对准钟念熙。

"你干什么？"戚渔翩抓住曹温良的手腕，"她是我太太！"

"太太？太太为什么跟踪你？"庞渡铭掏出一把手术刀。

猪八戒后退了几步，冷眼旁观。周松结巴了，"你们俩……你们俩……带刀……干什么……想杀谁……"

庞渡铭蹲下来，抓住钟念熙的小腿。戚渔翩一把揪住庞渡铭的衣领，"你干什么？"

庞渡铭不理睬戚渔翩，他用手术刀割开钟念熙的裤边。戚渔翩吐了口气，松开庞渡铭，掏出手机帮他照明。庞渡铭检查了伤口，在草丛里扯了几根草，揉烂了，敷在伤口上，将裤边打了一个结。"被蛇咬了，无毒，去医院包扎吧！"

戚渔翩问："你确定无毒？"

庞渡铭说："戚老师，你可以质疑我的人品，但是你不能质疑我的医术。"

戚渔翩扶钟念熙站起来，架着她，准备下山。曹温良拦住了他们的去路。"你干什么！"戚渔翩怒目圆睁，瞪着曹温良。

"她不能走！"月光下，曹温良表情狰狞，凶神恶煞，"臭娘们什么都知道了。今晚不是她死就是我们亡！"

"滚开！"戚渔翩推开曹温良，"放你妈的屁！她什么都不知道！"

钟念熙从来没听过戚渔翩说脏话，今晚她听到两句了。

曹温良不让路，他一动不动，仅容一人通行的山路被他挡得严严实实。

"她不能就这么走了！"庞渡铭冷笑，将手术刀递到钟念熙面前，

"戚太太，山下破房子里有位独居的老奶奶，麻烦你去杀了她！"庞渡铭这句话说得轻松极了。他仿佛在说，服务员，麻烦你给我一双筷子。

"你疯啦！你叫她杀人？"戚渔翩紧紧把钟念熙搂在怀里。

"我没疯！只有她也犯罪了，她才不会出卖我们。和我们上次一样！"庞渡铭冷笑。月光下，他那张英俊的脸，比曹温良的脸更狰狞，更恐怖。

"是啊！这是个好主意。我怎么没想到呢！"曹温良也将自己的弹簧刀递到钟念熙面前。

钟念熙的眼神在两把刀之间来回移动。月光下，她面无表情。

庞渡铭冷笑说："戚太太，你别想抢刀杀我们！你一个女人打不过我们五个男人。你加上你老公，你们俩也打不过我们四个男人。"

庞渡铭的话似乎给了猪八戒某种启示。猪八戒凑过来，嘿嘿地笑了，说："戚老师，你太太蛮漂亮的嘛！要不我们再来一次……"

啪！猪八戒话音未落，戚渔翩已经一巴掌扇在他脸上了。猪八戒恼羞成怒，"他妈的！你敢打老子！你谁啊！你敢打老子！你以为老子好欺负！"

猪八戒抢过庞渡铭的手术刀，直刺戚渔翩的腹部。戚渔翩躲闪不及，被刺中了。他捂着腹部，站立不稳，滚下山崖。

"戚渔翩！戚渔翩！戚渔翩！"钟念熙冲山崖呼喊，回应她的只有风声。

周松见势不妙，脚底抹油，跑了。

猪八戒又嘿嘿地笑了，说："戚太太，现在没人保护你了吧！庞

211

医生,曹总,你们谁先来?要不我们和九年前一样抽签?戚太太,你好有风韵,前凸后翘,比那个小娘们强多了。"

钟念熙一声冷笑,突然从怀里掏出防狼辣椒水,对准猪八戒的眼睛狂喷。猪八戒扔掉手术刀,双手捂着眼睛,痛得哇哇大叫。庞渡铭和曹温良惊呆了,迅速后退。钟念熙又将辣椒水对准他们,一通乱喷。趁三个人蹲在地上揉眼睛,站不起来,钟念熙戴上风衣的帽子,抱住自己的头,滚下山崖。

山崖下,一棵小树挡住了钟念熙。钟念熙看见了戚渔翙,他艰难地向她这边爬过来。钟念熙想报警,但她的手机丢了。

戚渔翙说:"我的手机摔坏了,那边应该有人家。"

顺着戚渔翙的手势,钟念熙看见远处有灯光。"你在这里等我,我去找人来救我们!"钟念熙艰难地站起来。

戚渔翙拄着一根树棍也站起来。"我和你一起去。"

"你别乱动!"

"熙熙,我不想和你分开!"

钟念熙沉默。她解下风衣的腰带,紧紧拴住戚渔翙的腹部。

两人互相搀扶着,一瘸一拐走到有灯光的那座房屋。开门的是一位耳聋眼花的老奶奶。钟念熙和她说了好几遍,他们从山崖上摔下来。老奶奶也没听明白他们发生了什么事。

老奶奶满是歉意地说:"姑娘,我儿子他们住在附近的村子里,要不你打电话给他们吧。他们十分钟就到我这里了。"她颤巍巍地从枕头下摸出一部手机递给钟念熙。钟念熙笑了。戚渔翙看钟念熙笑了,他也笑了。

打了电话,两人坐着等救护车。老奶奶给他们倒了两杯热茶就去睡觉了。

钟念熙喝了半杯茶,问:"小鱼,你能不能告诉我,九年前在泰国到底发生了什么事?"

戚渔翾望着窗外,思绪仿佛飘到很远很远的地方。良久,他说:"熙熙,那是一件我生平最后悔的事。求你别问了。"

二十分钟后,救护车到了。医生检查完戚渔翾的伤口,说:"先生,你这是刀伤。报警了吗?"

戚渔翾沉默,他变成了哑巴。钟念熙说:"医生,不好意思,我们夫妻打架。这是我刺的,我不是故意的,我老公也不追究。能不能别报警。"医生怀疑地看了钟念熙一眼。

戚渔翾需要做手术,钟念熙浑身的擦伤需要处理。医生报警了。元致澄和花若诗很快来到医院,询问情况。钟念熙将元致澄拉到旁边,压低声音,悄悄地说:"我见到照片上那四个男人了,再加一个猪八戒,山顶上一共有五个男人,你漏了一个男人。"

元致澄的脸上露出见多识广的笑容,他大声说:"钟女士,你说什么?什么照片?什么四个男人,五个男人,猪八戒?唐僧和孙悟空来了吗?我现在以警察的身份询问你,你和你先生为什么受伤?你先生受的还是刀伤。你千万别告诉我,你和你先生突发奇想,为了好玩,半夜跑去山上打架,你刺了你先生一刀。我经验丰富,请你不要编故事。"

钟念熙瞪着元致澄。元致澄的表情很认真，很冷漠，很公事公办，不像在耍她。她明白了，这个时空的元致澄现在还不认识她。认识她的那个元致澄前往未来，去了另一个时空。天哪！什么乱七八糟的和什么乱七八糟的呀！钟念熙自己都快糊涂了。

"你瞪着我干什么？你认识我吗？"元致澄也瞪着钟念熙，仿佛他这样被钟念熙瞪着，他吃亏了。

钟念熙抬腕看表，差几秒钟就十二点了。她强忍着困意，对元致澄说："瀛海市公安局崇汇分局刑侦支队二大队，队长元致澄。最爱喝浓茶，吃臭豆腐。三个月后你记得去时光知返咖啡馆找我。时光路99号，靠近知返路。我请你喝黑咖啡，加方糖……"

"你怎么知道我最爱喝浓茶，吃臭豆腐？喂！别睡觉呀！我们认识吗？你谁啊？莫名其妙！醒醒！醒醒！糟糕！医生，医生！她晕倒了！伤者晕倒了！"

昏昏沉沉，迷迷糊糊，钟念熙听见元致澄大吼大叫。她和他开个玩笑而已，他这么激动干什么。

第十三章

自杀无疑吗

一阵眩晕，一觉醒来。钟念熙伸了个懒腰，胳膊不小心碰到了身边的人。元致澄！她居然和他躺在同一张沙发上？

"你什么时候醒的？也不吭声！"

"我先打个电话。"元致澄拿过手机，"小花，曹温良呢？说了吗？"

"死都不说，老丁只能把他放了。"

"再把他抓起来，关五天。"

"元队，为什么呀？这不符合规定。"

"我就是规定！别问这么多，对你没好处。我不管你用什么方法，必须把曹温良关五天，最早也要等到10月14日才能把他放了。现在立刻马上赶紧去办！别忘了，乔局已经批准我们把曹温良的案子和另外两桩谋杀案并案调查。"

挂掉电话，元致澄一脸焦虑地对钟念熙说："10月13日晚上，曹温良会在一个垃圾场杀了周松。"

钟念熙阴阳怪气地说："哎哟，元队未卜先知呀！"

元致澄学钟念熙的口吻，也阴阳怪气地说："这不是托钟老师的福嘛。哎哟，我好厉害呀！轻轻松松阻止了一桩凶杀案。"

吕迁出去买纸巾，这会儿回来了，给他们端来一杯浓茶和一杯枸杞红枣茶。

"你总是喝枸杞红枣茶，你不腻吗？"

"你总是喝浓茶，你不腻吗？"

"不腻。"

"不腻。"

"你在那边发现了什么？"

"你在那边发现了什么？"

"我先问你的。"

"但是你可以先回答我的问题。"

元致澄这次没有前往半年后，他选择了前往一个月后。他隐隐有一种担心，半年后的时空，可以发生很多很多事。一个月后的时空，发生的事相对少一些。他是一个普通人，他不想上天入地，他不想知道太多的事，他只想活得简单些。

一个月后，合影中的周松已经死亡，杀他的人是曹温良。

元致澄在过街地道问曹温良，周松是谁。这使曹温良意识到，警察马上就要找到周松了，他们九年前合谋做的那件事败露了。周松这个怂蛋，一定会把他供出来。他必须比警察先下手，他必须干掉周松。

据目击证人的证词，曹温良和周松在垃圾场见面。两人发生争执，曹温良用刀杀死了周松。

"我们对曹温良实施抓捕，他躲在邻省一个城中村。我们到了他的出租屋，正巧是半夜十二点。我很困，我睡着了，醒来我就在你的咖啡馆。"

"你困得真及时呀！"

"谢谢你的黑咖啡！对了，我前往11月9日，凌晨，天没亮的时候，我做了一个很奇怪的梦，印象很深刻，仿佛现实中曾经发生过这件事。"

"什么梦？"

"我梦到6月19日晚上我在医院见到你，你对我说，我最爱喝浓茶，吃臭豆腐，可是我却不认识你。你让我三个月后去时光知返咖啡馆找你。"

"我为什么在医院？"

"你捅了戚渔翩一刀。日有所思，夜有所梦。你是不是做梦都想捅他一刀？"

"是你做梦，不是我做梦。我只是你梦中的人。"

店里一下子来了好几位顾客，很久没有这么多顾客光临了。吕迁忙着接待。钟念熙和元致澄去了二楼。钟念熙打开窗户，秋高气爽，风吹进来，很舒服。元致澄整理自己的西装。他平时很少穿西装，今天难得穿一次西装。刚刚躺在沙发上，压皱了。

"有个问题我考虑三天了。如果我们这次让郝仁义喝加糖的黑咖啡，他回到过去，再救一次曹温良，曹温良会不会继续睡地道？"

"也许睡地道，也许做曹总，也许改变别人的人生轨迹。蝴蝶效应的威力不可估量，无法预测。"

"我宁愿他继续睡地道，虽然他的家人也不是什么好东西！"

"怎么？你的意思是我不用请郝仁义喝加糖的黑咖啡了？我可以省一杯加糖的黑咖啡了。"

"再等等吧！我担心蝴蝶效应。老实说，我越来越觉得你的黑咖啡不是什么好东西，加不加糖都不是什么好东西。"

钟念熙将自己遭遇的情况告诉元致澄。尤其是，山顶的聚会，除了合影中的四个男人，还有一个陌生男人猪八戒。元致澄问钟念熙，她能不能描述猪八戒的长相，给他画像。钟念熙想了想，摇头，她没有这个能力。她只能保证自己下次见到他，可以认出他。

"对了，在你的梦里，我捅了戚渔翮一刀。你有没有抓我？"

"应该没有吧。家庭矛盾而已。"

"捅了一刀也算家庭矛盾？"

"如果戚渔翮坚持要报警，那就不算家庭矛盾。"

"所以取决于受害者的态度？"

"很多时候因为受害者的态度不够坚决，警察只能和稀泥。"

楼梯上响起脚步声，元致澄起身查看。在时光知返咖啡馆，除了钟念熙和得到钟念熙特许的他，还有谁敢上二楼？吕迁也不敢。

来人是戚渔翮。吕迁跟在他身后，试图阻止他上楼。钟念熙冲吕迁使了个眼色，吕迁下去了。

"我又不是第一次来，为什么不让我上楼？"戚渔翮的语气里充满了对钟念熙的嗔怪和讨好。

戚渔翩？他死而复生了？是的。钟念熙今天回到6月19日，救了戚渔翩，改变了戚渔翩的生死。之后凶手没有再杀戚渔翩，戚渔翩一直活到今天。这么说，乔局也不可能批准曹温良的案子和戚渔翩的案子并案调查了。因为在这个时空，根本就没有戚渔翩和吴馨被谋杀的案子。

元致澄轻蔑一笑，阴阳怪气地说："哎哟，这不是三个多月前被捅了一刀的戚老师吗？伤口愈合啦？今天怎么有空大驾光临呀！"

戚渔翩冲元致澄微笑，伸出右手。"元警官，你好。你怎么在这里？我们上次在医院见过面，记得吗？"

元致澄看着戚渔翩。戚渔翩知道他是警察，不知道他是元致秋的哥哥？

钟念熙刚刚说，在医院元致澄对她进行了询问。元致澄推测，按照程序，在医院他肯定也对戚渔翩进行了询问。于是戚渔翩就认识了元致澄。他知道元致澄是警察。元致澄呢？既然在医院的元致澄不认识钟念熙，那么在医院的元致澄应该也不知道戚渔翩和自己妹妹元致秋的关系。

元致澄今天没有回到6月19日。元致澄上次回到6月19日，去过鸿鹄小学，见过元致秋，打过戚渔翩，这些发生过的事情统统消失了，不存在了，被今天回到6月19日的钟念熙改变了。或者说，这些事情是另一个平行世界的事情了。所以这个时空的戚渔翩不知道这些事情。理论上，这个时空的元致澄应该也不知道这些事情。但是这个时空的元致澄喝过加糖的黑咖啡，他记得他在各个时空经历过的事情。

元致澄抓住戚渔翩的手,使劲摇了两下。"幸会!幸会!我叫元致澄,是不是觉得我的名字很熟悉?其实我是元致秋的哥哥。"

戚渔翩脸色突变,但马上恢复平静。"我和元致秋谈过了,我和她分手了。熙熙也原谅我了!"

"我没有原谅你,我要和你离婚!"钟念熙震惊。难道另一个时空的自己原谅了戚渔翩?不可能!不可能!绝对不可能!任由时空怎么变幻,她相信她的性格不会变。

戚渔翩哀求说:"熙熙,我知道你还是爱我的。不然你不会努力经营我送给你的咖啡馆了。是不是?"

"你送给我的咖啡馆?"钟念熙糊涂了。时光知返咖啡馆,明明是她父母送给她的。戚渔翩死后,父母担心她抑郁,便盘下这家咖啡馆供她消遣。什么时候咖啡馆变成戚渔翩送给她的了?

戚渔翩的眉头微微皱了一下,似乎对钟念熙有些不满。"熙熙,我是诚心诚意向你道歉。你喜欢喝咖啡,我送一家咖啡馆给你。我希望用实际行动而不是用语言来表达我对你的爱。"

钟念熙明白了。她今天回到6月19日,救了戚渔翩。戚渔翩没死,那么父母送她咖啡馆的理由就不成立了。咖啡馆就变成戚渔翩向她道歉的礼物了。神奇又可怕的蝴蝶效应。

钟念熙冷笑一声说:"戚渔翩,我谢谢你。这家咖啡馆将永远提醒我,你做的丑事。"

"熙熙,有些事我们回家商量。"

"回家商量什么呀!在这里商量不是挺好的吗?"元致澄就是忍不住讥讽戚渔翩。

戚渔翃轻蔑地瞪了元致澄一眼，冷笑说："元先生，这是我们夫妻之间的事，请你这个外人不要插嘴。"

元致澄被戚渔翃的眼神激怒了。他挥手一拳，打在戚渔翃的鼻子上。

"你干什么？"钟念熙挡在戚渔翃面前。

"打他！"元致澄语气轻蔑，充满挑衅。

戚渔翃推开钟念熙，脱掉西装，挽起衬衫的袖子，冲元致澄招手。元致澄也脱掉西装，挽起衬衫的袖子，冲戚渔翃招手。"老子今天手痒，上次打架还是六月份！"

戚渔翃和元致澄打成一团，扭成麻花。吕迁拿了一个平底锅过来，想敲在戚渔翃的身上，又想敲在元致澄的身上，最终他也找不到合适的位置。

钟念熙大声叫他们别打了，别打了。两人都不听钟念熙的，钟念熙被气走了。

看见钟念熙走了，元致澄和戚渔翃停止打架。两人你不让我，我不让你，一起追出去，差点儿挤破玻璃门。钟念熙无影无踪了。

"你真下贱！十年前你对不起钟念熙，十年后你对不起元致秋。没担当的男人！你不是男人！"

"别以为我不知道你想追求熙熙。我警告你，我一天没和她离婚，我就一天和她是合法夫妻！你休想第三者插足！熙熙不喜欢你这种邋遢大老粗。"

"邋遢大老粗？你说谁是邋遢大老粗？你没看见我今天穿西装了

吗？"

"看见了！你是穿西装的邋遢大老粗！"

两人互相用鄙视的眼神瞪着对方。

元致澄冷笑说："你别以为我不知道你九年前在泰国做过的坏事！"

戚渔翩冷笑说："我做过什么坏事？警察破案靠猜吗？有证据你就抓我！"

他这是承认自己做过坏事了，但是他不怕警察，他知道元致澄没有证据。戚渔翩不是一个好对付的人。他的智商和情商都很高。

戚渔翩开车走了。元致澄打电话给钟念熙，对方已经关机。他有些沮丧。不远处的臭豆腐摊飘来阵阵香气，他深吸一口气，五脏六腑畅通了。

元致澄买了两盒臭豆腐，甜酱、辣酱和麻酱都要了一份，低着头，边走边吃。眼角的余光发现好像有人在注视他。他抬起头，看见钟念熙站在一棵梧桐树下对他笑。元致澄也笑了。他走过去，将一盒臭豆腐递给钟念熙。

两人边走边吃，沿着时光路，一起散步回咖啡馆。梧桐树的叶子落在他们脚下，沙沙作响。世界真安静。

伴随着路人的惊叫和一声沉闷的巨响，一个男人从高处落下来，像一块卤水老豆腐摔在地上，摔碎了又没碎，没摔碎又碎了。男人双眼圆睁，似乎死不瞑目。黑红色的血从他的头部慢慢渗出来。

钟念熙吓蒙了，后退了几步。臭豆腐掉在地上，汤汁混合着酱料，全洒了。她的脚边，黑黑红红一大片。元致澄慌忙捂住钟念熙的眼睛，他看了一眼自己的手表。

这个男人跳楼了？这栋楼是龙山医院的门诊大楼。元致澄抬头看大楼，楼顶没有人。元致澄弯腰低头，看男人的侧脸，他觉得男人有些面熟。他掏出手机，手机里存有那幅画像。巧了！男人是周松。这么巧？

按照他今天前往11月9日获取的信息，周松应该是10月13日晚上被曹温良杀死在垃圾场。今天是10月9日。曹温良提前行动了？

元致澄先报警，再打电话给花若诗。"曹温良抓了吗？"

"抓了。他刚刚在过街地道抢老大爷的红烧肉，还动手打老大爷。有人报警。我连抓他的理由都不用编。"

围观的人渐渐增多，附近执勤的城管来了。元致澄表明身份，请城管帮忙保护现场。元致澄要去门诊大楼看看，他让钟念熙自己回咖啡馆。钟念熙不愿意，她要跟他一起去。

门诊大楼正门，很多人跑出来看热闹。有人说男人从十楼跳下来，十楼是顶楼。有人说男人从八楼跳下来，八楼是肿瘤科。有人说男人是单亲爸爸，没钱给女儿治病，自己一死了之，剩下女儿孤零零，真可怜。

元致澄和钟念熙没时间听这些流言蜚语，他们径直上十楼。电梯满员，他们走楼梯，在三楼的楼梯间遇到何炎月。何炎月一把抓住钟念熙的胳膊，问："你们看见周松了吗？刚刚跳楼的人是不是他？"

223

元致澄和钟念熙都很惊讶,异口同声地问:"你认识周松?"

"他是君君的爸爸。"何炎月很急切。她顾不得和他们解释什么,也顾不得听他们说什么,匆匆往楼下跑。

"是他!跳楼的是他!周松!"元致澄大声说。

何炎月一下子停住了,她木偶似的转身,愣愣地看着他们。钟念熙想说点儿什么安慰她。何炎月突然倒下了。元致澄抱起何炎月,跑去一楼急诊室。

经过医生的急救,何炎月醒了。她大喊大叫,情绪激动。两个护士都按不住她,医生给她注射了镇静剂。钟念熙留下来照顾何炎月。

元致澄去了顶楼,又去了顶楼的天台。他在天台发现有人走动的痕迹。他打电话给花若诗,吩咐她派人过来取证。穆权带队已经抵达周松伏尸现场,正在做现场勘查。

据何炎月的口供,她和周松是恋人。昨天她向学校请了半天假,今天下午她陪周松来龙山医院精神科,在李木子医生的诊室接受治疗。治疗结束后,她陪周松在医院的花园散步。

假山旁边有个水池,两人赏鱼。当时周松的精神状态不错,主动向她表示,晚饭想吃她做的红烧鱼。两人商量周松去学校接女儿葛君驰放学,何炎月去菜市场买鱼。

离开医院的时候,周松去卫生间。何炎月看着周松走进门诊大楼一楼。大约十分钟后,不见周松出来,她就去门诊大楼找周松。她找过一楼、二楼、三楼和四楼的卫生间,都没有找到周松。她在五楼听说有人跳楼。她担心跳楼的人是周松,便赶紧跑下去看看。

电梯满员，她走楼梯。在三楼的楼梯间，她遇到钟念熙和元致澄。

据周松的主治医生李木子医生介绍，周松三年前罹患中度抑郁症，经过治疗病情好转。最近三四个月病情略有反复。

周松自述妻子四年前遭遇车祸而亡，这件事对他造成了严重的精神打击。但是李木子医生相信，除了妻子的事情之外，另有其他事情也对周松造成了严重的精神困扰。10月9日的治疗属常规治疗，治疗过程中未发现周松有异常行为。

元致澄问："李医生，你相信周松会自杀吗？"

李木子说："周松确实有自杀倾向。从他的病情来看，自杀是很有可能的。我提醒过他的家属，尽量不要让他受刺激，不要让他独处。唉！"

医院各楼层均有视频监控，天台也有视频监控。从监控可以看到，周松独自从一楼坐电梯去了十楼，独自走上天台，独自从天台跳下去。一路上他神色平静，没有大悲大喜。全程没有任何人尾随他，他也没有和任何人接触。现场痕迹检验的结果也证实了这一点。天台上的脚印是周松的脚印。

排除他杀，周松自杀基本上无可疑之处。

初秋午后的阳光温暖宜人。元致澄来到时光知返咖啡馆。院子里，钟念熙拿着锄头，正在开垦新的种花的地方。元致澄要帮忙。钟念熙说她已经干完了。他真心想帮忙，就应该早点儿过来，现在明显是虚情假意想帮忙。元致澄知道自己在嘴上不可能赢过钟念熙，他放弃斗嘴。

吕迁出来，端给他们一杯浓茶，一杯枸杞红枣茶，放在桌子上。两人坐在枇杷树下喝茶。

"我不相信周松是自杀。"

"你们的人证和物证不都证实他是自杀的吗？"

"一定还有什么东西被我们忽略了。这时候自杀，太巧了吧。世上哪有这么巧的事。我从来不相信巧合。"

"如果杀他的凶手与杀戚渔翩和曹温良的凶手是同一个人。那么，周松身边应该也有一位赤身裸体的女性受害者。"

"你别忘了，庞渡铭身边就没有女性受害者。曹温良被女凶手捅了两刀那次，现场也没有女性受害者。"

"或许你的推测是对的，这是一起连环凶杀案，有两个凶手。凶手和凶手之间配合得不太好，两个人经常各自行动。"

"一般而言，自杀的人会除掉身上多余的东西。比如摘下眼镜，脱下鞋子，放下手机和钥匙，等等。这些举动，周松统统没有。他好像很着急自杀。既然已经决定死了，又何必在乎那几秒钟的时间呢？把这些东西除掉也不麻烦。"

"你凭经验判断？"

"很多时候，警察破案就是凭经验。当然，证据肯定更重要。"

"如果周松不是自杀，凶手是怎么杀死他的？天台上没有第二个人。"

"如果周松不是自杀，最后一个接触周松的人就是何炎月。"

一位年轻漂亮的姑娘走进院子。元致澄盯着她，目不转睛。钟念熙好奇地看着元致澄。元致澄凑近钟念熙耳边,小声说:"吴馨。我还准备明天和小花去找她呢!"

吴馨,女,二十九岁,瀛海本地人,大学本科学历,证券公司投资经理。未婚,单身,无男友。6月20日晚上,安平村13号农舍,她被发现赤身裸体地死在戚渔翩身边。

10月9日,钟念熙回到6月19日,质问戚渔翩去泰国旅游的事情。当天晚上,戚渔翩被猪八戒捅了一刀,从山崖上摔下来,进了医院,住院多天。戚渔翩6月20日没去农舍,没被杀,蝴蝶效应导致吴馨也没被杀。

元致澄和钟念熙起身,进了咖啡馆。吴馨坐在靠玻璃窗的餐桌前,一边玩手机,一边吃蛋糕,很悠闲的样子。年轻的姑娘,她对自己死而复生的事情一无所知。她拥有大把的青春岁月,她可以好好活着。活着多美好,生命多美好。

元致澄走向吴馨,坐在她对面。吴馨抬起头,警惕地看了元致澄一眼。这么多桌子,这个男人不坐,偏偏坐她对面!

"小姐,你好!我叫元致澄。"

"不好意思,我不办信用卡,不买保险,不买房。"

元致澄掏出警察证,摆在桌子上。"小姐,请别紧张。我只想问你一个问题。今年6月20日那天,你做过什么?"

吴馨略有些害怕地看着元致澄,问:"怎么了?警察同志,我犯什么法了?"

元致澄微笑着说:"小姐,请别紧张。公安部门最近实施随机调查活动。每一个走在大街上的人都可能被问到这种问题。我想看一下你的身份证。"

吴馨明显舒了口气，她从挎包里掏出身份证，递给元致澄。元致澄接过身份证，装模作样地看着。

"6月20日的事情，太久了，我不记得了。等等！"吴馨从挎包里掏出一本记事本，"白天我上班。下班后我去看房子，二手房。"

元致澄伸手，吴馨将记事本递给他。元致澄翻了翻记事本。吴馨是一个非常细致的人。上班和谁沟通工作，下班去哪里吃饭，她都记下来了。

"吴小姐，方便把你那天接触过的人列一张名单给我吗？"元致澄故作轻松，吴馨有些不情愿。"没办法，警察也有业绩考核的要求，帮帮忙吧。"元致澄又故作神秘。

吴馨将名单交给元致澄，马上离开了咖啡馆。元致澄得意地冲钟念熙晃了晃手里的名单。他将名单拍照发给花若诗。

"你把我的顾客赶跑了。"

"反正你这里也没什么顾客，少一个不影响你的生意。"

"名单中会有凶手吗？"

"等花若诗查了才知道。"

"花若诗真可怜，总是被你使唤。"

"她是我徒弟，我是她师父。"

"她也这样想吗？"

"我管她怎么想。这是事实。"

"您好！欢迎光临！"吕迁和顾客打招呼，他的声音越来越职业化。

"炎月！"钟念熙惊喜地叫了一声。

来人是何炎月。她胳膊上戴着黑色孝布。她和周松没结婚，其实她不用为周松戴孝。周松的父母三年前去世了，亲戚也很少来往。她以周松妻子的身份全程操办了他的葬礼。今天是周松的头七。

昨天钟念熙和何炎月通电话，何炎月说她正在办理葛君驰的领养手续。钟念熙问她，要不要找元致澄帮忙。她说她自己先试试。如果不行，再麻烦元警官。

"熙熙，有件事我想请你帮忙。我想回到10月9日，我想救周松。"话音未落，何炎月哭了。

钟念熙向四周看了一圈，元致澄将纸巾递给钟念熙。钟念熙又将纸巾递给何炎月。何炎月擦了擦眼泪说："爸爸叫我不要和抑郁症病人在一起，可是我真的很爱他，我们原本打算下个月结婚。现在他死了，我也不想活了。如果不是君君，我真的不想活了。"

钟念熙轻轻拍着何炎月的背说："我可以帮你，只是我的黑咖啡……你喝了黑咖啡，你阻止了周松跳楼，你改变了他的命运。那么，所有认识你的人，包括周松，包括君君，他们都会忘记你。你能接受吗？"

何炎月愣住了，这是她不知道的。元致澄瞄了钟念熙一眼。为什么不给何炎月加方糖？算了，钟念熙这个女人很有主意。他最好别多嘴，免得被骂。

何炎月考虑了几秒钟，郑重地点了点头说："我能接受。"

钟念熙微笑着说："我就知道你能接受。我骗你的。放心吧！他不会忘记你。"

钟念熙走向吧台，元致澄跟着她。吕迁将吧台让给他们，他去擦桌子了。钟念熙从裤子口袋里掏出一个钥匙包，包里有一把小小的金色钥匙。她用钥匙打开吧台中间的抽屉，拿出黑咖啡豆和方糖。

元致澄摇了摇装方糖的罐子。"怎么只剩两块方糖了？消耗得这么快！"

"当然快！这罐方糖是我为自己准备的，没想到多了一个人用。"

什么多了一个人用。不就是在说他吗？元致澄狡猾地笑了。他又摇了摇装黑咖啡豆的罐子，看着钟念熙。钟念熙压低声音说："咖啡豆可以不断补充新鲜的，方糖消耗了就消耗了，没有了。"

"这么说，方糖比咖啡豆更珍贵。如果你我也喝了没加方糖的黑咖啡……"

"应该是和别人一样，被认识的人忘记。"

"你不要给她方糖了。"

"不行！我不忍心看她被周松忘记。如果她被周松忘记，她救了周松又有什么意义呢？她很爱周松。"

"我刚刚想，最好我能和她一起回到10月9日……算了吧……"

"我给你黑咖啡，不加方糖。但是你记住，周松的生死是他自己的事情，你不可以改变他的命运，否则我会忘记你。"

元致澄盯着钟念熙，很认真地说："我不回去了。反正周松的死无可疑之处。"

在元致澄坦诚目光的注视下，钟念熙感觉自己的脸有些发烫。她微笑着说："你不回到10月9日搞清楚情况，你会寝食难安。总之你对周松的生死袖手旁观，我就不会忘记你。"

元致澄微笑着说:"你忘记我,我也不会忘记你。放心吧,我听你的。袖手旁观,我记住了。"

说完这些话,元致澄有些不好意思了。他赶紧把眼睛转向别处,他发现吕迁在偷瞄他们。

他已经有很多次发现吕迁贼眉鼠眼地偷瞄他和钟念熙。他对吕迁没什么好感。第一次见到吕迁,他就觉得这个人很奇怪。哪里奇怪,他又说不清楚。反正吕迁给他一种躲在暗处的感觉。确实如此!吕迁不就是生活在暗处吗?如果他也像吕迁这样,被所有人遗忘,一个人孤独地生活在世界上,他大概也会变得奇奇怪怪吧。元致澄冲吕迁笑了一下,吕迁也冲元致澄笑了一下,继续擦桌子。

钟念熙将加糖的黑咖啡端给何炎月。何炎月喝了黑咖啡,困意袭来,她躺在沙发上,她睡着了。钟念熙给她盖上毛毯。

二楼,钟念熙的卧室。元致澄喝了不加糖的黑咖啡,四仰八叉地躺在钟念熙的床上,他睡着了。

钟念熙站在床边,静静地看着元致澄。这个男人其实也没那么讨厌。她恨元致秋,但是她不应该迁怒于眼前这个男人。

第十四章
我是唯一的凶手

一阵眩晕,一觉醒来。元致澄发现自己躺在自己卧室的床上。天亮了,母亲叫他起床吃早饭。

早饭后元致澄去上班。他问花若诗,在吴馨提供的那张名单上,有没有发现。花若诗反问他什么名单。哦!他明白了,今天是10月9日,他从吴馨那里拿到名单是10月15日。元致澄摸了一下口袋,名单没有和他一起来到今天。他根据记忆默写了那份名单,将名单交给花若诗。

上午的会议一结束,元致澄就赶去龙山医院。路上他突发奇想,如果他现在去找钟念熙,钟念熙会知道他过几天要和何炎月一起回到10月9日吗?咖啡馆距离龙山医院近得很,去看看吧。反正他也不能救周松,不用急。

推开咖啡馆的铁门,没走几步,元致澄停下来了,他安静地站着。院子里,阳光温柔,秋风轻拂,鸟语花香。钟念熙坐在枇杷树下打盹儿,桌子上摆着两本英文杂志和她的手机,音乐缓缓流淌。元致澄小心翼翼地往前走了几步,掏出手机拍照。一片叶子落下来,落在钟念熙的脖子上。钟念熙醒了。

　　元致澄将手机装进口袋，若无其事地说："钟老师，你脖子上有树叶哦。"钟念熙直起腰，摸了摸脖子，那片叶子又落在她的背上。她那傻兮兮的模样让元致澄觉得好笑。他走过去，摘下那片叶子，放在钟念熙的掌心。钟念熙拿着叶子，笑着说："一叶落知天下秋。"

　　两人进了咖啡馆。咖啡馆里一个顾客也没有，吕迁坐在沙发上玩手机。生意冷清啊！钟念熙不是做生意的材料。吕迁问他们喝什么，元致澄说不用了。两人上了二楼。元致澄冲钟念熙傻笑，钟念熙莫名其妙。

　　"不是说好了下午过来吗？怎么现在来了？有事？"

　　"10月15日我喝了不加糖的黑咖啡，回到了10月9日。"

　　"啊！你从10月15日回到这里？"

　　"你亲手为我冲的黑咖啡。"

　　"我没给你加糖？我为什么不给你加糖？等你返回原来的时空，所有认识你的人都会忘记你，包括我！你想救谁？"

　　"你说只要我对周松的生死袖手旁观，你就不会忘记我。"

　　"周松死了？元致澄，你以为你是谁呀？我想忘记你还是能忘记的。"

　　"我是我呀！周松自杀了。何炎月和周松是一对。"

　　"何炎月怎么会和周松是一对？这么说，昨天来的那个小孩子葛君驰，她是周松的女儿？"

　　"今天下午戚渔翩可能会来找你！我可能会和他打架，你别管我们，你跑出去。路口臭豆腐摊那里，有一棵叶子快落尽了的梧桐树，

233

你在树下等我。"

"你和戚渔翾打架?他死而复生了吗?我怎么不知道?你回到过去救了他吗?你有毛病!我在树下等你?我在树上等你好不好!"

"如果你能爬上树,我就买两盒臭豆腐,一盒我吃,一盒请你吃。如果你能爬上树,你就是猴子。"

"你才是猴子!"

"你记得今天要抽十分钟的时间回到6月19日,这样你就能救活戚渔翾。不过你一定要注意安全!多穿几双长筒厚袜子,再带上防狼辣椒水。算了,你还是别回去了,我怕你不安全,我也怕蝴蝶效应。等我下午忙完周松的事情,晚上我回到6月19日,我一定能救活戚渔翾。"

"你在说什么呀?你不让我回去,我偏要回去。"

元致澄和钟念熙一起吃了午饭。饭后钟念熙泡了一壶碧螺春。元致澄拉开窗帘,脱了鞋子,盘腿坐在地毯上晒太阳。钟念熙看那些英文杂志,元致澄也看那些他看不懂的英文杂志。两人没说话,世界安静得像一个哑谜。

喝完一壶碧螺春,元致澄步行去了龙山医院的门诊大楼。他戴了帽子、墨镜和口罩。他希望自己不要被何炎月认出来。毕竟他们昨天才见过面,何炎月来咖啡馆找葛君驰。何炎月是最后一个接触死者周松的人。假设,他假设周松不是自杀,那么何炎月就有嫌疑。尽管他和同事们已经确定周松是自杀。

来到九楼精神科,元致澄转了一圈,熟悉了环境,搞清楚了李木子医生的诊室在哪里。他就混在病人和家属中间，尽量减少自己的存在感。

下午三点钟，何炎月陪周松来了。何炎月的口供也说他们那天是下午三点钟到医院。元致澄盯着诊室的门，等何炎月和周松出来，他悄悄跟踪他们。

他们来到医院的花园，没有去水池边赏鱼，而是坐在长椅上聊天。元致澄不敢靠近。何炎月和周松聊了有半小时，元致澄看见周松起身走向门诊大楼。他跟踪周松。周松进了一楼卫生间。

几分钟后，周松从卫生间出来，走向花园的长椅。何炎月在等周松。两人有说有笑。周松没上天台？何炎月劝服周松不自杀了？

何炎月和周松出了医院，元致澄继续跟踪他们。他们穿过马路，走向医院斜对面的一座商务楼。这栋商务楼有些年头了，外表破旧，里面全是皮包公司，看不见一个活人，死气沉沉。他们没乘电梯，走了楼梯。元致澄也走楼梯，他特意放慢脚步，怕他们发现他。他们来这里干什么？

从顶楼到天台，有一扇小铁门。他们进了小铁门，走上天台。天台上很空旷，没有遮蔽物。元致澄不敢贸然上前。他躲在小铁门旁边，伸头紧紧盯着他们。

他看见两人爆发激烈的争吵，周松双手抱头，样子痛苦极了。何炎月左右开弓，狂扇周松耳光。周松跌坐在地上。元致澄想冲出去制止何炎月，又想起钟念熙的叮嘱。他不可以轻举妄动，钟念熙在等他回去。周松的生死是他自己的事情，周松有他自己的命运。

何炎月将周松拉起来，推到天台边缘。一瞬间，元致澄明白何炎月要干什么了。他忘记了钟念熙的叮嘱,他大叫住手,他冲出去。来不及了,周松被何炎月推下天台了。

元致澄的手向下伸着,他什么也没抓住。他扒着天台,他看见周松躺在地上,黑红色的血从他的头部慢慢渗出来。围观的人渐渐增多,附近执勤的城管来了。元致澄抬腕看表,周松的死亡时间和上次分秒不差。元致澄也看见钟念熙了。她站在人群中,她的臭豆腐掉在地上。

何炎月的脸上浮现出凄厉诡异的笑容。元致澄不寒而栗,他掏出手铐,将她铐在栏杆上。他报警,"丰裕商务大厦发生凶杀案。位置在龙山医院斜对面,时光路靠近知返路。"

崇汇分局连夜审讯何炎月。

何炎月说,她男朋友周松患抑郁症三年了,非常痛苦,并且有自杀倾向。她太爱她男朋友了,她不忍心男朋友活得痛苦,所以她协助男朋友自杀。这样男朋友就可以解脱了。

她对自己把男朋友推下天台的事情,供认不讳。她愿意接受法律的制裁。她唯一的希望是,政府能安排她男朋友的女儿葛君驰去福利院。她不能照顾葛君驰了。

花若诗问:"元队,你相信她的话吗?"

老丁说:"有人证,有物证,她也都承认了。这有什么相信不相信的?反正帮人自杀也有罪。"

花若诗说:"她说的就是真的吗?她把男朋友推下天台,被元队看见了,她当然不能抵赖。按照她说的,法院肯定往轻了判。"

老丁说:"她杀周松有什么动机呢?她和周松没结婚。周松死了,周松的财产她也不能继承。"

花若诗说:"我怎么知道她杀周松有什么动机?我要是知道,我就不听她废话了。她把自己说得好伟大。因为不忍心男朋友活得痛苦,所以她心甘情愿,冒着犯故意杀人罪的风险,协助男朋友自杀。女人最了解女人,我才不相信她的鬼话。"

元致澄想起何炎月那个凄厉诡异的笑容。从警十五年,什么样的脸他没见过,什么样的笑容他没见过,但是他从来没见过这么可怕的笑容。在那些恶贯满盈的杀人犯的脸上,他都没见过这么可怕的笑容。骇人!

何炎月的口供表面上合情合理,实际上问题重重。

困意如潮水袭来,元致澄看见花若诗和老丁的脸变得模糊了,他闭上双眼再睁开,他已经身处时光知返咖啡馆的二楼,钟念熙的卧室。距离他喝下那杯不加糖的黑咖啡,仅仅过去了十分钟。

元致澄赶紧跑下楼。钟念熙坐在沙发上叠毛毯。

"何炎月呢?"

"走了。"

"你怎么让她走了?她杀了周松!"

"我又不知道她杀了周松!你冲我吼什么!"

在元致澄的印象中,钟念熙从来没有像这样发过脾气。他匆匆说了一句对不起就跑出咖啡馆,开车去局里。

路上元致澄打电话给花若诗,想问她何炎月在哪里,偏偏花若

237

诗的电话打不通。到了局里，元致澄一把揪住老丁的衣领，问他何炎月在哪里。老丁莫名其妙，不过他还是告诉元致澄，何炎月在看守所。自从10月9日何炎月将周松推下天台，她就被关押了。

元致澄不相信，他开车去看守所。亲眼看见何炎月，他才放心。尽管何炎月拒绝和元致澄交流，但是透过何炎月的眼神，元致澄确定她记得自己喝过加糖的黑咖啡，记得自己回到10月9日，将周松推下天台的事情。

如果何炎月从10月9日到今天10月15日一直被关押在看守所，那么，刚刚从咖啡馆离开的何炎月又是谁呢？平行世界的同一个人，有没有相遇的机会？

元致澄拒绝思考这种玄妙的问题。反正以他的智商，他也想不明白。

花若诗和老丁在周松家里搜到三封遗书，都是周松最近三四个月写的。内容主要是厌世，以及担心自己死了之后女儿得不到妥善的安排。经过笔迹鉴定，确认是周松的笔迹，无疑。

葛君驰写了一封求情信，托钟念熙转交元致澄。她希望警察叔叔放了她的何阿姨。爸爸这些年活得很痛苦，现在他死了，解脱了，对爸爸来说是好事。她不恨何阿姨。

中午在食堂吃饭，花若诗告诉元致澄，他让她调查的那份名单，有结果了。全是普通得不能再普通的普通人，均无前科。

6月20日，最后一个接触吴馨的人叫张夺，是吉祥房产公司的中介，四十岁，土生土长的瀛海人，已婚。妻子在酒店客房部工作，有个儿子读小学。

那天晚上，张夺和吴馨相约在烂尾楼见面。张夺带吴馨看了四套房子，开车送吴馨去地铁站，吴馨乘地铁回家。在这之前，张夺和吴馨不认识，社会关系没有交集。张夺没去过泰国。

据吴馨父母说，女儿去世前，张罗着给他们换房子。她到处看有电梯的两居室。张夺的口供对得上吴馨父母的话。

元致澄一边听花若诗汇报情况，一边吃红烧肉，一边整理思绪。他感觉自己手里好像有很多线索，又好像什么线索都没有。准确地说，他手里有一团乱麻，他需要找到乱麻的头，把它抽出来，抽丝剥茧。

6月19日，戚渔翮和元致秋第一次被杀。9月19日，钟念熙回到6月19日，救了戚渔翮和元致秋。

6月20日，戚渔翮和元致秋第二次被杀。9月20日，元致澄回到6月20日，救了元致秋。

6月20日，戚渔翮和吴馨被杀。10月9日，钟念熙回到6月19日，救了戚渔翮。蝴蝶效应也改变了吴馨的命运。这个时空，戚渔翮和吴馨都活着。

8月17日，庞渡铭被杀。

9月21日，曹温良和屠芳洲被杀。9月27日，郝仁义回到9月21日，救了曹温良。蝴蝶效应也改变了屠芳洲的命运。这个时空，曹温良和屠芳洲都活着。

10月13日，垃圾场，曹温良为了灭口，用弹簧刀捅死周松。

239

10月9日，周松在龙山医院跳楼自杀。10月15日，何炎月回到10月9日，在丰裕商务大厦将周松推下天台。

根据何炎月的口供，她太爱她男朋友了，她不忍心男朋友活得痛苦，为了让男朋友解脱，她协助男朋友自杀。

何炎月的口供表面合情合理。有没有破绽？有没有破绽？有没有破绽？当然有破绽！花若诗不知道，老丁不知道，但是元致澄知道。何炎月喝过加糖的黑咖啡。她的口供，在这个时空可能成立，在别的时空不成立。

10月9日，周松已经在龙山医院跳楼自杀了。他已经不痛苦了，已经解脱了。为什么何炎月还要从10月15日回到10月9日，协助他自杀？何炎月对钟念熙说，她想救周松。结果她协助周松第二次自杀？不！她是将周松推下天台。没错！周松第一次是自杀，第二次是被何炎月谋杀。何炎月回到过去，就是为了亲手杀死周松。

何炎月为什么这么做？周松是她男朋友。她和周松之间有什么仇什么怨？周松自杀了，死了，她还不满意，她必须亲手杀死周松。周松到底做了什么坏事？她对周松的仇恨，和那张泰国旅游的合影有没有关系？

戚元嘉交给元致澄的合影，上面一共有四个男人，包括周松在内。钟念熙回到6月19日，她在山顶上一共见到五个男人，其中一个是猪八戒。元致澄不知道猪八戒是谁，也不知道他现在是生是死，但是他肯定也去过泰国。这五个男人的共同点是九年前都去过泰国旅游，参加的是同一家旅行社，逍遥游旅行社。

元致澄曾经问过曹温良和戚渔翩去泰国旅游的事情。尽管这两个人什么都不说,但是他从他们的眼神可以断定,那次旅游发生了不可告人的事,导致九年后有人找他们报仇。

凶手杀他们的时候,习惯杀一个无辜的女人,并且让她赤身裸体地躺在他们身边。这是凶手举行的一种仪式,凶手似乎在暗示什么。凶手在暗示什么呢?

一团乱麻有两根线头,一根是何炎月,一根是逍遥游旅行社。无论拈出哪根线头,元致澄相信,这起连环凶杀案都能迎刃而解。

"元队!我的红烧肉被你吃光了。"花若诗委屈地看着元致澄。元致澄这才发现他今天没有买红烧肉,他吃的红烧肉都是花若诗的。

"你吃我的青菜。"元致澄将自己盘子里的青菜夹给花若诗。

"青菜和红烧肉能一样吗?"花若诗夹了一筷子青菜塞进嘴里。

"你和老丁调查何炎月,她有没有去过泰国?"

"没有!她去过的最远的地方是北京。周松九年前去过泰国。"

"我总觉得何炎月这个名字,我很熟悉。"

"你不是说她和你妹妹在同一所小学当老师吗?"

"不是!是!"

吃完午饭,元致澄开车去看守所。花若诗想和他一起去。元致澄说他不是去提审何炎月,他是去探望何炎月。何炎月是他妹妹元致秋的领导。

这是实话。自从钟念熙回到6月19日,在小荒山救了戚渔翩。平行世界里,元致澄没有去鸿鹄小学和戚渔翩打架,也没有公开他妹妹和戚渔翩的关系。他妹妹又在鸿鹄小学当老师了，卖保险的经历好像从来没有存在过。不！卖保险的经历是存在的，只不过存在于另一个平行世界。

绿灯变红灯，元致澄踩了刹车。他摇下车窗，秋风吹进来，凉爽极了。车窗外，烂尾楼赫然就在眼前，好多工人忙忙碌碌。这座烂尾楼开始重建了吗？一瞬间，元致澄想起了什么。

看守所，元致澄和何炎月面对面坐着。

"何主任，有件事我必须告诉你。在你喝下那杯黑咖啡的时候，我也喝下了一杯黑咖啡。所以我看见你将周松推下天台不是偶然，而是因为我一直在跟踪你们。"

"被你看见又怎样？我不是故意的，我是协助他自杀，我是帮他的忙。"

"10月9日，周松已经从龙山医院跳楼了。为什么你还要回到过去，协助他自杀？你这不是多此一举吗？"

何炎月的眼睛眨了两下，表情有些惊讶，不过她很快显出无所谓的样子。她听懂了元致澄话里的逻辑。

"我回到过去，原本是想救他，我爱他。可是当我们俩站上大厦的天台，他求我协助他自杀，我也没办法。我甚至扇他耳光，想让他清醒。元警官，这些你应该看见了。"

"你们去大厦的天台干什么？"

"他心情不好，想站在高处看风景。我是他女朋友，他这么点儿小小的心愿，我能不满足他吗？"

元致澄笑了。来看守所之前他已经有心理准备了，何炎月不会轻易开口。他第一次见到何炎月是在鸿鹄小学，第二次见到她是在时光知返咖啡馆。当时他就觉得何炎月这个名字他一定在什么地方见过。他在什么地方见过呢？他在什么地方见过呢？何炎月，何炎月，何炎月……刚刚在来看守所的路上，经过那座烂尾楼，一份四十八人的名单在元致澄的脑海里闪过。这份名单随着吴馨的死而复生，在这个时空消失了。

"何炎月，今年6月20日晚上，7点30分，你是不是开车经过市中心那座烂尾楼。"

"那天是周几？工作日的话，我会经过那座烂尾楼。我从学校回家，那条路最近。"

"你给吴馨注射了过量的镇静剂，是你载她离开烂尾楼。"

"吴馨是谁？元警官，你在说什么？我听不懂！"

"那天晚上，谁和你合谋杀了吴馨？谁和你一起，将吴馨带到安平村？"

"元警官，我真的听不懂你在说什么。我将周松推下天台，被你发现了。我承认，我无话可说。但是你不能拿我没做过的事情来冤枉我！"

这件事情，何炎月没有记忆？哦，对了，吴馨现在没有死，吴馨现在活着。那么，6月20日晚上就根本没有发生过吴馨从烂尾楼被运送到安平村的事情。正如那份四十八人的名单，这个时空，它不存在。

何炎月记得周松自杀，记得加糖的黑咖啡，也记得她自己回到过去将周松推下天台。但是，在这些事情之前发生过的，并且已经被蝴蝶效应改变过的事情，她没有记忆。

她没有记忆不要紧，元致澄有记忆就行了。这起连环凶杀案，至少有两个凶手。元致澄现在可以确定，其中一个凶手就是何炎月。何炎月是女人，中等身材，偏瘦，力气小，她习惯使用镇静剂控制受害者。这个时空，她亲手杀死的人有庞渡铭和周松，曹温良被她刺伤。

元致澄的身体向前倾，他看着何炎月，微笑着说："这样吧，何老师，我问你几个轻松的问题，希望你能如实回答我。好不好？"

何炎月警惕地盯着元致澄。

"你认识戚渔翻吗？"

"认识。"

"你认识周松吗？"

"认识。"

"你认识庞渡铭吗？"

"不认识。"

"你认识曹温良吗？"

"不认识。"

"你知道他们四个人九年前一起去泰国旅游吗？"

"不知道！"

"你有亲戚和他们一起去泰国旅游吗？"

"没有！"

"你有朋友和他们一起去泰国旅游吗？"

"没有！"

"和他们一起去泰国旅游的是女人吗？"

"是的！"

元致澄看着何炎月，身体慢慢向后仰，脸上露出胜利者的笑容。何炎月瞪着元致澄，双眼喷射出愤怒的火光。这一系列问题，不在于何炎月如何回答，也不在于何炎月的答案是真是假，而在于利用最后一个问题，攻击何炎月的心理防线。

元致澄将那张四人合影放在何炎月面前。前几天他借故去探望十年没联系的妹妹元致秋，趁她不注意，他在她家的书柜顶上偷了这张照片。

"逍遥游旅行社。何炎月，即使你什么都不说，我也能找到九年前去泰国旅游的团员名单。我来猜一下吧。她是女性，参加了这次旅游团。她被五个男人，包括周松在内，合谋杀害了。你认识她，和她关系很好，你要帮她报仇。"

何炎月沉默，垂着头，一声不吭。元致澄看见她的双眼蓄满泪水。她似乎在竭力隐忍，不让自己的眼泪滴落。

"那个姑娘是不是被五个男人先奸后杀？"元致澄冷不防发问。

何炎月猛地抬头，震惊地瞪着元致澄，仿佛元致澄是个怪物。

"何老师，你把一切告诉我，我才能帮你，我才能帮那个姑娘。"

何炎月的眼泪不受控制地流下来。"你帮不了她。她是自杀，回国后她就自杀了。她是无辜的，没人责怪她，没人嫌弃她。她自己过不去这道坎。"

"可以告诉我,她的名字吗?如果你愿意的话。"

"柯晓莲。"何炎月泣不成声。

元致澄递给何炎月一张纸巾。何炎月擦干眼泪,眼泪马上又涌出来了。元致澄又递给她一张纸巾,她又擦干眼泪,眼泪又涌出来了。元致澄干脆将一包纸巾递给她。等她稍微平静了,元致澄才继续他的问题。

"为什么时隔九年之后,你要为柯晓莲报仇?柯晓莲刚刚自杀那会儿,你应该最恨那五个男人。"

"晓莲自杀之前,曾经和我说过,她在泰国被几个男人侮辱了。我问他那几个男人是谁,她不肯告诉我。她说她根本记不清谁是谁,也记不清到底有几个男人。我花了九年时间,陆续找到当年参加旅游团的所有男人,我一个个地去试探他们。今年我终于确定了其中四个男人是侮辱晓莲的畜生。"

"你怎么试探他们?"

"元警官,这是我的秘密,我不会告诉你。"何炎月得意扬扬地笑了。她脸上的泪痕已经干了。她冷静下来了,她变得难对付了。

元致澄不动声色地看着何炎月,迅速整理自己的思绪和自己问话的顺序。

"在这个时空,你杀死了庞渡铭和周松,刺伤了曹温良。据我所知,在别的时空,你还杀死过戚渔翩、元致秋、吴馨、曹温良、屠芳洲。当然,你应该没有杀这些人的记忆。你每杀死一个男人,同时也会杀死一个无辜的女人。为什么?为什么你要杀死一个无辜的女人?

为什么你让她们赤身裸体,却让男死者穿戴整齐?"

"我要把这些恶魔全杀了,我要亲手杀了他们。"

"何老师,你没回答我的问题。"

"元警官,你都说了我没有记忆。既然我没有做过,你让我怎么回答你呢?"

"你是想告诉世人,他们是衣冠禽兽,对不对?"

"我没做过这些事情。"

"你为什么要回到10月9日杀死周松。他明明已经跳楼自杀了。"

"他自杀那次,我和他站在水池边赏鱼,其实我是在教唆他自杀。没想到有个清洁工躲在假山里面,他听见我说话了,还录音了。事后他敲诈我。这种敲诈是不会停止的,有第一次就有第二次。我想,如果我能回到10月9日,避开清洁工,重新教唆周松自杀,那么就没人能威胁我了。可是这次我回到过去,我和他坐在长椅上聊了很久,他一点儿也没有自杀的意思。我不能放过他。我骗他去了丰裕大厦的天台。我知道那里没有视频监控,方便我把他推下去。"

"为什么这次你不杀死一个女人?在别的时空,你杀死戚渔翩和曹温良的时候,你都杀死了一个女人。"

"元警官,你别拿我没做过的事情来冤枉我!不错!我曾经计划过,每杀死一个畜生,我也要杀死一个女人,让她赤身裸体地躺在畜生身边,向世人宣告畜生就是衣冠楚楚的禽兽。可是我又想,我不能这么做,她们是无辜的。我不喜欢这种杀人的方式。女人不应该伤害女人。"

"另一个时空,你杀死了元致秋、吴馨和屠芳洲三个女人。"

"也许吧。我没有记忆。你刚刚也说了,我没有记忆。她们现在死了吗?没死吧!至少元老师活得好好的。你休想拿不存在的事情来冤枉我!"

"一共有五个男人,第五个男人是谁。"

"我找到的照片和你的一模一样,只有这四个男人。我也只找到这四个男人。"

"庞渡铭和周松,他们俩一定告诉过你,第五个男人是谁。"

"没有!我问过他们,他们说,只有四个人。他们这种畜生,没有良心,不会包庇同伙。"

"你有一个同伙,他是男人,主谋,你不过是他的帮凶!除了庞渡铭和周松,其他人都是他杀的。"

"我没有同伙!我是一个人,所有人都是我杀的。我以谈恋爱为名,接近周松。我花了三四个月的时间教唆他自杀,我成功了。庞渡铭好色,我约他去老火车站。那里荒无人烟,是晓莲自杀的地方。我骗他脱光了衣服和鞋子,这样他对我就没有防备,而且他想逃跑也不方便。我给他注射了镇静剂,我捅了他几十刀,我狠狠地捅死他,太解恨了。至于其他人,我不记得了。你说我杀了他们,那么就当我杀了他们好了。我能杀两个人就能杀三个人,四个人,这不是什么难事。如果你放我出去,那些没死的,我会继续杀他们。他们该死!"

"你不用镇静剂,也不用人帮忙。你一个女人,你能杀死身高比你高,体重比你重,力气比你大的男人?"

"元警官,你不要瞧不起我。我是体育老师。你不相信的话,我们现在打一架,怎么样?我保证你输。"

"你的同伙很残忍！另一个时空，他杀死戚渔翮的时候杀死了元致秋和吴馨，杀死曹温良的时候杀死了屠芳洲。你看不惯他滥杀无辜的女性。哦，不对！这个时空，蝴蝶效应导致他目前还没有杀人。那么，也许是在你们计划杀人的时候，他告诉你，他每杀死一个禽兽，他就要杀死一个无辜的女性。你害怕他真的会这么做，所以你抢先杀死庞渡铭和周松。你也想杀死曹温良，你没成功，你刺伤了他。"

"元警官，我不知道你在说什么。曹温良到底是死是活？一会儿死了，一会儿活的。你说话有点儿逻辑，行吗？"

"你能理解我的逻辑。你知道我在说什么。你知道有平行世界。"

"有平行世界又如何？我被你们抓了，我认倒霉。我不能帮晓莲报仇了。剩下的畜生算他们幸运。元警官，我真的没有同伙。谁杀人会找同伙呢？犯罪的事，能张扬出去吗？"

何炎月要求离开会见室。元致澄盯着她瘦弱的背影，他真的不相信她可以杀死那些男人。

经过检验，在曹温良被刺伤的名仙山旧步道，发现的女性血迹，属于何炎月。庞渡铭的车里有何炎月的头发和一枚血指纹。花若诗和老丁在何炎月的家里搜到了针管和镇静剂。一切有证有据，合情合理。

这个时空，已经发生的周松案、曹温良案和庞渡铭案都可以结案了。但是，元致澄的心依旧高高悬挂。这一起连环凶杀案，有许多问题尚未解决。没有出现在合影上的第五个男人是谁？另一个凶手在哪里？戚渔翮是否还会遭遇不测？

假设何炎月杀了所有人,按照她在某些时空的行事作风,她最喜欢滥杀无辜,那么她完全可以多杀一个敲诈她的清洁工。她何必大费周章地回到过去,冒着犯故意杀人罪的风险,亲手将周松推下天台?

何炎月说她手里的照片也是四个男人的合影,她也只找到这四个男人。既然如此,当她听到元致澄说有第五个男人的时候,她为什么神色平静?一点儿也不惊讶?

何炎月知道第五个男人是谁。她不说,是在保护她的同伙,还是在等待她的同伙手刃剩下的那三个没死的男人?

依靠黑咖啡的神奇功效,钟念熙和元致澄一次次地回到过去救人。现在这个时空,作恶多端的戚渔翩和曹温良都好好活着呢,猪八戒应该也活着吧。

第十五章
两个凶手

钟念熙打电话给元致澄，叫他去咖啡馆，现在立刻马上赶紧去。她没说什么事。元致澄想到那天，钟念熙愤怒地冲他吼，"你冲我吼什么！"她给过他很多鄙视的眼神，却从来没有像这样发过脾气。当时他忙着追赶何炎月，匆匆向她说了一句对不起就跑了。

之后他忙于处理周松等人的案子，打了几次电话给她，她都没接。算算看，他们也有十来天没见面了。中间她约他去过一次咖啡馆，拿葛君驰的求情信，当时她自己不在咖啡馆。也不知道是不是在生气，不愿意见他。

路过花店，元致澄想买花。买什么花，他拿不定主意。老板娘见他犹犹豫豫，鬼鬼祟祟，笑着递给他一枝红玫瑰。愚钝如元致澄，也知道红玫瑰表示什么意思。他选择了百合花。白色的百合花端庄大方雅致，钟念熙肯定喜欢。

元致澄捧着一大束百合花走进咖啡馆。吕迁笑着说："元队，这花不是送给我的吧？我喜欢红玫瑰哦。"元致澄的脸有些发烫。他不理睬吕迁，径直上了二楼。

钟念熙正在和一个女人聊天。这女人三十多岁的年纪，很瘦，皮肤干燥，黝黑泛红。常年被风吹日晒的人是这个样子。

看见元致澄，钟念熙连打了两个喷嚏，捂住鼻子。"干什么！快把花拿走，我对百合过敏。你真精准，这么多花，我唯独对百合过敏。"

元致澄慌忙跑下楼，将百合花扔进垃圾桶。他不放心，叮嘱吕迁将百合花扔到咖啡馆外面。

元致澄又上了二楼，绝口不提百合花是他专程买来向钟念熙道歉的。

钟念熙指着那个女人说："这是顾佳欣。九年前她是逍遥游旅行社的导游。那年全社只有她带团去过泰国。"

元致澄明白钟念熙叫他来有什么事了。他曾经和钟念熙说过，戚渔翻他们五个人九年前去过泰国，参加的是同一家旅行社，逍遥游旅行社。这家旅行社六年前倒闭了，负责人不知去向。当时钟念熙说，她可以帮忙找一找相关的人。他以为钟念熙只是随口安慰他，没想到钟念熙真的找到了逍遥游旅行社的人，而且就是这位导游。他很好奇钟念熙是怎么找到的。不过这个问题显然不适合现在问她。

"佳欣，麻烦你把你知道的情况和元警官说一下。"

"九年前我带这个泰国团，印象特别深刻。当时我已经请假了，准备和老公去度蜜月。老板临时叫我带这个团，结果我就没有蜜月了，事后也没有补。唉，我这辈子都没有蜜月了。第二个让我印象特别深刻的地方是，回国之后大概一个星期吧，我在网上看到帖子，团里有个女孩卧轨自杀了。发帖人是她男朋友。他说他女朋友是房产中介，开朗乐观，刚刚从泰国旅游回来。她男朋友怎么也想不通她为什么会自杀。我一看帖子，我就知道自杀的女孩是我团里的那个女孩。她不会说话，特别爱笑，笑起来好漂亮。我懂一点儿手语，和她有过交流。"

"她不会说话？"

"是的，她是聋哑人。"

"你联系过发帖人吗？"

"当然没有！我联系他干吗？多一事不如少一事。除了我老公，我没和任何人提过我认识那个女孩。她自杀和我没关系呀！"

"她在团里的时候，你有没有注意到，她和什么人关系特别好，或者和什么人关系特别坏？"

"时间太久了，我想不起来了。"顾佳欣从包里掏出一张照片，递给元致澄，"我每次带团出游，都习惯保留一张全团大合影。"

元致澄接过照片。他看见戚渔翩、庞渡铭、曹温良和周松。他将照片递给钟念熙。钟念熙的手指在一个大胖子的头上点了点。她在山顶上见过的猪八戒就是这个大胖子。

逍遥游旅行社倒闭之后，顾佳欣和老公回老家了。老家距离瀛海不远，这次来瀛海是为了带儿子去游乐园玩耍。

"钟老师，元警官，有件事情我原本没放在心上。最近钟老师的学生找到我，我又想起来了。女孩自杀之后大概半年吧，当时我在老家养胎。有一男一女跑去我老家，问我关于女孩的情况。什么她在团里和谁关系最好，和谁关系最坏之类。他们还向我要全团大合影，我觉得他们古里古怪，我就说我没有大合影。"

元致澄从手机里翻出何炎月的照片，顾佳欣认真看了看，很肯

253

定地说：:"是她！就是她！我记得她脸上这颗媒婆痣。多清秀的姑娘，长了这么大一颗痣。命不好！"

"那个男人你认识吗？"

"不认识！"

"能想起来他有什么特征吗？"

"想不起来了。太久了，没印象。"

"比如，脸上有痣或者有疤，胳膊上有文身，皮肤病，酒糟鼻，酒窝，小眼睛，大眼睛，秃头，长发，走路姿势怪异，个子很高，个子很矮，很胖，很瘦，很帅，很丑……"

"哎呀，我想起来了！那女的中等身材吧，男的又矮又瘦，像猴子。我老公说他们是情侣，我说绝对不可能，这个男的比这个女的矮。女人不可能喜欢比自己矮的男人。"

顾佳欣走了。元致澄问钟念熙是怎么找到顾佳欣的，花若诗费了好大力气也没找到她。

"你们警察有你们警察找人的办法，我有我找人的办法。我是教授，桃李满天下。有几个以前选修过我的公共课的学生，毕业后进入了旅游行业。我请他们帮忙打听一个倒闭旅行社的导游，不是什么难事。"

钟念熙一脸骄傲的神情，元致澄很想揶揄她几句。算了吧，难得她这么高兴。

室内空气有些浑浊憋闷，钟念熙和元致澄来到院子里，坐在枇杷树下吹风。吕迁给他们端来一杯浓茶，一杯枸杞红枣茶，两份甜品。

"我前几天去探望何炎月。我终于想起来，我在哪里见过她的名字。在那份经过烂尾楼的四十八人的名单上。但是，何炎月记得自己把周松推下天台的事情，却不记得自己载吴馨去安平村的事情。"

"载吴馨去安平村的事情在这个时空消失了，吴馨现在活着。何炎月当然对这件事情没有印象。"

"我记得你说过，在我第一次喝黑咖啡之前，你已经回去过四次了。"

"是啊！我回去过四次，戚渔翩都难逃一死。"

"那就是说，6月19日晚上11点左右，戚渔翩第一次死在安平村农舍，这是他第五次死。"

"不然呢？"

"我看到的，戚渔翩第一次死，其实是他第五次死？"

"不然呢？"

"我没看到的，他前四次死是什么情况？你回去后，蝴蝶效应改变了什么？我和何炎月一样，对于喝黑咖啡之前的平行世界的事情，什么都不知道。"

"情况复杂，我不想告诉你。"

"你……从9月19日到今天，我记得你一共回去过三次。这段时间，你有没有瞒着我，偷偷回去过？你改变了什么？"

"什么叫我瞒着你，偷偷回去？黑咖啡是我的，方糖是我的，我想回去就回去。我需要问你的意思吗？"

"你肯定回去过！"

"我没有！"

"我不信！"

"你信不信是你的事，和我没关系！"

"你……存心气我呀！"

元致澄的手机响了，花若诗打来的。"元队，我记得你曾经和我说过，你看过一部很精彩的悬疑电影。男女死者生前没有任何交集。男死者被杀后穿戴整齐，女死者被杀后赤身裸体。凶手这么做是为了报仇，向世人宣告男死者是衣冠禽兽。"

他应该和花若诗提过，而且不止一次提过。唉，无法解释某些现象的时候，他只能编故事。

"是啊！我忘了那部电影叫什么名字了，很久以前看过。"

"元队，不幸的消息，我们辖区发生了同样的案子。"

元致澄抬腕看表。今天是2023年10月27日。他现在没有回到过去，也没有前往未来。他身处他一直身处的时空。

"死亡时间？不用了。案发现场在哪里？我马上过去！"

元致澄挂掉电话，钟念熙看着他。元致澄扬起右手，打了一个响指。钟念熙去二楼卧室换外套。

元致澄和钟念熙离开咖啡馆，咖啡馆里只剩下吕迁。等了一会儿，不见他们回来，吕迁上了二楼。钟念熙的卧室是锁着的，他进不去。他在客厅里找了又找，他没有找到他需要的那把金色钥匙。钟念熙对那把钥匙视若珍宝，一直随身带着它。她怎么会把它丢在这里呢？他真是异想天开。

只剩下最后一块方糖了吗？如果他喝了加糖的黑咖啡，回到过去救人，他是不是也可以像钟念熙和元致澄一样，不被人遗忘？他真的很想再回去一次。

元致澄和钟念熙来到案发现场。钟念熙一眼就认出男死者是她那晚在山顶上见过的猪八戒。

花若诗向元致澄汇报情况。"男死者朱宗浩，瀛海本地人，父母双亡，妻子七年前和他离婚。无子女，无业，靠低保生活，偶尔去夜市摆摊贴手机膜。女死者姚素霞，外地人，失足妇女。朱宗浩拖欠房租，今天下午房东来找他，敲门不应，房东用钥匙开门进来，发现尸体。据法医初步检验，两人的死亡时间是昨天深夜十点到十二点。男死者的致死原因是腹部中刀，失血过多而死。女死者的致死原因是颈动脉被割断。"

戚渔翩三次死，曹温良一次死，都是腹部中刀，失血过多而死。元致秋两次死，吴馨一次死，屠芳洲一次死，都是颈动脉被割断。

前天元致澄和花若诗去了一趟看守所，这次是审问何炎月。何炎月依然死鸭子嘴硬，不肯供出自己的同伙是谁。昨天晚上，朱宗浩被杀。

为什么何炎月坚称她不知道有第五个男人？为什么何炎月坚称所有人都是她杀的？为什么何炎月不肯供出她的同伙？她就是为了给同伙充足的时间，杀死朱宗浩，杀死戚渔翩和曹温良。

元致澄站在阳台上，俯视整个小区。这种老小区，别说视频监控了，连物业都没有，取证非常困难。居民也大多是租房的，人来人往，成员构成相当复杂。

钟念熙问:"我不明白,为什么合影上没有猪八戒?"

元致澄说:"朱宗浩应该是拍照的人。这张照片很可能是他们五个人共同犯罪后的庆功照。"

老丁来到阳台汇报情况。"有两个高中生说,昨天上完晚自习,从学校回家,在楼下撞见一个男人,神色慌张,身上好像有血迹。"

"试试能不能画像。"

元致澄和钟念熙开车去看守所。按规定,钟念熙不能探望何炎月。可是元致澄需要钟念熙劝服何炎月。凶手接下来的目标将是戚渔翩和曹温良。这两个禽兽目前还活着。

会见室里,何炎月颧骨凸起,她瘦了很多,也憔悴了很多。她坐在那里,面无表情,仿佛元致澄和钟念熙是空气。

"何老师,恭喜你!昨天晚上,朱宗浩被人杀了。有一个无辜的女人惨死在他身边,赤身裸体。"

元致澄开门见山。何炎月抬起头,双眼眨了眨,低下头,沉默不说话。元致澄分明看见她嘴角弯弯,笑意盎然。

"我们找到了逍遥游旅行社的导游顾佳欣。她说,柯晓莲自杀后半年左右,有一男一女跑去她老家,向她打听一位聋哑女孩在泰国旅游的情况。女的是你,男的就是杀死朱宗浩的凶手,对吗?他就是柯晓莲的男朋友,对吗?"

"炎月!你说话呀!人不是你杀的,你不要承认哪!你把真凶供出来!"

何炎月抬起头,双眼闪烁着冰冷的光。"该说的,我都说了。庞渡铭是我杀的，周松是我杀的，朱宗浩和那个无辜的女人也是我杀的。曹温良被我捅了两刀，他命大，逃了。陪我去找顾佳欣的人是我表弟，一年前患了癌症，死了。你不信，你自己去查。"

"朱宗浩死的时候，你在看守所。你怎么杀人？炎月，你别这样！你这样对你没好处。除了周松，我相信你没有杀任何人。"

"有区别吗？杀一个，杀两个，杀三个五个，一样都是死刑！钟念熙，你不要在这里假装菩萨心肠了！你不就是怕下一个被杀的人是你老公吗？我实话告诉你，庞渡铭和周松临死前都和我说过，你老公是主谋！你不觉得你老公该死吗？轮奸！五个大男人轮奸一个小姑娘。她是聋哑人哪！她想喊救命她都喊不出来！"

元致澄看了钟念熙一眼。何炎月和钟念熙，小学毕业后失去联系。何炎月不知道钟念熙嫁给了戚渔翩。但是，在何炎月秘密寻找五个禽兽的过程中，她一定发现了戚渔翩是钟念熙的丈夫。与此同时，戚渔翩和元致秋在鸿鹄小学公然以夫妻相称。戚渔翩和元致秋，他们认为他们的关系天衣无缝，结果身边就有人冷眼旁观他们的表演。唉，他妹妹活成了笑话。钟念熙呢？在小时候的玩伴何炎月的眼里，她是笑话吗？如果不是为了报仇，元致澄相信，何炎月会提醒钟念熙，她老公出轨了。钟念熙真是一个不幸的女人。

"何老师，如果我是你，我就让戚渔翩和曹温良接受法律的制裁。我相信柯晓莲也愿意这样。你们没有权力剥夺别人的生命，哪怕他们是坏人。执行私刑是犯法的。"

"元警官，九年前的轮奸案，证据在哪里？你告诉我，证据在哪里？况且他们没有杀她，她是卧轨自杀。法律能让那五个衣冠禽兽

259

坐牢吗？让他们坐牢也不够！他们必须死！他们必须为晓莲偿命！晓莲多可怜哪！她想喊救命她都喊不出来！他们不是人！他们是畜生！他们是畜生！他们是畜生！"

何炎月号啕痛哭，发疯似的拼命捶桌子，用头撞桌子。两个管教不得不把她架出去。

元致澄送钟念熙回咖啡馆。钟念熙最近住在咖啡馆。她和戚渔翩分居了，戚渔翩不愿意离婚。元致澄看了钟念熙一眼。她整个人蔫蔫的，仿佛遭受了重大打击。

"何炎月说的话未必是真话。你别相信她！"

"这个时候，她有必要说假话吗？我想过很多，他在泰国到底做了什么。我甚至想，最严重的，他杀人了。我怎么想也想不到，他竟然做出这种事！为什么呢？为什么呢？我不明白！我和他恋爱十年，结婚十年，我发现我一点儿也不了解他！他就是戴着善良面具的恶魔。"

"人性本恶吧！尤其是在没有约束的环境中，内心的恶魔会如同臭豆腐的臭味一样散发出来，势不可当。"

元致澄没想开玩笑，言语之间却像在开玩笑。这时候开玩笑，不合适。钟念熙不喜欢这样。元致澄在心里扇了自己一个耳光。果然钟念熙瞪着他说："你早就知道一切了！你为什么不告诉我？"

"我没有证据，我只是猜测。你别生气呀！何炎月的话不能完全相信！具体情况，我们正在调查。"

钟念熙开了车窗，夜风呼呼地吹进来。元致澄打了个喷嚏，钟念熙又把车窗关了。车里的空气有些凝滞。良久，钟念熙说："我没有怪你的意思！我只是不能接受他是这样的人！"

元致澄从储物盒里拿出一颗巧克力，递给钟念熙。"做这一行久了，我发现世上什么样的人都有。知人知面不知心，老古话没说错。"

钟念熙也从储物盒里拿出一颗巧克力，剥了包装纸，送到元致澄嘴边。元致澄一口将巧克力含在嘴里。他一只手握着方向盘，一只手轻轻地，试探性地，握住了钟念熙的手。

"我宁愿我从来没有得到过那罐咖啡豆。他被杀了就被杀了，我为什么要救他呢？我不想知道他做过的龌龊事。"

"即使没有你的咖啡豆，我也能查出他做过的龌龊事。你相信吗？"

"我相信！"

"我很好奇，你的咖啡豆和方糖是从哪里来的？"

"我不是和你说过吗？我在拍卖会上拍到的。"

"那时候我们刚刚认识，你是这么和我说的。现在我们熟了，你是不是应该对我坦诚？"

"今年七月初，我像往常一样去小区对面的超市买咖啡豆和方糖，买回来我就发现它们有时光旅行的功效。"

"这家超市……"

"没什么特别。当我发现它们的功效之后，我又去了这家超市很多次，买了很多罐这种咖啡豆和方糖，也试过买其他品牌的咖啡豆和方糖，都没有这种功效。"

"幸好你能以那些人的记忆为原材料，在实验室制造新鲜的咖啡豆。"

"我不能!咖啡豆没了就没了。这种低级谎言,你也信?以人类目前对时空的认知,根本没有办法穿越时空。穿越时空只是科学家的理论研究。"

"你!你不是说你能吗?那我就信了啊!"

"我骗你!"

"钟巫婆!"

"咖啡豆比方糖多。我计算过了,等方糖全部用完,咖啡豆还有剩。我可不敢喝没加糖的黑咖啡,所以我就拿一些黑咖啡出来,成全别人。至于他们怎么选择,时光旅行到达目的地之后,要不要改变别人的命运,那是他们自己的事。我和他们说,如果他们改变了别人的生死,所有认识他们的人都会忘记他们。我只是在尽我提醒的义务,让他们有个心理准备。我骗他们说,我拿走了那些人对他们的记忆,是因为我不想他们一直烦我,求我给他们第二次第三次机会。"

"你倒挺好心哪!钟巫婆!你和我说什么咖啡豆有一个月的赏味期,过了一个月它就会失效。骗我!"

"咖啡豆真的有保质期。过了保质期它还有没有时光旅行的功效,我真的不知道。我讨厌浪费。"

"为什么你不给顾客第二次机会?"

"我希望我的黑咖啡能帮助更多人。人生是一段不可逆的旅程。大喜也好,大悲也罢,事情来了就要承受。事情过去了也没办法。现在能有一次补救的机会已经是万幸了。补救一次还想再补救一次?反复选择获得最优解?太贪心了吧!我们的人生,我们的选择,不是小学生写错字，用橡皮擦掉就行了。"

"你有机会帮助别人，并且你愿意帮助别人，这终归是好事。"

"我觉得也未必吧。你看看吕迁，你觉得他现在生活得开心吗？拼了自己的命，救了妻子和母亲，结果呢？他变成了她们眼中的陌生人。"

"也许当初你应该给他一块方糖。"

"不！我不会给他方糖。"

"为什么？"

"方糖太少了！我帮助别人是因为我有余力帮助别人，我不会苛刻自己去帮助别人。我做不到又穷又慷慨。"

元致澄想到自己喝了那么多杯加糖的黑咖啡，他太幸运了，他应该要好好感谢钟念熙。

元致澄的手机响了，他按了免提键。花若诗的声音在安静的夜晚和安静的车里，异常刺耳。"元队，看守所刚刚来电话。何炎月自杀了。她癫痫发作，在医院跳楼了。"

何炎月早有预谋。也许从她在天台上被元致澄抓住的那一刻起，她就有了自杀计划。她多活几天，不过是为了等朱宗浩被杀。临死前她可能有些遗憾，因为她没有亲眼看见戚渔翩死和曹温良死。事情发展到这个地步，她大概不想继续等下去了。

"炎月没有癫痫，至少小时候没有。我真不应该给她黑咖啡。"

"这件事和你没关系，你是好心帮助朋友！"

"我不想再给任何人黑咖啡了！我不想再产生任何蝴蝶效应了。"

晚上十点半，时光路上的商铺都打烊了，时光知返咖啡馆却灯火通明。

"这么晚了，你的咖啡馆居然还有生意？"

"我的咖啡馆有生意不是很正常吗？吕迁没走。"

"吕迁挺勤快。"

"他没家人，没朋友，没地方可去。"

钟念熙和元致澄进了咖啡馆。酒红色的沙发上坐着一个穿黑色风衣的男人，他戴着鸭舌帽、黑框眼镜和口罩。吕迁迎上来说："钟老师，元队。这位先生想喝黑咖啡。下午你们前脚出门，他后脚就来了，一直等到现在。"

"我不接受没有预约的顾客。"

"我和他说了，他坚持要在这里等。"

男人站起来，眼神直勾勾地望着钟念熙。元致澄打量着男人。他三十五岁左右的年纪，个子不高，精瘦干练。

"钟老师，我想买一杯黑咖啡。不管多少钱，我都愿意。"

"先生！我的黑咖啡……"

"我爸爸出车祸死了。他一个人把我拉扯大不容易。我刚刚换了高薪工作，他就死了。他怎么能死呢？我还没来得及尽孝。"男人跌坐在沙发上，呜呜呜地哭。钟念熙手足无措，求助地望着元致澄。

元致澄走向男人，递给他一张纸巾。"对不起！我们的黑咖啡卖完了。你想喝，等明年再来吧。"

"为什么？"男人抽噎。他摘下黑框眼镜，用纸巾擦眼泪和眼镜，将眼镜对着灯光照了照又戴上。

"这种黑咖啡的咖啡豆是有季节的,你等明年春天再来,我们一定卖给你。"

明年春天也没有黑咖啡。元致澄这么说,不过是希望时间可以冲淡这个男人的悲伤。到时候他就不需要黑咖啡了。

钟念熙从吧台拿出一个空罐子给男人看。"真的没有了,我们没骗你,难道有生意我们不做吗?"

男人似乎不甘心,他没有要走的意思,钟念熙也不好意思叫他走。她将空罐子放在沙发旁边的小圆桌上,任由男人盯着它发呆。

吕迁端给元致澄一杯浓茶,端给钟念熙一杯枸杞红枣茶,又拿来一盘瓜子,三个人坐在吧台嗑瓜子。吕迁问元致澄会不会修视频监控,店里的视频监控坏了。元致澄表示自己不会修。钟念熙叫吕迁找人来修。吕迁说已经找了,师傅后天有空。三个人闲聊了一会儿,男人终于走了。

吕迁说:"树欲静而风不止,子欲养而亲不待。"

元致澄说:"以为自己有很多时间孝顺父母。父母却没有那么多时间等我们孝顺。"

钟念熙说:"我挺想给他一杯黑咖啡。但是,万一他撒谎呢!"

元致澄说:"既然咖啡豆不多了,方糖也只剩下最后一块了。你就留着自己喝吧。你可以前往半年后,看看彩票号码什么的。"

"我现在衣食住行不愁,我对暴富没兴趣。"钟念熙给了元致澄一个白眼。

元致澄沉默了。在钟念熙面前,他说十句话有十一句话是错的。

吕迁向钟念熙请假,他明天要帮母亲搬家。钟念熙很高兴吕迁可以重新和家人相处,她让他把店里的水果蛋糕带过去和家人分享。

被遗忘的这一个多月里,吕迁每天下班后回到小区,都要四处晃悠,努力和母亲偶遇,帮母亲做些事。母亲是个热心肠,和他熟了,见他单身一人,就经常叫他来家里吃饭。于是妻子和他也熟了,儿子和他也熟了。他计划找一个合适的机会向妻子表白,重新回归一家人的生活。妻子不记得他不要紧,他可以和她重新开始。那么,一家人依旧是幸福的一家人。

吕迁特意租了一辆七座面包车,拆掉四个座位,方便搬家放东西。

当吕迁还是这个家的一分子的时候,他曾经向妻子许诺,他一定要在瀛海买一套属于他们俩的房子,结束多年的租房生活。他没想到,妻子独自实现了他们俩的愿望。

早晨八点钟,吕迁就到了。儿子不在家,去学游泳了。妻子和母亲正在打包锅碗瓢盆。吕迁帮忙打包。孙大芝说:"小吕,真是辛苦你了!中午在我们的新家吃饭,阿姨做红烧肉给你吃。"

吕迁说:"谢谢阿姨!今天中午我请你们下馆子吧!庆祝你们乔迁新居。"

史芙笙说:"吕先生,不能让你破费。在家里吃比较好。"

所有的东西都打包完毕,房东过来做了交接,送给孙大芝一挂香蕉作为贺礼。吕迁以为这就要开始搬家了,史芙笙和孙大芝却坐下来吃香蕉,也叫吕迁吃香蕉。

吕迁带来的水果蛋糕,在路上摔碎了。水果蛋糕这种东西,好好的,完完整整的,就特别漂亮。一旦摔碎了,水果烂了,蛋糕也烂了,就变得一塌糊涂,令人恶心。史芙笙收下蛋糕,放在桌子上,没有吃。吕迁暗暗责怪自己,他就不应该把蛋糕拿上来。

吕迁问:"现在不搬吗?现在搬过去,正好在新家吃午饭。"

史芙笙说:"不着急!我们约了搬家公司,十点钟。"

原来如此。想到自己开来的面包车,吕迁觉得自己多此一举了。

十点钟,搬家公司准时到了,工人将箱子和家具搬下楼。吕迁要帮忙,孙大芝冲他使眼色。"傻孩子,让他们搬。付过钱了。"

吕迁不好意思说自己是开面包车来的,他谎称自己是坐地铁来的。这样他才有理由和妻子一起坐车去他们俩的新家。妻子买房,肯定向岳父母借钱了,也贷款了。他会努力工作,帮妻子还贷款。

等工人把箱子和家具都搬上了大货车,一辆白色的私家车驶过来,停在史芙笙身边。"我来晚了。"西装笔挺的中年男人从车里钻出来,和史芙笙打了一声招呼,走向孙大芝。"阿姨,抱歉!上午在公司开会,刚刚结束。"

"陈桥,你太客气了。你工作忙,不用过来。你帮我们请了搬家公司,中午一定要在我们的新家吃饭,阿姨做红烧肉给你吃。"

"阿姨,你真了解我。我就爱吃你做的红烧肉。好几天没吃了,今天我特别特别想吃。"

"我们快走吧!"史芙笙笑着说。

吕迁看见史芙笙上了陈桥的车,坐在副驾驶的座位上。孙大芝扯了一下吕迁的袖子。"小吕,我们俩打车,跟着货车走。小心这些人半路上偷东西。"

吕迁笑了笑问:"阿姨,这男的是谁呀?"

"她是芙笙那家便利店的区域经理。一个月前芙笙去总部参加培训,认识了他。人特别特别好!听说我们想买房,借了我们三十万。"孙大芝高兴地说。

"阿姨!他是对你儿媳妇有意思吧!"

"那最好了!他前年和老婆离婚了,现在一个人带着女儿生活。芙笙如果能和他一起过,我就谢天谢地了。他一个大男人带着女儿不方便,家里需要一个女人。芙笙也苦了这么多年了。对了,他女儿很喜欢芙笙,我孙子很喜欢他……"

吕迁看见史芙笙主动将自己的脸凑过去,任由陈桥吻了一下。吕迁的双眼仿佛被锥子刺了,流泪又流血。他笑了笑说:"阿姨!我中午还有点儿事情,我就不去你们的新家了。恭贺你们乔迁之喜!"

第十六章
聋哑女孩的男朋友

聋哑女孩柯晓莲，殁年二十五岁。瀛海本地人，家中独女，父母健在，已经退休，住翠华小区。

翠华小区是那种八九十年代建设的老小区。小区里大约有十栋楼，外墙破破烂烂。每栋楼有六层或七层，没有电梯。柯晓莲的父母住七楼。房子是老式装修，枣红色的五斗橱，紫红色的八仙桌，地板踩上去吱吱响，处处流露着寒酸拮据的气息。

坐在沙发上，钟念熙局促不安。她不想来，可是元致澄说，去见柯晓莲母亲，有个女同志比较方便。元致澄原本打算和花若诗一起来调查情况，考虑再三，他还是请钟念熙和他一起来。

柯父将两杯茶放在茶几上。茶杯盖有豁口。老年丧女，老无所依。如果柯晓莲活着，他们的境况不至于此吧。钟念熙望着沙发对面的墙，那里挂着一张柯晓莲的生活照。好青春，好漂亮的女孩子！笑起来，眉眼弯弯。

柯父问："你们是晓莲的同学？怎么现在才来看我们？你们以前没来过吧？"

元致澄说："我和我太太中学毕业后就去国外读书了。最近回国才听说晓莲的事情。"

钟念熙瞥了元致澄一眼。他在胡说八道什么！钟念熙说："我们是听何炎月说的。我们都是同学。"

柯母说："炎月和晓莲是在初中的绘画兴趣小组认识的，她们俩关系很好，经常一起去郊区写生。炎月为了晓莲学会了手语。炎月是个好姑娘，晓莲去世这么多年，她每个月都来探望我们。"

柯父说："这个月没来！"

钟念熙说："她带学生去外地参加比赛了，估计有好一阵子不能来了。"

元致澄问："只有她一个人来吗？没有其他人来吗？"

柯母说："晓莲不会说话，朋友很少。哦，她在房产公司上班的时候，倒是有个男朋友。"

柯父说："什么男朋友啊！根本就没有这个人。晓莲死了，他一次面也没露，连葬礼都没来参加。"

柯母说："晓莲说她有男朋友。"

元致澄问："你们没见过这个人吗？"

柯父和柯母一起摇头，"从来没见过。"

这个从来没见过的男朋友，会不会是连环凶杀案的另一个凶手？会不会是和何炎月一起去找顾佳欣的人？会不会是发帖子的人？元致澄问："我和我太太能看看晓莲的房间吗？"钟念熙又瞥了元致澄一眼。他又在胡说八道什么！

柯晓莲的卧室和外面的老式装修完全不同。墙壁刷成了粉红色，家具以白色简洁款式为主,床上堆着毛绒玩具。柯母说:"当年我们装修的时候,晓莲的卧室是她自己设计的。她去世后,我们保留着没动,就当……就当……"

柯母的眼泪往下掉。钟念熙也想哭。比柯晓莲更可怜的,是柯晓莲的父母。人死了,什么都不知道了。活着的人却沉浸在失去亲人的痛苦中。这种痛苦是永恒的,一直到活着的人也死去。

钟念熙问:"伯父,伯母,晓莲为什么自杀?"

柯父说:"其实我们也不清楚。那段时间她心情低落,报团去泰国旅游散心。谁知道回来后她心情更差了。过了一个星期她就自杀了。"

元致澄东看看,西看看,拉开抽屉,他发现一本粉红色的软皮本。柯母说:"这是晓莲的日记。她去房产公司上班后,开始写日记。"

元致澄拿出日记本,翻了翻说:"晓莲的忌日马上就要到了。我和我太太这次来,其实是想和二老商量,我们打算帮晓莲举办一个纪念活动,邀请晓莲以前的同学和朋友来参加。不知道二老意下如何?"

柯父说:"我们太感谢了!我们最怕的就是晓莲被人忘记。如果大家都把晓莲忘记了,她就真的不在人世了。"

柯母问:"我们要做什么准备吗?"

元致澄说:"你们把晓莲生前用过的东西准备一下。比如她上学用过的课本,她生前喜欢穿的衣服。这本日记我先拿走。其他的东西,到时候我派人来取。"

元致澄和钟念熙向两位老人告别,老人叮嘱他们有空常来坐坐。

只要是晓莲的朋友,他们都欢迎。可以想象两位老人平时有多孤独。

元致澄看见墙角垃圾桶里有一个生日蛋糕盒子,随口问了一句谁过生日。柯母说:"昨天是晓莲的生日,我们帮她庆祝。"元致澄和钟念熙对视一眼,他们明白何炎月为什么选择昨天自杀了。

上车的时候,钟念熙狠狠踩了一下元致澄的脚。元致澄夸张地哇哇大叫:"救命啊!你干什么!狠心的女人!"

"踩你脚!"钟念熙平静地说。

钟念熙开车。元致澄坐副驾驶,看柯晓莲的日记。

"日记的第一篇就提到了这个男朋友。柯晓莲暗恋他,为了他写日记。咦!日记的最后几篇没有写男朋友了,她好像很痛苦。应该是分手了。'等我从泰国回来,我就会忘记这个人,我要重新开始我的人生。'柯晓莲很积极,完全没有自杀的意思。"

"这么重要的线索,这么可疑的人,负责柯晓莲案子的警察,没有发现吗?"

"发现什么?柯晓莲是卧轨自杀,现场有目击证人,无可疑之处。这不是刑事案件。"

"能找到这个男朋友吗?"

"综合目前的线索来看,这个男朋友的特征还是比较明显的。我推测他就是和何炎月一起去顾佳欣老家的男人。根据顾佳欣说的,他身高比何炎月矮,那就是低于一米六六。柯晓莲的日记说,他很瘦,大眼睛。2015年柯晓莲在吉祥房产公司工作,当时他也在吉祥房产……"

说到这里，元致澄打电话给花若诗。"你上次告诉我，6月20日最后一个接触吴馨的人叫什么名字？那个房产中介。"

"张夺。"

"他在哪家房产公司做中介？"

"吉祥房产公司，吉美房地产公司的下属企业。"

"马上请张夺到局里来。不用了！我自己去找他，这样更快！"

挂掉电话，元致澄眉头紧皱。"太巧了！曹温良是吉美房地产公司的老板，张夺是他下属公司的中介。我从来不相信巧合！"

"张夺和柯晓莲都在吉祥房产上班，两人认识了，恋爱了。柯晓莲自杀后，张夺发现曹温良去过泰国，是害死柯晓莲的元凶之一。他和何炎月顺藤摸瓜，找到了其他四个人。吴馨就是张夺杀的。"

"非常有可能！"

钟念熙猛踩油门，车子开得飞快，元致澄吓得抓住扶手，"喂！你别开这么快！会被拍照的！要扣分啦！"

"这是你的车，又不是我的车！坐稳了！"

张夺所在的中介门店，位于刺槐大街。四十分钟的车程，钟念熙二十分钟就到了。元致澄吓得脸都白了。

钟念熙将车子停在路边，两人径直走进门店。前台以为客户上门，露出职业性的微笑，"您好！买房还是租房？"

元致澄问："张夺在吗？我们想买房。听朋友说找张夺买房，中介费有优惠。"

前台说："在我们这里，你找谁买房都一样，中介费都有优惠。"

钟念熙说:"我们只想找张夺买房。"

前台说:"张夺带客户去看房了,不知道什么时候回来。"

一个白衬衫黑西装的男人走进来,脖子上挂着胸牌。元致澄一眼就看见上面的名字。他连忙上前说:"张夺,我们找你买房。"张夺喜上眉梢,他得意地瞥了前台一眼,带元致澄和钟念熙进了会议室。

元致澄看见张夺就确定他不是凶手了。他那足足一米八的身高,比一米六六的何炎月高出一大截。他肯定不是和何炎月一起去找顾佳欣的人,他也不是柯晓莲的男朋友。他的眼睛不是柯晓莲日记中描述的大眼睛,而是小眼睛。元致澄有些失望,今天估计是白跑一趟了。元致澄看了钟念熙一眼,她也有些失望。她也知道这个张夺不是他们要找的人。

张夺问:"两位是朋友介绍来的吗?房子想买在哪里呀?预算多少呀?"

元致澄说:"前几年有朋友在你手上买过房子,但是我们今天来,不是为了买房。"

张夺问:"不是为了买房?那你们来干什么?找我有事?"

元致澄问:"我们想和你打听一个人。你认识何炎月吗?"

张夺说:"不认识。"

元致澄审视张夺的表情,他不像在撒谎。他又问:"你认识柯晓莲吗?"

张夺愣住了,说:"柯晓莲?那个卧轨自杀的姑娘?当年我看过新闻,太震惊了。在我认识的人中,居然有一个自杀了。我的天!我和她做过半年同事。她人蛮好,蛮善良。不知道为什么自杀。"

元致澄问:"你知道她在你们公司有一个男朋友吗?"

张夺说:"不好意思,请问你们是……"

元致澄说:"我们是柯晓莲的中学同学,想帮她举办一个纪念活动。我们在国外很多年,不太了解她的情况,就找她以前的朋友打听一下。"

张夺有些犹豫,犹豫中流露出不愿意帮忙的表情。

钟念熙说:"我们最近才回国,想在瀛海买房,预算三千万左右。你可以帮我们吗?"

张夺说:"当然可以啊!"他掏出手机,和钟念熙互加微信。

元致澄说:"今天没时间看房了,今天主要想打听一下柯晓莲的情况。"

张夺说:"她去世这么多年了,我不应该说什么。但是呢,唉!"

钟念熙说:"张先生,你有什么就说什么。我们都是晓莲的朋友,我看得出来,你也是很关心朋友的人。"

张夺说:"她在我们公司的时候确实有一个男朋友。我们以前的店长,章益。他们俩是地下情,有一次我无意中发现他们俩手牵手逛街,我才知道。店里其他人都不知道。章益就是看她长得漂亮,又是个哑巴,玩弄她的感情。他有女朋友,我见过他女朋友。晓莲太傻了,一心一意对他。"

元致澄问:"现在章益在哪里?"

张夺说:"晓莲自杀前,他就辞职了,听说现在自己开了中介公司。如果你们想找他,我帮你们问问他的联系方式。"

元致澄说:"谢谢你。对了,我朋友吴馨,今年你带她看房了。

虽然她最后没买,但是她对你的服务非常满意。"

张夺说:"哈哈!客户满意是我的追求。对了,她现在买了吗?没买可以继续找我带看。"

元致澄说:"好像没买。她想买有电梯的二手房。六月份有一天晚上,你和她约在烂尾楼见面,你带她看了四套房子。她在证券公司上班。"

张夺说:"我想起来了,挺孝顺的一个姑娘,她给她父母买房。她是我同事老杨的客户,原本应该老杨带她去看房。老杨那天晚上有事,托我帮忙。"

元致澄问:"老杨是谁?"

张夺说:"杨铮锐。他六月份辞职了,家里出事了。你们买房还是找我。"

元致澄和钟念熙向张夺道谢。张夺问他们什么时间方便看房,钟念熙和他约了下周末。

元致澄开车,钟念熙坐副驾驶。元致澄不敢让钟念熙开他的车了。

"下周末你真的来看房吗?"

"下周末再说吧!"

"救命!老师也骗人!"

夜色朦胧,华灯初上。元致澄和钟念熙去了一家饺子馆吃酸菜水饺。

"今天你和柯晓莲爸妈说,要帮柯晓莲举办一个纪念活动。什么意思?"钟念熙一边往元致澄的碟子里倒醋,一边问,"你不会是想引蛇出洞吧？有枣没枣打一竿子！"

"你真聪明！这都被你猜中了！我是两手准备。凶手藏得太深了。万一抓不到他，我想试试这么做，能不能把他引出来。九年了，他都没忘记给柯晓莲报仇，他一定很爱柯晓莲。柯晓莲的纪念活动，他一定会来参加。只要他露面，我就能抓住他。"

"你的如意算盘打得挺响。柯晓莲的葬礼，他都没去参加。他对柯晓莲的爱，很有限。"

"你觉得他不爱柯晓莲？他不爱柯晓莲，他会为了柯晓莲杀人？杀人是死罪。你怎么解释？"

"我觉得这个男朋友挺奇怪的，他见不得光似的躲起来，但是又默默帮柯晓莲做很多事。他对柯晓莲的爱不正常。"

"当然不正常。爱到杀人怎么正常！"

"这个男朋友是不是张夺说的店长章益呢？"

"店长章益，柯晓莲父母口中的男朋友，柯晓莲日记中提到的男朋友，在网上发帖子的男朋友，和何炎月一起去顾佳欣老家的矮个子男人。他们是一个人，还是几个人？我相信，凶手就在他们中间。"

张夺把店长章益的手机号码发给钟念熙了。元致澄打电话过去，接电话的是一个女人。电话那头有电视机声，有孩子的哭闹声。元致澄说他找章益，女人说章益不在家。元致澄说他是警察，等章益回来，务必请他回个电话，有一桩案子需要他协助调查。女人说她没钱，诈骗别找她。

"怎么办？"

"明天让花若诗把他的地址找出来，去他家！"

大约十五分钟后，元致澄的手机响了，是章益的手机号码。"喂！我是章益。你真的是警察吗？刚刚接电话的是我老婆。不好意思，她不知道我和晓莲的事情。"

章益将自己小区的地址告诉元致澄。吃完酸菜水饺，元致澄和钟念熙开车去找章益。章益在小区的运动场等他们。他又高又壮，向他们走来，像一座移动的塔。他有一双非常大的大眼睛，像牛眼睛那么大的大眼睛。

元致澄掏出警察证。章益说："我相信你们！我老婆说有诈骗电话打给我，冒充警察，请我协助调查案子，我就知道你们是为了晓莲的事情来找我。快十年了，我每天都活在内疚中，我每天都在等警察上门找我。晓莲的死，我应该负责任，都是我的错！"

九年前，章益和现在的妻子，那时候的女朋友，分手了。痛苦的章益寄情工作，每晚加班。渐渐地，他发现有个人经常和他一起加班，她就是才进公司不久的柯晓莲。她不会说话，但是她工作努力，业绩优秀。

"有天晚上狂风暴雨，我没带伞，晓莲送我去地铁站。后来我们相爱了。她是聋哑人，我怕同事笑话我，我就和她说暂时不要公开我们的关系。她爱我，她同意了。在店里，我们和普通同事一样。为了避嫌，我们之间的交流甚至比普通同事之间的交流还少，也没有同事知道我们之间的关系……我很自私，我真的很自私。她那么善良，我却那么自私。"

章益和柯晓莲的地下情持续了小半年。前女友回头找章益,希望两人重归于好。章益考虑了很久,答应了前女友。

　　"我问过我爸妈,他们绝对不能接受一个聋哑人做他们的儿媳妇。晓莲不愿意分手,她每天以泪洗面。我压力很大,我只能辞职,离开吉祥,离开晓莲。不久,我听说晓莲去泰国旅游了,又听说她回国后卧轨自杀了。我知道,她是因为我和她分手才自杀的。她自杀的那天下午,给我打过三个电话,我都狠心没接。如果我知道她要自杀,我一定会拦着她。我舍了自己的命,我也会拦着她。她自杀的地方在老火车站附近,那里现在已经废弃了。我们当年约会经常去那里。晓莲喜欢那里没人,安静,全世界只有我们俩。她说,读书的时候,她也经常去那里写生。晓莲是特意选了一个留有她美好回忆的地方。"

　　老火车站曾经是瀛海的地标,建设了新火车站,老火车站就逐渐被废弃了。元致澄记得,那地方卧轨自杀了好几个人,裘永赫处理过。九年前,据说有一个漂亮的聋哑女孩在那里卧轨自杀,之后老火车站就正式被废弃了。

　　柯晓莲和章益在那里约会的时候,老火车站还在运行,火车声轰隆轰隆。觉得那里安静的可能只柯晓莲,章益一定觉得那里吵闹。

　　"你认识何炎月吗？"趁章益陷入痛苦的回忆中,元致澄冷不防问了一句。

　　"何炎月？是不是晓莲的中学同学？我见过她,她和晓莲的关系很好,她为了晓莲学会了手语,她甚至为了晓莲拼命。"

　　"拼命？什么意思？"元致澄皱着眉头。

279

"高中的时候，晓莲遭遇校园霸凌。何炎月为了她，一个女生打三个男生，把三个男生打进了医院，她自己也在病床上躺了半个月。"

"柯晓莲可以在普通学校读书吗？"钟念熙问。

"当然可以！她是小时候发烧打针导致聋哑。她智力没问题，非常聪明。她懂唇语，再加上何炎月的帮助，她学习成绩在班里名列前茅，还去外地参加过化学竞赛，老师都很喜欢她。高考前她生病做手术，高考发挥失常。晓莲太不幸了。以她平时的学习成绩，她可以考一个很好的大学，这样她就不会遇到我……"

"10月26日晚上你在哪里？"元致澄问。那天晚上，朱宗浩被杀。

"我？晚上我一般在家里陪老婆和孩子。我老婆上个月生了二胎。白天我很忙，要么在店里，要么带客户去看房，只有晚上才有时间陪家人。去年我自己开了中介公司。"

"你有没有怀疑过柯晓莲的死，其实另有隐情？"

"当然另有隐情。我刚刚不是说了吗？都是我的错！"

"柯晓莲自杀后，你有没有在网上发帖子，质疑她的死？"

"没有！我发帖子干什么？晓莲死了就让她安息吧！"

"除了你，柯晓莲在吉祥房产和谁的关系比较亲密？"

"她不会说话，同事们很少和她交流，我是和她在一起之后，才学了一点儿手语。哦，对了，当时有个同事追她，晓莲挺烦他。"

"谁？叫什么名字？有多高？"

"杨铮锐。有多高，我忘了。他喜欢练拳击，曾经对看房不买房的客户动手。那时候我是店长，帮他做过几次赔礼道歉的事。最严重的一次，我差点儿就辞退他了。"

"为什么没辞退呢?"钟念熙问。

"晓莲说他无父无母,很惨。也没有学历,找工作不容易。"

"现在他在哪里?"元致澄问。

"应该还在吉祥吧,就是刺槐大街上的那家门店。"

"杨铮锐这三个字怎么写?"钟念熙问。

"木易杨,金字旁的铮,金字旁的锐。"

看了柯晓莲的日记,元致澄心想,日记里提到的男朋友很可能就是连环凶杀案的另一个凶手。但是,眼前这个男朋友章益显然不是凶手,章益对柯晓莲的死充满内疚。他至今认为他是导致柯晓莲自杀的罪魁祸首,他不知道柯晓莲自杀的真正原因。他的个子比何炎月高很多,他也不是和何炎月一起去找顾佳欣的人。

元致澄和钟念熙坐在车里。元致澄望着窗外,不开车,也不说话。钟念熙打破了沉默。

"章益这么胖,啤酒肚都快赶上十月怀胎了。柯晓莲的日记却说他很瘦。"

"这些年他生活得不错。"

"他不像凶手。现在没线索了吗?"

"线索太多,一团乱麻。"

"我们必须找到顾佳欣说的矮个子男人。我直觉他应该就是凶手,而且也是发帖子的人。"

"矮个子男人很可能就是杨铮锐。"

"按照张夺所说,6月20日晚上,带吴馨看房的人,原本应该是杨铮锐。章益也提到杨铮锐,他追柯晓莲。为什么是杨铮锐?"

"我刚刚想起来。6月20日晚上,进出安平村的车辆名单,上面有杨铮锐的名字。根据调查记录,杨铮锐自称他一个人进出安平村,车上没有其他人。何炎月也这么说。她说她经过烂尾楼,没有带走任何人。小花和老丁当时查过他们的车,没有发现,所以就相信了他们。"

"因为没有证据证明他们撒谎,也没有证据证明他们认识或者与吴馨有交集。吴馨现在活着,这份车辆名单也就消失了,变成平行世界的名单了。"

"另一个时空,6月20日晚上,杨铮锐以看房为名,约了吴馨在烂尾楼碰面。后来在安平村,杨铮锐杀了戚渔翩和吴馨。你回到6月19日,那天晚上戚渔翩去了小荒山,没去农舍。朱宗浩捅了戚渔翩一刀,你救了戚渔翩,戚渔翩住院了,于是6月20日晚上戚渔翩和吴馨都活着。蝴蝶效应导致6月20日晚上带吴馨看房的人变成了张夺。杨铮锐那段时间可能正在计划杀人,无心工作。"

"完全有这个可能。他追过柯晓莲,他对她念念不忘。他不能原谅侮辱柯晓莲的人。"

"我知道杨铮锐和何炎月怎么运送吴馨了。何炎月给吴馨注射镇静剂,从烂尾楼带走吴馨,中途将吴馨交给杨铮锐。杨铮锐再将吴馨带到农舍杀害。"

"他们把吴馨藏在后备箱,中途找个没有视频监控的地方换车。你们没有查到杨铮锐和何炎月有交集。"

"我们确实没有查到。他们俩非常小心谨慎。他们俩就是玩这种小把戏！好像两个小偷打配合，一个负责偷钱包，一个负责转移钱包。不过，这些只是我们的推测。我们必须找到杨铮锐。唉，你的黑咖啡要是能回到九年前就好了。我埋伏在顾佳欣家里，等何炎月和杨铮锐来了，我就抓了他们。可惜你的方糖只剩下最后一块了，咖啡豆也不多了。没了方糖，即使有咖啡豆，我也不敢喝。"

"你干脆回到柯晓莲自杀那天，救她。做人不要太贪心，曾经拥有过这样一罐咖啡豆，我已经很满足了。生活中偶尔会有奇迹降临，但是我不会期待一直有奇迹降临，我们终究要回归平淡平凡的生活。"

"平淡平凡的生活就是幸福的生活。我喜欢这样的生活。"

两人忙了一天，深更半夜回到咖啡馆。一进院子，两人就觉得不对劲，铁门敞开着。吕迁忘记关门锁门了？不可能！吕迁很细心。

元致澄顺手操起一把种花的锄头，钟念熙弯腰捡起一截树棍。两人蹑手蹑脚地走进咖啡馆。咖啡馆的玻璃门也敞开着，店里狼狈不堪，桌椅横七竖八倒在地上，吧台被砸得稀巴烂。很明显，有贼进来过。

元致澄打电话报警。钟念熙检查吧台的抽屉，所有的抽屉都被撬开了。黑咖啡豆和最后一块方糖不见了，其他咖啡豆和方糖也不见了。地上撒了好多咖啡豆和方糖。

四十分钟后，穆权和老丁来了。老丁问丢了什么贵重物品。钟念熙想了想，很认真地说："一块方糖，少许黑咖啡豆。"

穆权轻蔑一笑说："元队，这也值得报警！哄女朋友开心也不必如此吧。浪费警力！我们手头的案子多着呢！"

元致澄严肃地说:"一案归一案。这位女士的店失窃了,她现在报警了。请你按规矩办事。"

穆权对元致澄不屑一顾,他转向老丁,故意大声说:"朱宗浩的谋杀案,我们还没破呢!今晚跑这儿来加班了!老丁,你找的那两个高中生怎么回事,嫌疑人长什么样子都说不清楚!一会儿长这样,一会儿长那样,搞得我们团团转,忙死了。"

"证人因为紧张,说不清楚嫌疑人的长相,也是常有的事,我们又不是第一次遇到这种事。"老丁给钟念熙录口供,顺嘴反驳穆权。穆权攻击元致澄,那是穆权和元致澄之间的事,分局的人都知道这两人关系不好。穆权想借他来攻击元致澄,没门。他不怕得罪穆权副大队长,他资格老。

穆权在老丁这里讨了没趣,悻悻地转了一圈。他和钟念熙说,他要看视频监控。钟念熙说,设备坏了。店员约了师傅明天来修,没想到今晚出事了。

穆权和老丁离开,已经凌晨两点钟了。经过这一番折腾,元致澄和钟念熙都不想休息。钟念熙泡了一壶碧螺春,两人闲聊。

"这位穆警官似乎对你意见很大。"

"你猜他是谁。"

"我怎么知道。"

"我和他是大学同学,我们原本就有矛盾。后来我和他姐姐结婚了,他成了我小舅子。他一直怪我没把他姐姐照顾好。也是!那段时间,我忙于工作,疏忽了老婆。"

"原来是这样……我解脱了。"

"什么？"

"黑咖啡豆和方糖都没有了。我解脱了。"

"你不能时光旅行了。"

"但是我解脱了。我觉得活在当下是最好的。"

"这个贼挺有意思，偷了收银台里的三百多块钱，还要偷黑咖啡豆和最后一块方糖。他知道它们的作用吗？"

"你想说什么？"

"会不会是吕迁？"

"吕迁？不可能！他不是这种人！别的咖啡豆和方糖也被偷走了。"

"我只是陈述事实。吕迁在这里工作这么久，他不可能不知道黑咖啡加方糖的秘密。被人遗忘之后，他活得很痛苦。"

"会不会是想救父亲的那个大孝子？或者就是一个普通的贼，偷钱的时候顺手偷走了黑咖啡豆和方糖。"

"我觉得不是大孝子！即使他知道要偷黑咖啡豆，他也不知道要偷最后一块方糖呀！除了你我，这世上还有谁知道方糖的秘密？"

"没有！我只告诉过你，如果吕迁不知道的话。可惜视频监控坏了。"

"希望不要多生事端，我真是怕了蝴蝶效应。等明天吕迁来上班，你旁敲侧击试试他。算了，你别这么做，免得露出马脚，你会有危险。我明天下午过来，我亲自试试他。"

"你明天上午干什么？"

"我去吉祥房产,打听杨铮锐这个人的情况。综合目前的线索来看,他的嫌疑最大。"

"糟糕!"

"怎么啦?你觉得他不是嫌疑人?"

"黑咖啡和方糖没有了。郝仁义怎么办?"

"唉!这个贼……其实我一直有个疑问,想向钟老师请教。"

"提问是个好习惯,说来听听。"

"你说,以人类目前对时空的认知,根本没有办法穿越时空。穿越时空只是科学家的理论研究。那么,我们喝了黑咖啡,我们真的穿越时空了吗?我们真的回到过去了吗?有没有可能,这一切都是我们在做梦。"

"有可能!有可能人生就是一场梦,你我身处梦中而不自知。"

"什么时候梦醒呢?"

"我想,大概要等到人生结束的时候吧。当一切停止了,做梦的人就该清醒了。世事一场大梦,人生几度秋凉。"

窗外响起呼呼的风声,这是深秋的风声。元致澄抬腕看表,已经凌晨三点钟了。他应该走了,他不太想走。他有些累了,他想在这里睡一夜。他没有别的意思。他的意思是,他睡一楼,钟念熙睡二楼。可是钟念熙没开口,他不方便主动开口。再说了,钟念熙和戚渔翩尚未正式离婚,他别把自己搞得像第三者。

钟念熙似乎明白元致澄在想什么,她笑着说:"太晚了,元队,你在一楼的沙发上凑合一夜吧。"

元致澄惊喜地问:"可以吗?"

钟念熙笑着说:"当然……不可以!"

元致澄用手指的关节敲了一下钟念熙的额头。他就知道她不允许他这么做。经历了丈夫的出轨和背叛,在正式离婚之前,她不会接受他。不过,她拒绝了程庸,这很好。

钟念熙将元致澄的外套递给他。元致澄一边穿外套一边说:"我送你去宾馆。"

钟念熙莫名其妙,问:"我去宾馆干什么?"

元致澄笑着说:"钟老师,你的咖啡馆刚刚有贼进来过,门锁都被撬了。你应该不想在这里过夜吧?"

钟念熙笑着说:"我不怕!一夜遭遇两次贼的可能性,小于陨石落到地球的可能性。"

元致澄笑着说:"我怕!一夜遭遇两次贼的可能性,大于我捡到陨石的可能性。"

第十七章
消失的疑凶

次日早晨,元致澄独自开车来到吉祥房产公司。他应该和钟念熙一起来,在张夺面前表演一场准备买房的好戏。可是他不想这么做,免得张夺又叫钟念熙去看房。这不是为难钟念熙吗?其实钟念熙是一个很单纯很没心机的人,傻兮兮的。她不擅长撒谎。

张夺以为元致澄是来看房的,对着元致澄眉开眼笑。元致澄亮出警察证。张夺变了脸色,惊讶且小心翼翼地问:"警察同志,找我有事吗?"

"你认识杨铮锐,对吗?"

"不认识!"

"他是你同事。"

"我同事里没有叫杨铮锐的人。"

"你昨天提过他!你说他六月份辞职了。"

"不可能啊!我根本不认识这个人。"

张夺把今年的全店员工花名册交给元致澄。果然没有杨铮锐这个人。元致澄不相信,他随机问了店里的两个员工,都说店里从来没有这个人,他们也不认识这个人。

元致澄糊涂了。难道他听错了，昨天张夺没提过杨铮锐这个名字？那么章益呢？昨天章益提过杨铮锐这个名字吗？他记得章益提过，他记得。

元致澄开车去了章益的中介公司。章益不在店里，一个小姑娘说老板带客户去看房了。元致澄不想打草惊蛇，他走进马路对面的一家小馆子。现在吃午饭是太早了，先吃着吧。

元致澄一边吃一边等，足足等了两小时，终于看见章益回来了。元致澄隔着马路叫他。看见元致澄，章益神色慌张，他冲元致澄又摇头又摆手，指着远处一家奶茶店。

两人进了奶茶店。章益说："抱歉，元警官！如果我让你去我店里，我的员工就会告诉我老婆，我老婆就会怀疑我。她至今不知道我和柯晓莲谈过恋爱。我骗她说，分手那段时间，我一直在等她。"

这个男人虚伪到极致。不过元致澄对他的私事不感兴趣。

"没关系，章先生。我今天来就是想和你打听一下，关于杨铮锐的情况。你把你知道的全都告诉我。"

"杨铮锐？是谁？我不认识这个人。"

"章先生，你什么意思？你昨晚明明和我说，柯晓莲在吉祥房产工作的时候，有个叫杨铮锐的同事追她，她挺烦这个人。你说杨铮锐喜欢练拳击，曾经对看房不买房的客户动手，你还帮他赔礼道歉。"

"元警官，你可能听错了，我说的同事是张夺。杨铮锐是谁？这个名字我听都没听过。"

章益的表情不像在撒谎，更不像在开玩笑。这倒让元致澄怀疑

289

自己是不是又听错了。章益昨晚真的没提过杨铮锐吗？杨铮锐和张夺，这两个名字相差太多，他真的会听错吗？元致澄冲章益挥手，章益赶紧走了。

元致澄打电话给钟念熙。他问钟念熙，昨晚章益提过的，追柯晓莲的人是杨铮锐还是张夺。钟念熙很肯定地说："杨铮锐。昨晚我问他，这个人的名字怎么写。你记得吗？"

"张夺呢？昨天他有没有提过杨铮锐这个名字？"

"他提过！他说吴馨是杨铮锐的客户，原本应该杨铮锐带吴馨去看房。你忘啦？"

"你确定吗？"

"我确定！你忘啦？我们昨晚讨论过，蝴蝶效应导致6月20日晚上带吴馨看房的人从杨铮锐变成了张夺。"

既然张夺和章益昨天都提过这个人，为什么今天他们死活不承认？难道他们连夜串供撒谎？这么做对他们有什么好处？元致澄挠破脑袋也想不出答案。

元致澄开车又来到吉祥房产公司。张夺看见元致澄，更加惊讶且小心翼翼地问："元警官，你又找我，又有什么事吗？"

"柯晓莲在这里上班的时候，你追过她？"

"我没有！"

"你有！"

"元警官，我是想追她。我约她吃饭，她拒绝我了。不久我就发现她和章益手牵手逛街。我真不知道那个家伙有什么好。脚踏两条船。"

"我问你,你认识杨铮锐吗?"

"哎哟,元警官,你上午不是问过我了吗?我这么和你说吧,从我出生到今天,我第一次听到这个名字。你告诉我的。"

"你们这里最老的员工是谁?"

"刘叔。他在这里做了十三年,他是店里第一个中介。"

"你把他叫来。"

刘叔被张夺叫来会议室,元致澄问他是否认识杨铮锐。这个人2015年在店里工作,今年六月份辞职。刘叔说:"元警官,没有这个人。我在店里做了十三年,我记忆力很好。哪一年来了谁,哪一年走了谁,哪怕只上班一星期的实习生,我都记得清清楚楚。"

刘叔没必要帮张夺和章益撒谎。怎么突然就没有杨铮锐这个人了?不对劲!不对劲!不对劲!哪里出了问题?

昨天元致澄和钟念熙都亲耳听见张夺和章益提过杨铮锐的名字,杨铮锐是吉祥房产公司的中介。今天张夺和章益都表示他们不认识这个人,刘叔也说没有这个人。杨铮锐怎么好像从这个世界消失了似的,凭空消失。凭空消失?消失?元致澄的脑海里灵光忽闪。

杨铮锐,他是消失了还是被所有人遗忘了?一个存在的人不可能消失,只可能被遗忘。时光知返咖啡馆的失窃案……

元致澄掏出手机,想打电话给花若诗,让她赶快看一下最近调查的几宗案子,但是他发现他和花若诗说不清楚这些事情。

元致澄一脚油门踩到局里。他在内网输入一些人的名字,庞渡铭、

291

周松、朱宗浩、姚素霞、何炎月。内网没有这些人的死亡资料，他们全都活着，自杀的何炎月也活着。元致澄坐在椅子上，呆呆地看着电脑。

昨天晚上，杨铮锐去时光知返咖啡馆偷走了黑咖啡豆。他回到10月26日，他只要不杀死朱宗浩，他就改变了朱宗浩的命运，朱宗浩就会活下来。同理，他回到庞渡铭和周松被杀的那一天，他有太多办法可以阻止何炎月杀他们。曹温良被何炎月刺伤，他也可以轻松阻止。

杨铮锐喝了没加糖的黑咖啡，改变了这些受害者的命运，所以张夯、章益和刘叔这些人都将杨铮锐忘记了。但是元致澄和钟念熙却记得他，因为元致澄和钟念熙喝过加糖的黑咖啡，他们俩记得各个平行世界发生过的事情。

杨铮锐这么做的原因只有一个，就是为了摆脱法律的制裁。他要让所有认识他的人都忘记他。

杀死朱宗浩和姚素霞的那天晚上，杨铮锐被两个高中生撞见了。他担心高中生会记得他的样子，他担心警察会根据高中生对他外貌的描述，逮捕他归案，所以他必须回到过去，让已经发生的一切在这个时空全部消失，让已经发生的一切在这个时空变成没有发生。

可是他这么做，那些侮辱柯晓莲的禽兽在这个时空就活下来了啊！杨铮锐会不会为了摆脱法律的制裁，允许他们好好活着？他不会！

他不会放弃报仇，他绝对不会放弃报仇。他需要的是，报仇之后顺利摆脱法律的制裁。现在没人记得他了，他可以二次报仇了。

元致澄搜索杨铮锐的名字，内网没有任何他的信息，也就是说，他现在是一个消失的人，是一个不存在于这个世界的人。

昨天晚上，元致澄和钟念熙对于杨铮锐是嫌疑人的讨论，仅仅停留在推测阶段。现在元致澄可以确定，杨铮锐就是这一起跨时空连环凶杀案最大的嫌疑人。

戚渔翩、元致秋、吴馨、庞渡铭、曹温良、屠芳洲、周松、朱宗浩、姚素霞。元致澄命令花若诗和老丁组织警力保护这九个受害者以及何炎月。花若诗拿着这份十人名单，不知所措。"元队，这些人都是谁啊？要不要和乔局打声招呼？我们调不动这么多警力。"

元致澄愣住了。是啊！这十个人都是谁啊？他凭什么要求自己的同事去保护他们？元致澄感觉自己站在茫茫荒原上，孤身一人，走投无路，进退两难。即使乔局同意保护这些人，杨铮锐也可能会随机杀死陌生女人。当务之急是找到杨铮锐。

穆权冷笑说："元队，公器私用，你是越来越熟练了。"

要想找到杨铮锐，必须先找到一个人，何炎月。元致澄开车去鸿鹄小学，直奔何炎月的办公室。

看见哥哥元致澄，元致秋惊讶极了。她和元致澄十年没联系，前些天元致澄突然去她家，东拉西扯一堆废话，在她家的书房转来转去，眼睛瞄着她的书柜。现在又来学校骚扰她？

元致秋想说什么，元致澄示意她闭嘴。"妹妹，十年了，我知道上次我们没有把话说完，你有很多话想和我说，我也有很多话想和你说，但我今天来不是找你。"

元致澄话音未落，何炎月进来了，她刚刚下课。与何炎月四目相对的一瞬间，元致澄断定何炎月记得所有的事情。因为何炎月喝过一杯加糖的黑咖啡。

元致澄拉着何炎月出去了。元致秋莫名其妙，目瞪口呆。

下课了，校园里全是学生，人声鼎沸。元致澄和何炎月好不容易才找到一处僻静的地方。

"杨铮锐回到过去，改变了所有人的命运。害死柯晓莲的凶手全部死而复生。"

"我知道，我和周松也死而复生了。我感觉我好像做了一场梦。我不知道自己现在有没有梦醒，我也不知道自己梦里的经历是不是真实的。"

"你的经历都是真实的，你没有做梦，只不过它们已经是平行世界的事情了。听我说，杨铮锐不会放过那些人！他带着杀死那些人的记忆，回到过去，改变过去，他现在又回到了这个时空。在这个时空，他会重新杀死他们，并且摆脱法律的制裁。我们必须阻止他！"

"畜生该死！"

"你打算再和他合谋作案？"

"不！死而复生让我想通了，活着比什么都重要。如果晓莲活着，她也会反对我为她报仇。这就是她不告诉我那五个畜生是谁的原因。"

"我需要你提供杨铮锐的资料，他现在是一个不存在的人，警察找不到他。"

"畜生该死！我自己不杀畜生，不表示我会阻止杨铮锐杀他们。"

"除了杀死他们五个人，杨铮锐至少还会杀死五个无辜的女性。"

"我管不了那么多。畜生该死！"

"他们是该死，可是他们就这样死了，有谁会知道柯晓莲的委屈呢？他们应该受到法律的制裁，让所有人唾弃他们，而不是被杨铮锐杀死。如果他们被杨铮锐杀死，他们就名正言顺变成了受害者，到时候所有人都会同情他们无辜惨死。"

何炎月没有杨铮锐的照片了，所有关于杨铮锐的信息都消失了，只能根据何炎月的描述给杨铮锐画像。何炎月说杨铮锐戴着黑框眼镜。

看着杨铮锐的画像，元致澄觉得眼熟。他在哪里见过这个人？他见过这个人吗？他见过！

元致澄曾经回到曹温良被杀的那一天，那一天曹温良的妻子唐湛柔带着一个中介模样的人看房子。这个中介在花园里四处打量，当时元致澄以为他在对曹温良的别墅进行估价。元致澄记得他摘下黑框眼镜，对着太阳照了照又戴上。

元致澄开车去咖啡馆，他心里很乱，他迫不及待想和钟念熙聊聊。一种铺天盖地的孤独感如潮水袭来。在这个世界上，只有钟念熙理解他。幸好他还有钟念熙。

吕迁正在收拾被砸得稀巴烂的吧台，看见元致澄进来。他苦笑了一下说："昨晚我要是在这里就好了。"

"昨晚幸亏你不在这里，否则……"元致澄做了个抹脖子的动作。

"昨晚店里没客人，我也有些累，八点钟就回去睡觉了。早晨钟老师打电话跟我说，咖啡馆被偷了。我简直不敢相信。"

"老吕，你是一个人租房吗？独居？"

"是啊！元队，你知道的，我妻子不记得我了。"

"你想她吗？"

"说不想是假的。不过我也习惯了。"

"如果钟老师给你一杯黑咖啡，你还想回到过去吗？"

"现在没有黑咖啡了！"

"如果，我是说，如果。"

"我想！可是我又担心蝴蝶效应。如果我回到过去，不知道会发生什么比现在更坏的事情。我怕！"

"还有比现在更坏的事情吗？现在的事情，你觉得还不够坏吗？"

"我觉得没有最坏，只有更坏。"

钟念熙从二楼下来，元致澄给了她一个眼神。两人上了二楼。元致澄将杨铮锐的情况告诉钟念熙。

"我在曹温良的别墅见过杨铮锐，他以中介的身份去看房子。现在想想，他是去踩点。真是肆无忌惮！那天上午如果不是何炎月刺伤了曹温良，晚上杨铮锐应该就会杀了曹温良和屠芳洲。事实上，另一个时空,9月21日晚上，在名仙山旧步道，他已经杀了曹温良和屠芳洲。"

"这么说，杨铮锐是连环凶杀案真正的凶手？"

"在法院判决之前,我会称呼他疑凶。"

"杨铮锐是真正的疑凶?"

"所有的线索合在一起,是他!何炎月也默认是他!可是他消失了,现在只有何炎月提供的这幅画像。而且他没有作案。这个时空,目前他还没有作案。"

元致澄将画像递给钟念熙。钟念熙接过画像,仔细看了看,她说:"我也想起来这个人了。"

"你也见过他?"

"你记得前天晚上有个孝顺儿子来找我吗?他戴着黑框眼镜。我记得他哭的时候,他摘下黑框眼镜,对着灯光照了照又戴上。"

"杨铮锐在曹温良的花园也有这个动作。他摘下黑框眼镜,对着太阳照了照又戴上。"

元致澄也想起来那个孝顺儿子了。前天他和钟念熙见了顾佳欣,去了朱宗浩的案发现场,又去了看守所探望何炎月。晚上他们回到咖啡馆,有个男人在等钟念熙。男人说,他爸爸出车祸死了。他爸爸一个人把他拉扯大不容易,他还没来得及尽孝。

这个大孝子就是杨铮锐。他撒谎了。他想回到过去不是为了救他爸爸,而是为了摆脱法律的制裁。钟念熙不给他黑咖啡,他就来偷。

在咖啡馆,杨铮锐戴着鸭舌帽和口罩,穿着黑色风衣。在曹温良的别墅,他没戴帽子和口罩,穿着中介日常穿的白衬衫和黑西装,挂着胸牌。这两种打扮,形象反差较大。元致澄没发现他们是同一个人。

元致澄想了想,杨铮锐好像个子不高。"前天的视频监控保留了吗？"

"视频监控坏了。即使没坏，我想，历史记录上也不会有杨铮锐。"

是啊！没有杨铮锐。怎么会有杨铮锐呢？杨铮锐已经从这个世界消失了。元致澄走来走去，走到窗前，望着远处大街上人来人往。在杨铮锐动手之前，他必须找到他。

"前天他在这里的时候，吕迁说视频监控坏了。他一定听到了，昨天晚上就来偷咖啡豆了。"

"即使视频监控没坏，他也会来偷咖啡豆。他要摆脱法律的制裁。"

"他会再杀一次那些人吗？"

"会！我直觉会！"

"你的直觉准吗？"

"准！非常准！"

元致澄复印了杨铮锐的画像，叫来花若诗和老丁，以及几个平时和他走得近的同事，将画像交给他们。叮嘱他们无论用什么办法，必须尽快找到这个叫杨铮锐的男人。他现在也可能叫别的名字。总之，这是一个高度危险分子，有潜在连环杀人倾向。元致澄面色凝重。这些人没有多问什么，积极做事去了。

元致澄自己采取了最笨的方法寻找杨铮锐。他拿着画像，以刺槐大街的吉祥房产公司为圆心，以三公里为半径，一家店铺一家店铺去询问，最近有没有见过这个男人。

元致澄的想法很简单。杨铮锐曾经在这里工作过，那么他会不会再来这附近吃饭或者购物呢？虽然全世界都忘记了杨铮锐，但是杨铮锐还是杨铮锐,他的生活习惯未必会改变。

杨铮锐现在活着,他活着他就需要和人打交道。张夺、章益和刘叔这些人完全有可能重新认识他,就好像吕迁的母亲重新认识吕迁一样。如果现在有人问吕迁的母亲,吕迁是谁。她一定会说是那个送她废纸箱的年轻人,是那个帮她搬家的年轻人,是那个喜欢吃红烧肉的年轻人。她不会说自己不认识吕迁。

一连十来天也没有杨铮锐的线索,元致澄垂头丧气,他担心杨铮锐随时会行凶。

这天中午,元致澄从刺槐大街开车去咖啡馆吃午饭。饭后钟念熙要回家取衣服,元致澄送她。钟念熙知道元致澄忙于抓杨铮锐,到家之后,她让元致澄先走,她自己回咖啡馆。戚渔翮在家,元致澄不方便多待,匆匆走了。

元致澄开车去了与刺槐大街距离较远的一条大街。他已经将自己的搜索范围由半径三公里扩大到五公里了。

一家化学试剂店的老板告诉元致澄,画像中的人前几天来过店里买化学品。他要购买的剂量比较大,老板说只能卖给他小剂量。他骂骂咧咧,差点儿对老板动手。元致澄问这个人买了哪些化学品,老板将记录拿给元致澄看。

杨铮锐使用了假名字,假身份证,假工作单位。元致澄懂得一些基本的化学知识,如果杨铮锐去很多家化学试剂店,每家分批次小剂量购买这些化学品……

手机突然响了,吓元致澄一跳。"小花,什么事?找到杨铮锐了吗？"

"元队，安平村13号农舍发生爆炸，目前情况不明。乔局让你赶快过去。我们都过去了。"

元致澄的手哆嗦了，手机掉在柜台上。他慌忙捡起手机，拔腿就跑。他的车开得比火箭快，半小时后到达现场。消防员正在灭火。

戚渔翩、庞渡铭、曹温良、周松和朱宗浩，这五个人死而复生之后，他们的电话号码，元致澄全部存进了手机里。元致澄拨打他们的电话，全部关机。

元致澄望着熊熊烈火，无能为力的感觉侵袭他的全身，他靠在一棵树上。他给钟念熙打电话，关机。这时候她应该在咖啡馆睡觉。

二十分钟后，一具具尸体从火场里面被抬出来。消防员高喊："这个女的活着！"

女的！怎么会有女的？元致秋？吴馨？屠芳洲？姚素霞？还是蝴蝶效应带来了一个陌生女人？元致澄仿佛被打了强心针，一跃而起，他跑过去看是谁。

那女的一张脸被烧得面目全非，左手腕上戴着有花纹的铂金镯子。钟念熙的左手腕上平时也戴着一模一样的铂金镯子。

她是钟念熙。钟念熙也看见元致澄了。她双唇蠕动，似乎有话要说。元致澄跪下来，耳朵贴近她的双唇。"对不起！我看见他出门，神神秘秘。我怀疑杨铮锐找他，我跟踪他……"

钟念熙被抬上救护车，元致澄要去医院。乔局拉住他。"五死一伤，你是队长，你要在现场办公。你去医院干什么！"

元致澄甩开乔局的手,"她是我未来老婆!"

手术室外,元致澄觉得自己一分钟老了一岁。不!一秒钟老了一岁。他等了很久很久很久,手术室的门终于终于终于开了。元致澄慌忙迎上去,医生冲他摇了摇头。一瞬间,元致澄没站稳,踉跄了好几步。不可能!不可能!谁都可能死!钟念熙不可能死!钟念熙怎么可能死呢?钟念熙就是不可能死!没有理由!他的钟念熙就是不可能死!她怎么会死?她不会死!

元致澄扶着墙,他想哭又哭不出来,喉咙好像被什么堵住了似的。他使劲呕,使劲呕,使劲呕,他感觉自己的心都快要被呕出来了。但是他的钟念熙却被白布床单蒙上了脸。她死了吗?她再也不能和他说话了吗?

杨铮锐,即使你不存在于这个世界,我元致澄也有办法把你找出来。

花若诗和老丁也来了,两人沉默着。这时候,任何言语都是多余的。

在家昏昏沉沉地睡了三天,元致澄辞职了。乔局向他保证,他离开爆炸现场的事,不会追究他的责任。元致澄坚持以私人理由辞职。

花若诗问:"元队,因为钟老师吗?"

元致澄说:"因为我要做一件事。"

元致澄租了瀛海市展览中心最豪华的长乐厅,举办柯晓莲女士逝世九周年纪念活动。活动提前半个月在网上预热。各平台,各自媒体，拼了老命地为这个活动做宣传。

不仅如此，瀛海市的公交站、地铁站、写字楼、商场、超市、菜市场、城中村、满大街跑的出租车和公交车，也都有这个活动的宣传广告。广告特别声明，柯晓莲的父母和她最爱的男朋友会亲临现场，与大家互动。

一时之间，无论是忙到飞起的白领或者闲到嗑瓜子的老人，都在议论这位柯晓莲女士是何方神圣？死了九年还能闹这么大阵仗。

花若诗不依不饶地问元致澄，他要干什么。元致澄说："抓疑凶。"花若诗不再多问，她叫了老丁以及几个平时和元致澄走得近的同事过来帮忙。

纪念活动一共举行了三天。第一天和第二天，慕名来了很多好奇的人。柯晓莲的父母向大家分享了柯晓莲生前的趣事。男朋友章益向大家分享了他和柯晓莲恋爱的甜蜜。何炎月也来了，分享了她和柯晓莲一起读书的经历。说到动情处，何炎月号啕痛哭，差点儿昏厥，主持人花若诗不得不请她去后台休息。

活动现场展示了柯晓莲的遗物，供来宾缅怀。

第一天和第二天，杨铮锐没有来。第三天，杨铮锐也没有来。元致澄坐在空无一人的长乐厅里发呆。

纪念活动主办方宣布，因为活动实在太火爆，太多人喜欢柯晓莲女士，活动延期两天。

第四天，柯晓莲的小学同学分享了柯晓莲偷别人零花钱的经历。柯晓莲的中学同学分享了柯晓莲考试作弊的经历。柯晓莲的大学同学分享了柯晓莲勾引男生帮自己获得奖学金的经历。

　　第五天，何炎月分享了柯晓莲屡次脚踏两条船的经历。何炎月咆哮："她假装一副楚楚可怜的样子，到处勾引男人，玩弄男人，我劝她住手，她和我绝交。我第一天的分享全是假话。我呸！"男朋友章益也分享了他和柯晓莲在恋爱期间，柯晓莲水性杨花，勾三搭四的经历。

　　这两天的分享通过自媒体在网上掀起一股对贱女人柯晓莲喊打喊杀的浪潮。

　　活动快结束的时刻，一直没有露面的主办方终于露面了。他叫元致澄，是柯晓莲短暂的生命中，众多男朋友中的一个。元致澄上台控诉柯晓莲，他的发言充满了"婊子""娼妇""下贱""不要脸"等字眼。

　　元致澄唾沫横飞，人群中突然响起清脆的瓷器碎裂的声音。人群呼啦一下子让开了路。一个戴着黑框眼镜的男人，拿着半截花瓶冲上去，刺向元致澄。"我不准你侮辱晓莲！"几乎是同时，主持人花若诗和保安老丁按住了这个疯狂的男人。

　　元致澄向台下的人群鞠躬。"柯伯父、柯伯母、章先生、何老师，所有柯晓莲女士的朋友们，谢谢你们愿意配合我！我也郑重地向柯晓莲女士道歉！希望她在天之灵，原谅我！"

　　杨铮锐，轰动全市的安平村13号农舍爆炸案，涉嫌炸死六条人命的疑凶，被辞职警察元致澄用一场闹剧的方式逮捕归案。

　　崇汇分局的审讯室里，审讯结束，花若诗和老丁都出去了。元致澄和杨铮锐面对面。

"知道我为什么抓你吗?"

"我杀人放火!"

"不止!你滥用私刑,为柯晓莲报仇,你害死了我老婆!"

"那五个男人该死,我替天行道!我没想过要杀你老婆,是她自己多事跑到农舍来!她找死!"

"知道我为什么不杀你吗?"

"你杀不杀我,我的结局都一样!"

"不一样!你应该受到法律的制裁,而不是我个人的惩罚!"

杨铮锐告诉元致澄,黑咖啡被他喝完了,一颗咖啡豆也没剩下。

乔局希望元致澄回去上班,元致澄拒绝了。现在全瀛海市的人都认识他了,他不适合做警察了。

元致澄悄悄去探望钟念熙的父母。因为他和钟念熙不是恋人关系,没见过双方父母,所以他不方便向钟念熙的父母表明身份。他只能远远地看着他们。钟念熙的眼睛像母亲,鼻子像父亲。如果今后他们有什么事,需要帮忙,他一定以女婿自居,当仁不让。

看着两位老人互相搀扶的身影,元致澄心如刀割。他开车去墓园见钟念熙,嘱咐她放心,他会照顾她的父母。见过钟念熙,他开车去时光知返咖啡馆。从钟念熙出事到今天,他一次也没去过咖啡馆。不是没时间去,而是不敢去。他害怕触景生情。

可是,当钟念熙离开之后,能触景生情也未尝不是一种幸福。他对她的情会随着眼前的景变得更加浓烈。这样他就可以沉浸在短暂的虚幻的欢乐中，假装她没有离开。他最害怕的是，有一天他连对她的记忆也没有了。

伯父伯母会转让咖啡馆吗？他现在没有工作，经营一家咖啡馆适合他吗？

院子的铁门虚掩着，元致澄轻轻一推，铁门开了。吕迁还没下班吗？或者咖啡馆已经转让，换了新主人？落地窗的白纱帘若隐若现，元致澄看不清楚店里的情况。他安静地站在院子里。

夏天过去了，秋天也过去了。姹紫嫣红的花全都凋谢了，枇杷树依然葱茏。"庭有枇杷树，吾妻死之年所手植也。今已亭亭如盖矣。"元致澄仰头望着枇杷树。中学时代学过的课文，当年他不懂什么意思，如今全懂了。

元致澄潸然泪下。多少次，他和她坐在枇杷树下闲聊，如今物是人非。世间的痛苦有很多种，物是人非绝对是最痛苦的那一种。它像钝刀子割肉，一刀一刀，不停地割肉，被割肉的人却死不了。死不了，也活不下去。

元致澄掏出手机，相册里有一张他偷拍的钟念熙坐在枇杷树下打盹儿的照片。这半年他和她一起经历了好多事，好多好多匪夷所思的事，到最后他却是双手空空，只有一张她的照片，还是她的背影。他一度以为自己无所不能，其实他不过是被命运裹挟的小船。没有帆，没有桨，随波漂荡在茫茫大海上。

黄昏，天色渐暗，风吹过。一瞬间，店里的灯亮了，温暖又孤独。

透过白纱帘，元致澄隐约看见店里有个人影。

元致澄走进去。那个人坐在吧台里，背对着他。"钟念熙！"元致澄轻轻地，颤抖地叫了一声。

那人转过身，站起来，笑着对他说："你怎么来啦？是不是闻到臭豆腐的香味啦？"

元致澄冲过去，紧紧将钟念熙抱在怀里，仿佛要把她嵌入自己的生命里。

"喂！你干什么？元致澄！我没允许你这么做！"

元致澄不管不顾，他狠狠地抱住钟念熙，他泪流满面。良久，他放开她，伸手摸了摸她的脸，确信了她的存在。

"你怎么了？一天没见而已。用不着演得像生离死别吧！我不吃这一套。"

"我不是演！我是真的生离死别！"

元致澄将这一个多月的经历详详细细地告诉钟念熙。

钟念熙愣住了。"你相信吗？我刚刚在沙发上睡着了，我做了一个很长很长，并且很真实的梦。梦里的情景和你描述的一模一样。"

元致澄也愣住了。"难道我这一个多月的经历是一场梦？我刚刚梦醒？"

元致澄拉着钟念熙出了咖啡馆。

"你要干什么？"

"我要验证一件事。"

元致澄开车去局里。下班了，同事们都走得差不多了，只有花若诗和老丁在加班。看见死而复生的钟念熙,他们无动于衷,他们平静极了。他们怎么不惊讶?

元致澄问:"小花,杨铮锐在哪里?"

花若诗问:"谁呀?"

元致澄说:"安平村爆炸案的凶手,杨铮锐!他炸死了六个人!"

花若诗一脸茫然地问老丁:"这么大的案子,我怎么没听说?哪个分局负责?"

老丁一脸茫然地问元致澄:"元队,这是哪一年的案子?"

爆炸案消失了!那么,被炸死的人呢?钟念熙死而复生,其他人呢?钟念熙的手机响了,她看了元致澄一眼才接电话。电话那头是戚渔翩欢快的声音:"老婆,你什么时候到家?我今晚炖了鱼汤。"

元致澄和钟念熙四目相对,他们明白了。有人回到过去,改变了已经发生的事。除了戚渔翩,剩下的四个禽兽肯定也都死而复生了。元致澄上内网搜索,果然如此,爆炸案的新闻也消失了。

是不是杨铮锐?那天晚上,杨铮锐偷走了咖啡豆和最后一块方糖。他说黑咖啡被他喝完了,一颗咖啡豆也没剩下。谁知道他的话是真是假。有没有可能,他藏了一些咖啡豆。他故技重施,又一次回到过去……杨铮锐没有机会再喝黑咖啡,他被关押在看守所。

元致澄打电话给看守所。对方说,从来没有关押过一个叫杨铮锐的人。

元致澄站在窗前,失神地望着远方的万家灯火。是啊!爆炸案消失了,又怎么会有爆炸案的凶手被关押在看守所呢!既然杨铮锐不是凶手,这个时空,他就没有偷黑咖啡豆。他偷黑咖啡豆,是另

307

一个平行世界的事情。那么，是谁让一切回到了原点呢？

"我一直觉得杨铮锐不会偷方糖，他根本不知道方糖的用处。他偷黑咖啡豆是为了让全世界忘记他，他不需要方糖。"

"你还是怀疑……"

"吕迁！他想回到过去，他一直想恢复自己和家人之间的关系。他担心回到过去，蝴蝶效应会让情况变得更糟糕，但是他也知道，蝴蝶效应未必就肯定会让情况变得更糟糕，所以他偷了黑咖啡豆和方糖。他不试一试，他不死心。"

"欲望害人。"

吕迁从来没提过他和家人居住的小区在哪里。钟念熙不知道，元致澄也不知道，这时候两人才发现吕迁很有心机。去哪里找他？他不会来咖啡馆上班了。

元致澄在内网搜索吕迁的信息。那个消失的吕迁，那个被所有人遗忘的吕迁，那个没有亲人和朋友的吕迁，他又出现了。他的生活应该也恢复如初了吧。

第十八章
梦的原点

元致澄和钟念熙开车去了吕迁居住的小区。

夜色朦胧,路灯下,吕迁一手牵着儿子,一手牵着狗,满脸幸福。看见他们,吕迁将狗交给儿子,他走向他们。他有些尴尬。他知道他们来找他的原因。

元致澄问:"为什么要偷黑咖啡豆和方糖!"

吕迁说:"对不起!钟老师!我真的不能忍受一个人的孤独!"

钟念熙说:"你回到了6月13日?你妻子……"

吕迁说:"她死了,我没能救活她。对不起,钟老师!我知道黑咖啡豆很珍贵,方糖更珍贵。你不会给我第三次机会。可是,我真的没有办法,我很爱我儿子和我妈,我很想和他们一起生活。"

孙大芝走过来,向元致澄和钟念熙打了声招呼。她大概以为他们是她儿子的朋友。她对吕迁说:"明天一早我们去扫墓,你别忘了。太早了,花店不开门,你等会儿去把菊花买了。去小区对面那家花店,那家花店的花新鲜。时间过得真快,芙笙死了也有半年了。"

吕迁说:"我知道了,妈!你快叫晓初回家洗澡。"

孙大芝和吕晓初牵着狗走了,剩下三个人沉默着。良久,元致澄说："无论如何，我感谢你救了钟老师！"

吕迁问："我救了钟老师？我只是……为什么我会救了钟老师？"

吕迁的问题把元致澄和钟念熙都问住了。是啊！吕迁回到过去，他妻子死了，他没有改变任何人的命运，为什么爆炸案的六名死者全都死而复生？吕迁和凶手杨铮锐之间有什么关系？

元致澄说："吕迁，你能不能把你三次回到过去的经历详详细细地告诉我？越详细越好。"

6月13日那天，吕迁的妻子淹死了，他母亲活着。吕迁第一次回到过去，救了妻子，结果母亲淹死了，跨海大桥垮塌了。他不得不第二次回到过去。这次他既救了妻子也救了母亲，结果发生了高铁事故。幸运的是他妻子和母亲都平平安安。不幸的是她们俩都忘记吕迁了，所有认识吕迁的人都忘记吕迁了。

吕迁第三次回到过去是在今天。今天他喝了加糖的黑咖啡，打算回到过去救自己的妻子。这样，他救活妻子之后，他的家人也不会忘记他。可是他失败了，事情回到了原点，妻子淹死了，母亲活着。母亲和儿子都记得吕迁，游泳俱乐部的同事和学员也都记得吕迁。

"你浪费了最后一块方糖。太可惜了！"元致澄皱眉，他很不高兴。最后一块方糖，如此珍贵的方糖，他和钟念熙都舍不得用，被吕迁用了，结果他没有做成任何有意义的事。

吕迁低下头，沉默。钟念熙递给元致澄一个眼神，暗示他别这么说。元致澄接收到钟念熙的信号，他转换话题，问："有一件事，也希望你能告诉我,满足我的好奇心。你是怎么偷走,我是说,你怎么拿走黑咖啡豆和方糖的?"

吕迁一直很注意钟念熙随身携带的那把金色钥匙,苦于没机会下手。那天晚上,他八点钟打烊,回出租屋睡觉。半路上他想起自己忘记将牛肉放进冰箱,他赶紧返回咖啡馆,将牛肉放进冰箱。离开的时候,他想起视频监控坏掉了。他就撬开了抽屉,砸烂了吧台,掀翻了桌椅,撒了一地的咖啡豆和方糖,拿走了收银台里的三百多块钱,将咖啡馆弄得好像有贼进来过似的。他偷走了那罐黑咖啡豆和最后一块方糖。

吕迁将剩余的黑咖啡豆还给了钟念熙。元致澄和钟念熙向吕迁告别。吕迁这个人,怎么说呢,他的做法确实情有可原,不过他们也不想再看见他了。

钟念熙说:"在吕迁的记忆中,那晚的失窃案消失了。"

元致澄说:"因为爆炸案消失了,杨铮锐就不是凶手了,那么也就不存在杨铮锐偷黑咖啡豆的事情了。或者说,这些事情是另一个平行世界的事情了。"

钟念熙说:"你推测一下吧,那天晚上的真实情况是什么样的?平行世界,那天晚上真实情况是什么样的?"

元致澄说:"失窃案发生的那天晚上,吕迁八点钟打烊,回出租屋睡觉。半路上他想起自己忘记将牛肉放进冰箱,于是他赶紧返回咖啡馆。他发现咖啡馆的铁门和玻璃门敞开着,咖啡馆一片混乱。

吧台的几个抽屉都被撬开了,各种咖啡豆和方糖撒得到处都是。很明显,有贼进来过。当然,也可能是吕迁在厨房的时候,杨铮锐进来了,那么吕迁躲起来就行了。总之,吕迁将杨铮锐丢下的咖啡豆带走了,最后一块方糖他也带走了。等他回到自己的出租屋,他就将黑咖啡豆挑选出来。吕迁能分辨哪些是他需要的黑咖啡豆。"

钟念熙问:"为什么杨铮锐会丢下一些黑咖啡豆?"

元致澄说:"杨铮锐不知道哪罐咖啡豆是他需要的,他就把抽屉里所有装咖啡豆的罐子都打开,他可能想闻闻味道,帮助自己确认。可是他根本分辨不出来。手忙脚乱之际,有些咖啡豆撒了,包括那些黑咖啡豆。最后一块方糖,杨铮锐不识货,没带走。吕迁捡了大便宜。"

钟念熙说:"吕迁一直盼望有这样的机会,他太想一家人团圆了。即使没有遇到杨铮锐偷窃,恐怕他自己也要动手了。就像他刚刚说的,他妻子死于6月13日,今天12月13日是他回到过去的最后机会。黑咖啡明天就失效了。如果他明天喝黑咖啡,他最远只能回到6月14日。"

元致澄点头,他对钟念熙的话深表赞同。不过……元致澄突然说:"有问题!"

"什么问题?哪里有问题?"

"他妻子死于6月13日,今天12月13日,是他妻子去世半周年的忌日。他为什么今天不去给他妻子扫墓,要明天去扫墓?还有,刚刚他的话也有问题。他说他很爱他儿子和他妈,他很想和他们一起生活。"

"可能他今天太忙了，或者他今天回到过去，妻子死了，他很伤心，所以他决定明天去给妻子扫墓。他的话有什么问题？"

元致澄整理了一下思绪，说："为什么他只提到他爱他儿子和他妈？他不爱自己的妻子吗？他偷走黑咖啡豆和方糖，不就是为了回到6月13日救自己的妻子吗？难道他这次回到过去，目的不是救自己的妻子？"

钟念熙笑了笑说："你别把每个人都当成潜在的罪犯。他说这句话的时候，他妻子已经淹死了。他都承认最后一块方糖是他偷的了。今天他喝的是加糖的黑咖啡。他回到过去，救了妻子，他也不会被妻子忘记。他为什么不救她呢？"

元致澄想了想问："如果今天他喝的是不加糖的黑咖啡，他回到过去，对他的妻子见死不救，他再回到这个时空。他儿子和他妈也不会忘记他，对吧？"

钟念熙想了想说："对！不会忘记他！他尊重命运的安排，不做任何改变。所有认识他的人就不会忘记他了。可是，他为什么要对自己的妻子见死不救呢？没理由啊！他喝了加糖的黑咖啡，回到过去，他救了妻子，改变了妻子的命运，他妻子、他儿子和他妈也都会记得他。全家人大团圆。他有方糖，他为什么要喝不加糖的黑咖啡？"

"他第一次回到过去，救了妻子，他妈死了。这次回到过去，他怎么就能确定自己可以同时救两个人呢？既然不能确定自己是否可以同时救两个人，他这次回到过去岂不是要冒很大的风险？不！他

313

没有冒风险，冒风险的是他妻子和他妈。他妻子和他妈在这个时空活得好好的，他却偏偏要回到过去，让她们落进海中。他冒着两个女人同时失去生命的风险，来成全他自己一家人团圆的私欲。"

"你也别这样想他。他第一次找我就是为了救自己的妻子。第二次找我，他成功救了两个人。这次他偷了方糖，他肯定是有把握，他才回到6月13日。他太想一家人团圆了。今天是最后的期限。"

"你不觉得奇怪吗？一个多月前他就偷了黑咖啡豆和方糖，今天他才回到过去。这一个多月他在干什么？"

"我不知道他在干什么。也许在教两个女人学游泳，也许在反复练习如何同时救两个落水的女人。总之我觉得有很多可能性。"

"你怎么知道他一定把那块方糖放进黑咖啡了？如果，我是说如果，他这次回到过去，他根本就不想救自己的妻子呢？他这次回到过去，目的就是谋杀自己的妻子呢？他只要见死不救就行了。或者他救妻子的时候，动作慢点儿就行了。我不知道他为什么这么做，但是他一定计划了很长时间。他这么做，他儿子和他妈都不会忘记他。他这么做，他不需要方糖，他节约了一块方糖。他第二次回去，成功救了两个人。按理说，他有了成功的经验，这次他应该知道怎么做才可以同时救两个人，但是这次他偏偏只救了一个人，让事情回到了原点。我觉得他就是故意的，他就是杀人犯，法律不能将他定罪的杀人犯。"

钟念熙沉默良久，说："这只是你的猜测。他偷了方糖，为什么不放进黑咖啡？没了黑咖啡，他那块方糖就是普通的方糖，他留着那块方糖也没用处。他那么爱自己的妻子，为什么这次不愿意救她？没理由啊！也许是蝴蝶效应导致事情产生了微妙的误差，这次他没能救活自己的妻子。"

"这确实只是我的猜测。反正我一直觉得这个人的眼神……"元致澄故意不往下说，等钟念熙发问。果然钟念熙好奇地问："眼神怎么了？"

"贼眉鼠眼，城府深，心里有秘密。"

"他心里有秘密，你也知道？你这是事后诸葛亮，而且是纯粹靠猜测的诸葛亮。"

"我不是靠猜测，我是靠推测。我不看动机，也不看过程，我只看结果。他妻子和他妈在这个时空活得好好的，他非要回去一趟，结果妻子淹死了。事前他自己也知道，回去之后他妻子和他妈有可能会被淹死，他还坚持这么做，这不是谋杀是什么？如果他是故意回到过去，故意对自己的妻子见死不救，他这种行为就是故意杀人。他犯了故意杀人罪。"

元致澄和戚渔翩走了，吕迁去小区对面的花店买菊花。

晓初今天放学回家，他说他数学考试成绩是班级第一名，他想去墓园告诉妈妈。他答应了儿子，明天陪他一起去给妈妈扫墓。今天是史芙笙去世半周年的忌日，按理说，作为丈夫，他应该今天去给史芙笙扫墓，今天扫墓比明天扫墓更合适，可是他不想去。

经过小区的荷花池，吕迁停下脚步。他看见两个孩子往荷花池里扔石头。他也弯腰捡起一块石头丢进去,水面泛起一圈圈涟漪。他又弯腰捡起一块石头丢进去,水面又泛起一圈圈涟漪。

等两个孩子走了,吕迁的手伸向裤子口袋,掏出那块方糖。趁四周无人,他将方糖丢进水里,水面没有涟漪。这块方糖仿佛沧海一粟,丢进水里,无声无息,没有痕迹。

咖啡馆的视频监控是他故意破坏的。只剩下最后一块方糖了,他不能再等了。那天晚上,他顺利偷走了黑咖啡豆和方糖。他希望一家人团团圆圆。准备磨咖啡豆的时候,他想起了那个区域经理,想起了史芙笙主动将自己的脸凑过去,任由那个区域经理吻了一下。他犹豫了。

他见识过蝴蝶效应的可怕。救了史芙笙,不能救母亲,跨海大桥垮塌。救了史芙笙和母亲,发生高铁事故,害死更多的人。如果这次他回到过去,救了史芙笙,会发生什么事?史芙笙还会去总部参加培训吗?还会认识那个区域经理吗?他的婚姻会出现第三者插足吗?一家人会分开吗?他不敢预测蝴蝶效应会给他的生活带来什么后果。

于是他又花了一个多月的时间,若无其事地接近史芙笙。他想尽一切办法讨好她。今天上午他觉得火候差不多了,关键是他没有时间了,他孤注一掷地向史芙笙表白。史芙笙很惊讶。她说他是个好人,她很感激他对她的爱,不过她要结婚了。她明天要和那个区域经理领证了。

吕迁呆呆地坐在出租屋里,从上午坐到黄昏,他喝了一杯不加糖的黑咖啡，他回到了6月13日。

让一切回到原点吧。尊重命运的安排，不做任何改变，顺其自然，或许是人生最好的选择。

这个秘密他永远不会告诉任何人，尤其是钟念熙和元致澄。因为他们俩知道方糖的作用。他偷走了方糖，却在喝黑咖啡的时候故意不加方糖……总之，这个秘密他会烂在肚子里，一直到他死亡。

钟念熙和元致澄回到咖啡馆。元致澄将剩余的几颗黑咖啡豆放进玻璃罐子里。寥寥几颗咖啡豆，弥足珍贵，却又好像没什么用处。

"这些不够一杯咖啡的量吧？顶多是半杯的量。能不能喝？"

"我不知道。我没试过用这么少的咖啡豆冲一杯咖啡，也许你喝了之后会产生不可控风险。"

"别吓我！比如呢？"

"你喝了之后，你可能会回到过去，也可能会前往未来，你无法用意念选择和决定这些事。"

"十分钟后……"

"你从此生活在过去或者未来，你无法回到现在。"

"吓我！给你，你的咖啡豆，你自己留着做纪念吧！"

"还是你留着做纪念吧！我觉得它不是什么好东西。"

"不是好东西，你给我？"

"也许你不介意不可控风险呢？你喝了不加糖的黑咖啡，改变了别人的命运，认识你的人就会失去对你的记忆，那么我就可以利用这些记忆在实验室制造新鲜的咖啡豆。哈哈哈,到时候我也会把你忘记。"

"钟巫婆!狠心的女人!"

元致澄将黑咖啡豆藏在自己的卧室里。这几颗珍贵的咖啡豆,如果再被杨铮锐之类的人偷走,他不知道这个时空又会发生什么事。

他去了几次刺槐大街的吉祥房产公司,悄悄跟踪杨铮锐。杨铮锐在这家门店上班。一切回到了原点,什么事也没有发生,杨铮锐当然在这家门店上班。

一天晚上,杨铮锐在地铁口等人,元致澄看见走出来的人是吴馨。

杨铮锐问:"你是吴姐?何炎月介绍的?我是何炎月的朋友杨铮锐。"

吴馨问:"你白天和我说,你晚上没空,你同事张夺带我看房?"

杨铮锐说:"我现在又有空了,就自己来了。吴姐,今晚我们预计看四套二手房,都是有电梯的两居室。"

元致澄也悄悄跟踪杨铮锐去过他家附近。杨铮锐有妻子和女儿,一家三口经常去公园散步,杨铮锐很爱自己的妻子和女儿。

元致澄不相信自己亲眼看见的一切,他潜意识里总觉得杨铮锐有一天要为柯晓莲报仇,他担心杨铮锐并没有放弃他的杀人计划。另一个时空,杨铮锐为什么时隔九年之后出来杀人,为柯晓莲报仇。元致澄至今也想不明白。难道真的像何炎月所说,他们今年才确定了是谁侮辱了柯晓莲?

何炎月那边没有动静。她喝过一杯加糖的黑咖啡,她记得自己曾经做过的事。她说那些事对她而言犹如一场梦,她不会再为柯晓莲报仇了。

她没有接近周松,她恋爱了。她去老火车站附近写生,认识了一个教女儿写生的单亲爸爸。据钟念熙说,男人气质忧郁,神似周松。

钟念熙最近搬到咖啡馆住了。

这个时空的戚渔翩不知道他和元致秋之间的事情已经被钟念熙发现了。他每天都表现得很爱钟念熙,对钟念熙体贴入微。钟念熙没有精力和他纠缠。她挑明事情,摆明态度,要求离婚,戚渔翩不同意。钟念熙不吵不闹,搬到咖啡馆住,不回家。

"戚老师,人生如梦,珍惜当下,请你不要再浪费时间了。"

戚渔翩继续纠缠,钟念熙态度坚决,戚渔翩不得不同意和钟念熙离婚。

钟念熙带元致澄见了父母。元致澄没想到儒雅的钟伯父这么能喝酒,好在他的酒量也不差。元致澄也带钟念熙见了父母,他做好了父母各种挑剔钟念熙的准备,没想到父母对这个未来的儿媳妇非常满意。自从见过钟念熙,父母在小区里散步,总是不经意地和左邻右舍闲聊,自己的儿媳妇是大学教授。

钟念熙和元致澄决定,跳过烦琐的恋爱程序,直奔婚姻。双方父母深表赞同。

钟念熙转让了咖啡馆,她承认自己不是做生意的材料,虽然这样难免会被元致澄嘲笑。嘲笑就嘲笑吧,做自己不喜欢的事,太痛苦了。

元致澄忙着筹备婚礼,根本没时间嘲笑钟念熙。他现在才发现,钟念熙是甩手掌柜。所有关于婚礼的事情,她都不管。美其名曰,相信元致澄,把一切都交给他。

元致澄又要上班,又要筹备婚礼,累得够呛。别以为钟念熙把事情全部交给他了,他就可以做主了。只要有一丝一毫不合钟念熙的心意,她会马上命令他改过来。什么人哪!她怎么是这样的人!

乔局找元致澄谈了几次,又发动花若诗和老丁等人劝元致澄。元致澄回分局上班了。他当初辞职的理由变了。在这些人的记忆中,他是因为要结婚而辞职。这!说不通啊!他怎么可能因为要结婚而辞职呢?难道他准备婚后做全职丈夫?或者婚后全职吃软饭?他是这种人吗?他通过柯晓莲逝世九周年纪念活动逮捕杨铮锐的事情,在大家的记忆中消失了。或者说,这件事情是另一个平行世界的事情了。

穆权结婚了。有家的穆权似乎明白了元致澄当年顾得了工作顾不了家的苦衷。他对元致澄的态度好了很多,主动问这位前姐夫什么时候举行婚礼,他愿意做伴郎。

元致澄努力斡旋,元致秋和父母的关系有所缓和,她带着戚元嘉回家吃过几顿饭。听她说,戚渔翮向她求婚了,她会认真考虑之后再做决定。一直以来都渴望得到的东西,某天突然唾手可得,心里反而没那么想要了。

婚礼的前一天,元致澄带钟念熙去了墓园,他的妻子葬在这里。他和钟念熙曾经在墓园相遇。这次和那次,钟念熙的身份不同了。

站在妻子的墓碑前,元致澄郑重地说:"老婆,我要结婚了。我很爱钟念熙,她也很爱我。她人很好,我相信你能接受她。老婆,谢谢你陪我走过了前半生,钟念熙会陪我走后半生。你放心吧!"

离开墓园,两人商量去超市买菜,晚上在家做饭吃。戚渔翮打电话给钟念熙,他想把结婚礼物拿给她。钟念熙不太想见这个人。元致澄觉得戚渔翮是好意,离婚了也不用变成仇人,老死不相往来。

元致澄陪钟念熙去了光华大学附近的一家咖啡馆。戚渔翮早到,正在喝黑咖啡。看见元致澄,他平静地笑了笑。他送了一对情侣表给他们。三人闲聊了一会儿,终究是有些尴尬。钟念熙对元致澄使眼色,元致澄笑哈哈地说,该回家吃晚饭了。戚渔翮看着元致澄,又看着钟念熙,脸上挂着一丝若有若无的苦笑。这时候戚渔翮的手机响了,他接了电话,脸色大变。

钟念熙问:"怎么了?谁的电话?"

戚渔翮说:"没事!那个……我先回家了。"

钟念熙问:"你等等!你有事!伯父伯母出事了?"

元致澄问:"戚老师,出什么事了?我能帮你吗?"

戚渔翮说:"你不能帮我!"

有个念头在元致澄的脑海里闪过。"是不是杨铮锐威胁你?叫你去安平村13号农舍。"

戚渔翩惊讶地瞪着元致澄，一双眼睛闪烁着疑惑的光。

钟念熙说："不能去！戚渔翩，你不能去！他要炸死你！杨铮锐要炸死你们五个人！"

戚渔翩惊讶地瞪着钟念熙。什么五个人？她怎么知道五个人？难道九年前那件事败露了？钟念熙和他离婚，她的理由是他出轨元致秋，她没提过别的理由。

元致澄说："戚老师，你命不该绝，有些事我和熙熙可能无法解释。但是，俗话说得好，要想人不知，除非己莫为。"

戚渔翩双眼里的光渐渐黯淡了。

元致澄通知穆权，现在立刻马上赶紧带队去安平村13号农舍。穆权晚了一步，农舍已经爆炸了，现场发现四具男性尸体。元致澄让穆权去找一个叫杨铮锐的男人。

"找他干什么？他是什么人？"

"爆炸案的凶手！"

"你怎么知道？你有线索？"

"你不抓他，我就抓他了。功劳就是我的了。"

杨铮锐跑了。他没有从这个世界消失，却好像从这个城市消失了。

穆权向元致澄汇报情况。爆炸案发生一周前，杨铮锐开车，带着妻子和女儿经过翼湾跨海大桥，车子的刹车突然失灵，撞坏了大桥的栏杆，车子冲进海里。杨铮锐的妻子和女儿淹死了，杨铮锐被几个练习皮划艇的人救了。

杨梦雅。看着杨铮锐女儿的名字,元致澄觉得眼熟。他在哪里见过这个名字呢?他一定见过这个名字。

元致澄在办公室走来走去。窗外,小学生放学了,他们一窝蜂地拥出校门。他想起来了,那次他回到6月19日,去鸿鹄小学找他妹妹元致秋。他在教学楼不小心撞到了何炎月。当时何炎月拿着花圈和几张满是字的打印纸。打印纸是一份讲稿,文章标题写着悼念高铁事故身亡的一年级同学之类的话。花圈上的名字很大很醒目,正是这个女孩的名字——杨梦雅。

另一个时空,杨铮锐的女儿杨梦雅死于6月13日的高铁事故。杨铮锐的妻子应该也死于这次高铁事故。之后杨铮锐开始实施他的连环杀人计划。

6月19日,杨铮锐杀了戚渔翩和元致秋。6月20日,杨铮锐重复杀了他们。6月20日,杨铮锐杀了戚渔翩和吴馨。9月21日,杨铮锐杀了曹温良和屠芳洲。10月26日,杨铮锐杀了朱宗浩和姚素霞。10月28日,杨铮锐偷走黑咖啡豆,让一切回到原点,然后他制造了包括钟念熙在内的安平村六人死亡爆炸案。这些事情都是平行世界的事情了。

这个时空,妻子和女儿淹死一周后,杨铮锐制造了这起安平村四人死亡爆炸案。

元致澄掏出手机搜索新闻。6月13日高铁事故的新闻没有了,消失了。高铁事故是平行世界的事故了。

元致澄明白了,为什么吕迁第三次回到过去,蝴蝶效应会导致钟念熙死而复生。因为这次吕迁的妻子史芙笙像第一次那样淹死了，那么她和孙大芝就没有乘坐高铁了。她们没有乘坐高铁，就导致高铁事故没有发生。高铁事故没有发生，就导致杨铮锐的妻子和女儿没有死。杨铮锐的妻子和女儿没有死，就导致杨铮锐没有实施他的连环凶杀案，没有制造六人死亡爆炸案。家庭幸福美满的杨铮锐，没有为柯晓莲报仇的心。

这就是吕迁和凶手杨铮锐之间的关系。吕迁回到过去，另一个时空，他的行为产生了一系列蝴蝶效应，蝴蝶效应导致杨铮锐的心里没有了杀人的念头。但是，这个时空，当杨铮锐的妻子和女儿淹死后，他又开始实施他的杀人计划，为柯晓莲报仇。不同的时空，杨铮锐都是如此选择。某些时空他不仅杀那些禽兽，他还滥杀无辜的女性。

从这些情况可以判断，这一起跨时空连环凶杀案，杨铮锐是主谋，何炎月是从犯。何炎月杀死庞渡铭和周松，刺伤曹温良，是为了避免杨铮锐滥杀无辜的女性。

为什么时隔九年之后，杨铮锐才想起来要为柯晓莲报仇？因为在这个世界上，已经没有人值得杨铮锐珍惜了，杨铮锐没有牵挂了。

爆炸案的社会影响很大。杨铮锐有一定的反侦查经验。元致澄和他的同事们没日没夜地工作。婚礼延期了，钟念熙没有一句怨言。元致澄和钟念熙都知道有一个办法可以抓住杨铮锐，但是他们不想再一次伤害已经离开人世九年的柯晓莲。

戚渔翮交给元致澄一条白裙子。"元警官，我来投案自首。九年前，泰国，柯晓莲的白裙子，这上面有他们四个人的生理痕迹。"

"四个人？"

"四个人！我开玩笑，我说聋哑女孩挺漂亮，我没想到他们真的……"

四个禽兽被杨铮锐炸死了，死无对证。戚渔翮的话，像虫洞和平行世界一样，没有证据证实，也没有证据证伪。当然，现在更没有证据将戚渔翮入罪。九年了，戚渔翮一直保留着这条白裙子，他有什么目的？这个人，城府太深了。

"元警官，既然杨铮锐想杀我，我愿意做你们的诱饵。请你给我一个赎罪的机会。我很后悔自己九年前开那样的玩笑。对那个女孩，我非常内疚。"

乔局批准了元致澄的钓鱼计划。炸得粉碎的安平村13号农舍被修葺一新。戚渔翮只要不上课就住在农舍里，专心等待杨铮锐上门找他报仇。

元致澄和穆权分工合作。穆权带队继续搜捕杨铮锐，元致澄带队驻守安平村。

熬了一周，元致澄毫无收获。乔局发话，再熬三天这个计划就要停止，不能长时间把大量警力耗在这里。元致澄也开始怀疑自己的钓鱼计划了。戚渔翮一直哀求，他希望计划能进行下去。这个人，他是想让自己的良心好过些吧。如果他还有良心的话。

下班回家，钟念熙做了一锅水煮鱼。她最近沉迷做菜，无法自拔。

她按照美食视频，学会了做水煮鱼，她自己觉得味道不错。过几天，等元致澄抓住了杨铮锐，她要给他机会，夸奖她的厨艺。

元致澄打电话给钟念熙。为了这个破计划，他和他的未婚妻已经一周没见面了，乔局还对他横挑鼻子竖挑眼。他太可怜了。他撒娇，他要吃水煮鱼。

"我允许你吃水煮鱼。如果你敢说不好吃，哼哼，那一定是你的味觉出了问题！我的菜没有问题！"

"那我就回来试试你的菜吧。"

"现在回来？"

"是啊！老婆大人，我在路上了。"

"好啊！我等你回家吃饭，我先给鱼缸换水。"

"你不会把我的金鱼做成水煮鱼了吧？"

"哎呀！"

"怎么啦？你怎么啦？钟念熙！"

"你的金鱼死了。"

"可能是鱼缸漏电。没事，你把插头拔掉！注意安全！别碰水！"

钟念熙一边观察那几条死金鱼，一边和元致澄闲聊。门铃响了。"快递到付！快递到付！"门外的快递员不耐烦地叫嚷着。钟念熙开门。快递员突然抓住门，使劲撞了钟念熙几下。钟念熙惊叫，手机摔在地上。电话那头的元致澄听见声音，大喊："钟念熙！钟念熙！你怎么啦！"

杨铮锐捡起手机，冷笑说："元警官，这么多天在村里风餐露宿，累不累啊！九年前戚渔翩怎么对待我的女朋友，今晚我就怎么对待你的未婚妻。"

杨铮锐步步紧逼，钟念熙被逼进厨房。杨铮锐将手机丢进水煮鱼的汤盆里。钟念熙夺过汤盆，连盆带汤砸在杨铮锐身上。杨铮锐躲也不躲，眉头也不皱一下。

"钟老师，我既然来了，就没打算活着离开。临死我也要拉一个垫背的。你命不好，谁让你是戚渔翩的老婆呢！他在农舍被警察保护得好好的，我只能对你下手了。"

"我和戚渔翩离婚了！"

"贱人！水性杨花，勾三搭四！不就是爱上那个臭警察了！"

啪啪！杨铮锐左右开弓，扇了钟念熙两个耳光。他抓住钟念熙的头，使劲往墙上撞。钟念熙被撞得头昏眼花。

清醒！钟念熙！清醒！钟念熙！元致澄马上就来救你了！撑住！钟念熙！撑住！钟念熙！元致澄马上就来救你了！

钟念熙将自己能拿到的所有东西都砸向杨铮锐，杨铮锐依然躲也不躲，他好像不怕痛。钟念熙抓起一把面粉，撒向杨铮锐的眼睛，她趁机跑向客厅。客厅有阳台，她可以从阳台跳下去。

杨铮锐跑得比钟念熙快，他将她推倒在客厅的沙发上。钟念熙拿起茶几上的水果刀，刺向杨铮锐。这次杨铮锐躲开了。他抓住钟念熙的手腕，使劲磕在茶几上，钟念熙手里的水果刀掉在地板上。

杨铮锐从怀里掏出一把更大更长的水果刀，刺向钟念熙的腹部。

钟念熙没能躲开,她从沙发上滚到地板上。她的血染红了沙发和地板。

"坏了老子的兴致。不过,你这么漂亮,老子原谅你了。"

杨铮锐玩猫捉老鼠的游戏。他拉起钟念熙又松开,拉起钟念熙又松开,他满脸邪恶的笑容。钟念熙捂着腹部,她一次又一次跌倒在地板上。因为疼痛,她的额头冒出大颗大颗的汗珠。她想逃跑,她没有力气。她挣扎着,跟跟跄跄走了几步。她趴在鱼缸上,不能动弹。

杨铮锐高兴得哈哈大笑,他对自己的猎物非常满意。"钟老师,你占便宜了,只有我一个欺负你!你知道当年有多少男人欺负我的晓莲吗?五个!整整五个畜生!他妈的!禽兽啊!衣冠禽兽啊!"

"杨铮锐,柯晓莲根本不爱你!她爱的人是章益!你这个可怜虫,你为她报仇?你笑掉我的大牙!"

"你说什么!"杨铮锐似乎遭受了奇耻大辱,他走到鱼缸边,大声质问钟念熙,"你再说一遍!你凭什么说她不爱我?"

"我没说错!你是一厢情愿!章益亲口告诉我的。他说柯晓莲烦你,烦死你了!柯晓莲只爱章益一个人。"

"你放屁!"

"柯晓莲有一本日记,里面写得清清楚楚。她说她讨厌你,特别讨厌你,讨厌你练拳击,讨厌你打客户。她看你一眼吐三天。你又矮又瘦又丑,你长得像猴子,你心理变态。你配不上她,你追她简直是在侮辱她。"钟念熙有气无力。她一边尽量说个不停,吸引杨铮锐的注意,一边将插头插到接线板上。

"住口！你住口！我要杀了你！"杨铮锐冲钟念熙举起水果刀。

趁杨铮锐情绪激动，注意力分散，钟念熙用尽全身力气将鱼缸推向他。她跌跌撞撞地逃开。鱼缸摔得粉碎，水流了满地，杨铮锐滑倒了。鱼缸是通电的，杨铮锐被电晕了。

钟念熙捂着腹部，艰难地爬向大门。门开了，元致澄回来了。钟念熙心里一喜，她昏过去了，她什么都不知道了。

元致澄叫了救护车，钟念熙被送到医院抢救。元致澄焦灼地站在手术室外，他意识到这一幕似曾相识。他经历过这一幕。不是梦！不是梦！不是梦！他确实经历过这一幕。

元致澄又觉得自己一分钟老了一岁。不！一秒钟老了一岁。他等了很久很久很久，手术室的门终于终于终于开了。元致澄慌忙迎上去，医生冲他摇了摇头。一瞬间，元致澄没站稳，踉跄了好几步。

她又一次离开他了？看见钟念熙被白布床单蒙上了脸，元致澄想哭又哭不出来，喉咙好像被什么堵住了似的。他使劲呕，使劲呕，使劲呕，他感觉自己的心都快要被呕出来了。

钟念熙不可能死！钟念熙怎么可能死呢？她不会死！她死了吗？她再也不能和他说话了吗？他又一次失去了钟念熙，他又一次失去了他爱的人。

元致澄坐在墙角，一动不动，面如死灰。

花若诗和老丁也来了，两人沉默着。这时候，任何言语都是多余的。

329

元致澄坚持要亲自审问杨铮锐。有些事情只有他知道,穆权、花若诗和老丁,他们都不知道。

杨铮锐承认,九年前,柯晓莲自杀之后不久,他就开始秘密调查侮辱柯晓莲的畜生。大约一年前他才搞清楚那五个畜生都是谁。他很想为柯晓莲报仇,可是他又担心自己的妻子和女儿。他觉得他不能为了一个已经死去的人连累她们。如果他被警察抓了,她们将无依无靠。于是他决定放弃报仇,好好生活。最近他妻子和女儿淹死了,他安葬了她们,决定自杀的那一刻,他想起了那五个畜生。他觉得他必须先杀死那五个畜生,他才有资格自杀。

"何炎月呢?她参与了吗?"

"何炎月!你知道何炎月?她是晓莲最好的朋友。确实是我们两个人一起调查那五个畜生。她和我一样,也对杀人计划犹豫不决。所以,当我们完成了调查,我们没有采取任何行动。这次爆炸案是我一个人策划的,何炎月什么都不知道。我和她很久没有联系了。"

元致澄问杨铮锐,关于何炎月杀死庞渡铭和周松,刺伤曹温良的事情。杨铮锐没有这些事情的记忆。在他的记忆里,他一个人制造了这起农舍爆炸案,炸死了那四个禽兽。戚渔翩运气好,逃脱了。

关于他偷了黑咖啡豆的事情,杨铮锐也没有记忆,但是他说他做了一个很奇怪的梦。这个梦很长很长,梦里他偷了一罐神奇的黑咖啡豆,喝了黑咖啡,他回到了过去。

杨铮锐不记得他偷了黑咖啡豆的事情?

何炎月喝了加糖的黑咖啡,之后自杀。再之后杨铮锐偷了咖啡豆,让一切回到原点,何炎月也死而复生。死而复生的何炎月,清清楚楚记得自己喝了加糖的黑咖啡,将周松推下天台的事情。当然,她也说过,她感觉她好像做了一场梦。

杨铮锐偷了咖啡豆,喝了黑咖啡,之后他制造了安平村六人死亡爆炸案。再之后吕迁喝了黑咖啡,让一切回到原点。杨铮锐的妻女死而复生,爆炸案消失了,杨铮锐也不是凶手了。按何炎月的情况来推测,杨铮锐应该记得他偷了咖啡豆回到过去,制造爆炸案的事情。因为他喝过黑咖啡。

为什么杨铮锐不记得这些事情了?难道是因为杨铮锐喝的黑咖啡没有加方糖?难道是因为黑咖啡针对不同的人有不同的功效?这些问题,钟念熙没和元致澄说过。可能钟念熙对黑咖啡的了解也不够充分吧,她也一知半解吧。

这神奇的黑咖啡,又不是什么高科技产品。在使用的过程中,出现误差和错误,甚至前后矛盾的地方,很正常。钟念熙这位物理系教授都解释不清楚的问题,他元致澄当然更加解释不清楚。不过他相信,随着科技的发展,终有一天,这些问题都能得到合理的解释。到时候,谁能解释得清楚,谁就可以在物理课本上留下名字。

元致澄很想问杨铮锐,另一个时空,既然他有了黑咖啡,他为什么不回到高铁事故发生的那一天,救自己的妻子和女儿。

唉,这有什么好问的!他怎么知道杨铮锐没有回去过?杨铮锐回去了就一定能改变命运吗?改变命运难道是一件容易的事情吗?吕迁回去了三次,结果如何呢?吕迁改变了什么?他元致澄喝过那么多杯加糖的黑咖啡,他回到过去,他前往未来,他努力又努力。他改变了什么?他什么也没改变,除了失去钟念熙。

"杨铮锐,你这么做,值得吗?"

"我爱晓莲。"

"她不爱你。"

"我知道。"

"你知道你还这么做?为什么?"

"因为我爱晓莲。爱是自己不能控制的,爱是牺牲,爱是不用问值得不值得。"

审讯结束,元致澄像个木偶似的回到家里,一摊烂泥似的躺在床上。

即使经历了不同的时空,杨铮锐也没忘记为柯晓莲报仇。即使经历了不同的时空,他也没能阻止杨铮锐杀人。他的努力,徒劳无功。或许人生就是一段徒劳无功的旅程。

杨铮锐的努力呢?是不是徒劳无功?杨铮锐值得吗?杨铮锐说,爱是不用问值得不值得。那么,他为柯晓莲所做的一切,是柯晓莲想看到的吗?当然不是!柯晓莲不肯告诉何炎月那五个禽兽的名字,就是为了不让何炎月去找那五个禽兽报仇。

柯晓莲希望何炎月好好活着,她希望她的朋友好好活着。杨铮锐违背了柯晓莲的遗愿。不同的时空里,杨铮锐和何炎月身陷囹圄。这是柯晓莲最不想看到的事情。杨铮锐的爱,杨铮锐的付出,不过是满足了他自己的私欲。

经历了不同时空的变幻，元致澄最后停留在这个平行世界里。这个世界的这起连环凶杀案，最无辜的受害者是钟念熙。

想到钟念熙，元致澄的眼泪流了出来。泪眼蒙眬中，他发现床头柜上有一个漂亮的玻璃罐子，罐子里有几颗黑色的咖啡豆。黑咖啡豆？元致澄像躺在火箭上似的，一下子冲起来。钟念熙将剩余的黑咖啡豆送给他做纪念，他怎么忘了呢？

元致澄抹掉眼泪，他的心怦怦跳。一瞬间，他的生命和热情被点燃了，他强迫自己集中精神。时光知返咖啡馆转让后，有些器具被钟念熙放在他家了，现在正好用得上。

元致澄学着钟念熙的样子，磨咖啡豆，冲咖啡。第一次做这些事情，他的动作有些笨拙。等钟念熙回来，他一定要她冲咖啡给他喝。他希望每天都能和她一起喝咖啡。枸杞红枣茶也行，浓茶也行，淡茶也行。配几块臭豆腐、甜酱、辣酱、麻酱……

元致澄捧着杯子，坐在床上。他看着这杯不如往日醇香浓厚的黑咖啡，仰头，一饮而尽。他记得钟念熙说过，咖啡豆的数量不够，时光旅行的过程中，也许会产生不可控风险。他有可能会回到过去，也有可能会前往未来。他从此生活在过去或者未来，不能回到现在。一切的一切，他都无法用意念选择和决定。他认识的人，他爱的人，包括钟念熙，都有可能从此将他遗忘。

这么做值得吗？爱是自己不能控制的，爱是牺牲，爱是不用问值得不值得。

他只要钟念熙活着。困意如潮水袭来,元致澄倒在床上,他看了一眼窗外。窗外雪花飞舞,纷纷扬扬,屋顶和树枝上落了厚厚的雪。他听见孩子打雪仗的欢笑声。瀛海的冬天很少下雪,他有好多年没见过雪了。今天绝对是一个适合发生奇迹的日子。元致澄面带微笑,他睡着了。

一阵眩晕,一觉醒来。元致澄心急如焚地拿过床头柜上的手机看时间。他回到了6月19日。他第一次喝加糖的黑咖啡,也是回到了6月19日。他记得钟念熙说过,黑咖啡最远只能让他回到半年前。现在他居然回到了6月19日?咖啡豆不够一杯咖啡的量,只有半杯的量,反而使他走得更远?这就是钟念熙说过的不可控风险?

钟念熙经常喝咖啡,她太熟悉咖啡的制作标准和流程,她从来没试过用这么少的咖啡豆冲一杯咖啡。所以她不知道,咖啡豆越少,喝黑咖啡的人走得越远。

6月19日,这一天不是元致澄最理想的日期。但是,这一天钟念熙活着。元致澄很满意。

吃过早饭,元致澄穿上西装,系上领带。父母有些惊讶,儿子今天怎么啦?平时邋里邋遢,今天这么注重外表?要去相亲吗?

元致澄笑了笑,他的心头涌起一股甜蜜的羞涩,他没有解释。今天上午钟念熙有课,他得赶快去听她上课。中午和她一起去食堂吃饭。哎呀,美滋滋!

当然,最重要的是,他要把这大半年来发生的事情,一五一十,详详细细，全部告诉她。她！应该记得他吧？他们俩一起经历了那么多事情。她！应该会有印象吧？毕竟她喝了那么多杯加糖的黑咖啡。

元致澄去了他熟悉的光华大学，直奔阶梯教室，坐在最后一排，微笑着听钟念熙上课。听钟念熙讲这些他完全听不懂的内容，真是一种享受。

"虫洞就是一个时空细管，它能把两个几乎平坦的相隔遥远的区域连接起来。因此，虫洞和其他可能的超光速旅行方式一样，允许你回到过去。喜欢时空旅行的同学不妨试试，记得带上四季的衣服。因为你不知道另一个时空是夏日炎炎还是冰天雪地。"

阶梯教室里充满欢声笑语。这有什么好笑的？元致澄举手，钟念熙瞥了他一眼，继续讲课。和上次一样，她假装没看见他。她记得他！她一定记得他！

"虫洞又被称作爱因斯坦－罗森桥。1935年阿尔伯特·爱因斯坦和纳珍·罗森合写了一篇论文。在这篇论文中……"

"钟老师，我想穿越时空。请问哪家虫洞有折扣？"不让他发言，他偏要发言。元致澄笑嘻嘻，学生们哄堂大笑。这有什么好笑的？少见多怪！

"这个问题问得好。"钟念熙一本正经地解答，"爱因斯坦本人并不相信虫洞真实存在，虫洞时空旅行是他假设的理论。迄今为止，人类也没有实验证据表明宇宙中有虫洞。不过，科学研究最重要的是大胆假设，小心求证。霍金说，虫洞无处不在，虫洞就在我们身边。

这位同学，你好好学习，天天向上。说不定未来你会成为世界上发现或者制造虫洞的第一人，在我们的物理课本上留下你的名字。"

学生们又哄堂大笑，元致澄低下头。长这么大，他没试过被这么多人一起笑。哦！不对！长这么大，这是他第二次被这么多人一起笑。

元致澄抬腕看表，下课铃要响了。根据他的经验，钟念熙一秒钟也不会耽搁，她会从前门走。元致澄从后门溜出来，跑到前门等钟念熙。

下课铃响。钟念熙果然一秒钟也没耽搁，她出来了。

"一起去食堂吃饭吧，我没饭卡，你请客！"元致澄伸手要帮钟念熙拿课本。

钟念熙冷若冰霜地瞥了元致澄一眼。"你是刚刚提问的同学？我和你很熟吗？套近乎没用，期末考试你该得多少分就是多少分。"

钟念熙说完就走了。元致澄望着她的背影。她不记得他了吗？她真的不记得他了吗？

没时间多想，元致澄赶紧追上去。他看见走廊的另一头出现了戚渔翮，他看见钟念熙将课本递给戚渔翮。他听见戚渔翮说："熙熙！我们去食堂吃饭！"

元致澄的双腿像被钉子钉住了。他站在原地，一动不动。他呆了。

曾经，有一个时空,6月19日的晚上，钟念熙和戚渔翮在医院。钟念熙悄悄地告诉他，她在山顶上一共见到五个男人。她说他最爱喝浓茶，吃臭豆腐。她提醒他，三个月后去时光知返咖啡馆找她。而他，那一刻，不认识钟念熙。因为钟念熙是喝了黑咖啡，回到了过去。他却是身处他一直身处的时空。

曾经，又一个时空，6月19日的白天，钟念熙不认识他，他也不认识钟念熙。深夜，戚渔翩和元致秋死于安平村农舍。次日凌晨，他在医院例行询问钟念熙。那一刻，他和钟念熙才真正认识。那一刻，他们俩的人生，才开始有了交集。

所以，他和钟念熙是要重新认识吗？一切是要重来吗？蝴蝶效应会允许他和她重来吗？不会产生微妙的误差吗？走过的路，他和她可以重新走一遍吗？一个脚印也不错地重新走一遍吗？

森林里的那棵大树，究竟有多少个原点，多少根树枝？此刻他站在哪根树枝上？她站在哪根树枝上？他和她有没有机会返回同一个原点，重新走向同一根树枝？

他和她一起经历了一场梦。这场梦，于他，刻骨铭心，今生今世难忘。于她，可能仅仅是云淡风轻，可能仅仅是一场空空如也的梦。

元致澄望着钟念熙的背影，不知所措。走廊的尽头，她即将转弯，消失不见。在他的生命中，或许她就这样永远地消失不见。她依然身处梦中，他却已经梦醒。他和她成了两个世界的人。

一瞬间，疼痛如潮水侵袭元致澄的全身。他靠着墙壁，他要跌倒了。他的人生从未这样绝望过，一种有心无力的绝望感。

他的眼泪落下来了。透过绝望的泪光，他似乎看见钟念熙向他走来，一步一步向他走来。越来越近，越来越近，她在他面前站定。

她那冷若冰霜的脸上慢慢绽放出春暖花开般的笑容。

2022年秋冬，初稿

2024年春夏，修订